Sarra Manning

Mein London, eine Nacht und die Liebe

SARRA MANNING

Mein London, eine Nacht und die Liebe

Aus dem Englischen
von Kattrin Stier

dtv

Ausführliche Informationen über
unsere Autoren und Bücher
www.dtv.de

Dieses Buch ist auch als eBook erhältlich.

MIX
Papier aus verantwortungsvollen Quellen
FSC www.fsc.org FSC® C083411

Deutsche Erstausgabe
2019 dtv Verlagsgesellschaft mbH & Co. KG, München

Originally published in the English language as
›London belongs to us‹ by Hot Key Books,
an imprint of Bonnier Zaffre Limited, London

Umschlaggestaltung: buxdesign, Carla Nagel
Illustration: Carla Nagel
Gesetzt aus der Berling LT
Satz: KompetenzCenter, Mönchengladbach
Druck und Bindung: CPI books GmbH, Leck
Printed in Germany · ISBN 978-3-423-74047-0

Abwesenden Freunden gewidmet:
Jacqui Johnson, Jacqui Rice, Karen Auerbach,
Peter Knight, Adam Lowe und Rupert Jones –
die mich in meiner eigenen wilden Jugend bei zahllosen
Abenteuern quer durch London begleitet haben.

In den Blicken der Menschen, in ihrem Schwung, Schritt und Trott; im Lärm und Getöse; zwischen den Kutschen, Automobilen, Omnibussen, Lastwagen und den schlurfenden, schwankenden Sandwichmännern; den Blaskapellen; den Drehorgeln; in dem Glanz und dem Klingen und dem seltsam hohen Singen eines Flugzeugs dort droben war das, was sie liebte; Leben; London.

Mrs Dalloway, Virginia Woolf

LONDON

Eine Stadt mit acht Millionen Einwohnern. Acht Millionen Leben. Acht Millionen Geschichten.

Diese hier ist nur eine davon.

Liebe Sunny,

es ist wichtig, dass du eines nicht vergisst: Du wirst wunderbar zurechtkommen, wenn du jetzt eine Woche lang alleine zu Hause bist. Absolut kein Problem.

Solltest du doch Angst haben, kann ja Emmeline oder eine andere von deinen FreundINNEN bei dir übernachten. Aber keine Jungs. Bitte missbrauche unser Vertrauen nicht, indem du Mark einlädst und dann eine Entscheidung triffst, die du möglicherweise dein ganzes Leben lang bereuen wirst. Rein legal gesehen bist du natürlich alt genug, selbst zu entscheiden, wann und mit wem du Sex haben willst, aber willst du wirklich deine Jungfräulichkeit mit einem Jungen verlieren, dem ständig die Unterhose aus der Hose hängt? Immerhin darf man mit siebzehn ja auch noch nicht wählen und kein Feuerwerk oder harten Alkohol kaufen, und trotzdem soll man alt genug sein, um Sex zu haben? Wirklich? Denk mal darüber nach!

Mark ist ein sehr netter Junge. Ich will gar nichts Gegenteiliges behaupten, aber er hat so etwas an sich, mit dem ich einfach nicht warm werde. Nenne es mütterliche Intuition. Aber meine mütterliche Intuition sagt mir gleichzeitig, dass DU VERNÜNFTIG GENUG BIST, DAS RICHTIGE ZU TUN!!!!!!!

Vergiss nicht, dass das warme Wasser jeden Morgen um sechs anspringt. Diese komischen dumpfen Klopfgeräusche kommen also vom Boiler und nicht von irgendeinem Einbrecher. (Aber denk trotzdem ans Abschließen, so wie Terry es dir gezeigt hat. Auch alle Fenster und die Hintertür.)

Solltest du tatsächlich glauben, dass ein Eindringling im Haus ist, oder wenn es ein Unwetter gibt und ein Baum in eines der Fenster kracht, dann ruf bei Max oben an. Aber nur in absoluten Notfällen, du weißt ja, wie pampig er war, als wir dich über Ostern für eine Nacht alleine gelassen haben und du dachtest, bei uns würde ein Poltergeist herumspuken.

Solltest du gar nicht alleine klarkommen, kannst du zu Onkel Dee und Yolly gehen. Es gibt auch die Möglichkeit, dass dein Vater doch schon früher aus Edinburgh zurückkommt, dann könntest du, wie ursprünglich vorgesehen, bei ihm sein, aber da deinem Vater ja seine Karriere ständig wichtiger ist als seine familiären Verpflichtungen, würde ich mich nicht darauf verlassen.

Bitte bring keine Fleischprodukte ins Haus. Auch wenn ich nicht da bin. Du weißt genau, wie ich zum Thema Fleischkonsum stehe, und es würde mich verletzen. Auch wenn ich mich auf einem Campingplatz in Südfrankreich befinde, werde ich die kosmischen Schwingungen spüren und es merken und wäre sehr enttäuscht von dir.

Da ist besonderes (und sehr teures) Frischfutter für Gretchen Weiner statt des üblichen Whiskas. Wenn sie wieder mit dem Hintern über den Teppich reibt und dabei so fürchterlich miaut, dann musst du sie zum Tierarzt bringen, um ihre Analdrüsen ausdrücken zu lassen. Schon wieder. In die Transportbox kriegst du sie am besten, indem du die extralangen Gummihandschuhe anziehst, ein Handtuch über sie wirfst und ein Gebet sprichst.

Keine Partys. Von mir aus kannst du ein paar Freunde dahaben, aber poste keine Einladung auf Facebook. Ich will nicht nach Hause kommen und feststellen müssen, dass 500 Teenager auf Ecstasy das Haus bis auf die Grundmauern geschleift haben. Dafür würde die Versicherung bestimmt nicht aufkommen.

Wir haben noch mal groß eingekauft, bevor wir gefahren sind, aber in dem »Marmeladenglas« im Vorratsschrank sind 30 Pfund für Milch und andere verderbliche Sachen. Ich will Quittungen sehen!

Also noch mal in Kurzfassung: Emmeline darf übernachten. Mark nicht. Kein Fleisch. Boiler springt um 6 an. Achte auf Gretchen Weiners Hintern.

BITTE KEIN SEX MIT DIESEM JUNGEN (FALLS DOCH – UND DAMIT HEIẞE ICH ES IN KEINER WEISE GUT –, BENUTZT EIN KONDOM).

Im Gefrierschrank ist noch eine Packung Calippos für dich.

Bis in einer Woche. Du schaffst das. Wir glauben an dich!

Hab dich ganz ganz ganz ganz doll lieb

Mum und Terry xxx

PS: Dan lässt dir vielen Dank ausrichten, dass du bereit bist, seine Echsen zu füttern. Er hat genaue Anweisungen hinterlassen, aber du sollst nicht in seinem Zimmer rumschnüffeln. Ich hab ihm natürlich gesagt, du hättest Besseres zu tun, als in seiner Unterhosenschublade rumzustöbern.

CHECKLISTE FÜR SAMSTAGABEND

Geldbeutel ✓
Oyster Card ✓
Topshop Sonnenbrille ✓
Cherry Lipgloss ✓
Wimperntusche ✓
Haargummi ✓
Handcreme ✓
Normale Pflaster ✓
Blasenpflaster ✓
Tampons ✓
Wasserflasche ✓
Handyladekabel ✓
Mums *Jo Malone Blackberry & Bay*-Parfüm ✓
(NICHT VERGESSEN, ES IN IHR SCHLAFZIMMER ZURÜCKZUSTELLEN, BEVOR SIE MERKT, DASS ES WEG IST.)
Kaugummi ✓
Tempo ✓

Check yourself before you wreck yourself.

20.00 UHR

CRYSTAL PALACE

Crystal Palace ist einer der höchstgelegenen Orte in London. Der Name stammt vom sogenannten Crystal Palace, der ursprünglich 1851 für die erste Weltausstellung im Hyde Park gebaut wurde. 1854 wurde das Gebäude dann auf ein Gelände in Penge, einem südlichen Stadtteil von London, versetzt, als strahlender Mittelpunkt eines viktorianischen Vergnügungsparks mit einem Irrgarten, 22 lebensgroßen Dinosauriermodellen und so vielen Springbrunnen, dass eigens zwei Wassertürme gebaut werden mussten, um sie am Laufen zu halten.

Doch leider brannte der Crystal Palace 1936 komplett ab und nur der Park blieb übrig, in dem sich heute das National Sports Centre befindet.

In der Gegend von Crystal Palace haben unter anderem so bedeutende Leute gelebt wie Sir Arthur Conan Doyle, der Autor von Sherlock Holmes, und Francis Pettit Smith, einer der Erfinder der Schiffsschraube.

Nach mehr als zwei Stunden Fahrt, für die wir sogar einen richtigen Zug vom Bahnhof Victoria und *nicht nur die*

Overground-Bahn nehmen mussten, kommen Emmeline und ich endlich beim Crystal Palace Park an. Was sich so Park nennt … In Wahrheit ist es eigentlich nur ein einziger großer Hügel. Vielleicht sogar ein kleiner Berg.

Keuchend steigen wir den immer steiler werdenden Hang hinauf. Die Henkel der klirrenden Plastiktüten aus dem Getränke-Shop schneiden uns in die Handgelenke und die kondensierte Feuchtigkeit der eiskalten Flaschen streift unsere nackten Beine. Auch unsere Nacken glänzen vor Feuchtigkeit, denn noch immer ist es schwül und heiß – und das, obwohl sich die Sonne schon langsam anschickt, in einem hellblauen Himmel mit pinken und orangen Streifen zu versinken.

Wir haben keine Ahnung, in welche Richtung wir gehen.

»Ich glaube, der Süden von London war eigentlich nie zur Besiedlung vorgesehen, sonst wäre er doch nicht so verdammt schwer zu erreichen«, keucht Emmeline.

»Stimmt«, pflichte ich ihr bei. »Aber ist das nicht etwas rassistisch dem Londoner Süden gegenüber?«

»Ich glaube, das geht nicht, weil der Londoner Süden weder eine Rasse ist noch ein Geschlecht hat. Deswegen kann man sich auch nicht rassistisch oder sexistisch darüber äußern. Man hat doch die Wahl, ob man im Süden von London leben will oder nicht. Mein Gott, wenn das hier noch steiler wird, brauchen wir Steigeisen.«

»Kann nicht mehr reden. Muss meinen Sauerstoff einteilen.«

Wir schleppen uns weiter. Emmeline hält ihr Handy vor sich wie eine Wünschelrute auf der Suche nach einer Wasserader. »Wir folgen dem Weg um den unteren See herum so wie jetzt, obwohl es noch zwei andere Seen gibt und ich nicht sicher bin, welcher niedriger liegt als die anderen und – oh, schau mal! Dinosaurier!«

»Was?« Nachdem ich eine weitere Nachricht an Mark

abgeschickt habe, blicke ich auf und sehe Dinosaurier direkt vor meiner Nase. Natürlich keine *echten* Dinosaurier. Sie sind aus Glasfaser oder so und wurden in lebensechten Action-Szenen um das Ufer eines kleinen Sees herum arrangiert. »Oh Gott, das ist ja voll *Jurassic Park*-mäßig hier!«

Emmeline schüttelt den Kopf. Unter der dicken Schicht von Lichtschutzfaktor 50 ist ihr Gesicht knallrot. »Vielleicht war mein Urteil über den Londoner Süden doch etwas zu hart.«

»Deine Urteile sind immer zu hart. So bist du eben.«

»Ja, ich weiß. Ich setze eben gerne auf meine Stärken.« Emmelines Augen sind auf den Felsen gerichtet, vor dem sich die Dinosaurier tummeln und von dem uns ein Geländer und der kleine See trennen. Noch bevor sie den Mund aufmacht, weiß ich schon, was sie sagen wird. »Es muss doch einen Weg geben, wie wir in dieses Dinosaurier-Gehege kommen, um ein paar Fotos zu machen, oder? Du und ich auf dem Rücken irgend so eines Dingsbumssauriers. Das posten wir dann auf Instagram und kassieren noch mehr Likes als für das Bild von deiner Grillparty, auf dem ich beim Oralsex mit einem Grillwürstchen zu sehen bin.«

»Du musst das Bild unbedingt löschen, bevor meine Mum mitkriegt, dass sich Fleischprodukte in ihrem Garten befunden haben.« Ich beäuge das Wasser. Auf der anderen Seite dümpelt eine leere Coladose einsam vor sich hin. »Ich würde ja ohne Weiteres durch diesen See waten, aber der sieht nicht besonders sauber aus und ich hab keine Lust, mir Legionellen einzufangen.«

»Man kriegt keine Legionellen vom Herumplanschen. Komm schon, zieh die Schuhe aus. Wir haben sowieso Shorts an. Wie tief wird das Wasser schon sein?« Emmeline schlüpft bereits aus ihren Turnschuhen. »Wenn wir uns doch mit irgendeiner schrecklichen Seuche anstecken und man dir die Beine amputieren muss, werde ich dich jeden Tag besuchen. Und deinen Rollstuhl aufpimpen. Und dir die Fernbedienung vom Fernseher überlassen.«

»Na wenn das so ist, wie könnte ich da noch Nein sagen?« Obwohl mir das in diesem Fall doch gar nicht so schwerfällt. »Nein, ich glaube, ich passe.«

»Du hast wirklich keinen Sinn für Abenteuer …«

Ich höre das Brummen meines Handys. Perfektes Timing, um mich vor Emmelines Überredungskünsten zu bewahren, die allzu oft dazu führen, dass ich etwas mache, was auf Nachsitzen/Hausarrest/Verletzung hinausläuft. Einmal, als wir mit der Schule im Globe Theatre waren, um *Wie es euch gefällt* zu sehen, hat Emmeline mich gezwungen, bei ihrem One-Woman-Moshpit mitzumachen, und dabei habe ich mir gleich alles drei eingehandelt.

Als ich das Handy aus den Tiefen meine Tasche hervorkrame, leuchtet mir Marks Gesicht auf dem Display entgegen. »I got sunshine on a cloudy day«, singt er, als drangehe. »Hey Baby, seid ihr schon beim Crystal Palace?«

»Ja, aber wir haben eine Ewigkeit gebraucht! Nicht mal mit der Overground, sondern mit einem richtigen Zug.«

»Chill mal, Sunny«, sagt Emmeline, die sich jetzt, Gott sei Dank, ihre Chucks wieder anzieht, da sie offenbar aufgegeben hat, sich unter die Dinosaurier zu mischen. »Das war das Mindeste, was du tun konntest, nachdem ich die ganze Woche bei dir übernachten musste.«

»Du übernachtest gerne bei mir.« Emmelines Mutter arbeitet nachts und Emmelines ältere Schwester Mary (Emmelines Mum steht voll auf Frauenthemen und hat ihre Töchter daher nach Mary Wollstonecraft, einer Frauenrechtlerin aus dem 18. Jahrhundert, und Emmeline Pankhurst, der Anführerin der Suffragetten, benannt – Emmeline hat das Gefühl, dass sie dabei eindeutig den Kürzeren gezogen hat) blockiert das Wohnzimmer mit ihrem ätzenden Freund. Und wenn die beiden mal wieder wild knutschend in der Horizontalen auf dem Sofa landen, ist es nicht gerade eine Strafe für Emmeline, wenn sie zu mir kommt.

»Sunny! Hör auf, mit Em zu reden, und sprich stattdessen lieber mit mir, deinem Freund, falls du noch weißt, wer ich bin.«

Ich lächele. »Unwahrscheinlich, dass ich dich so schnell vergesse.«

»Gut, freut mich zu hören. Du bleibst also nur eine Stunde, oder? Und dann kehrst du wie besprochen in die Zivilisation zurück.« Es kommt nicht so oft vor, dass Mark so tut, als würde er sich nach mir verzehren. Ich wünschte, es wäre öfter der Fall. »Unglaublich, dass du ausgerechnet heute Abend diese Tour nach Crystal Palace machen musst.«

»Schon, aber Em und ich haben eine Vereinbarung. Sie hat mich die ganze Woche vor Einbrechern beschützt und deswegen begleite ich sie heute.«

»Ich hätte dich auch vor Einbrechern schützen können«, betont Mark. Er macht ein komisches Geräusch, eine Mischung aus Schnauben und Kichern. »Ich hätte noch ganz andere Dinge machen können. Eine ganze Woche lang hätten wir andere Dinge machen können.«

»Aber ich war mir nicht so sicher, dass ich andere Dinge machen wollte …« Ich werfe einen Blick zu Emmeline hinüber, die nie ein Problem damit hat, schamlos die Gespräche von anderen zu belauschen – insbesondere meine Telefongespräche –, doch sie betrachtet nur stirnrunzelnd Google Maps auf ihrem Handy und kaut auf ihrer Unterlippe herum, während ihr die blonden Stirnfransen in dicken, feuchten Strähnen an der Stirn kleben.

»Aber jetzt bist du dir sicher?« Marks Stimme wird zum Ende des Satzes hin immer höher und piepsiger, als wäre er nervös. »Ich meine, du willst doch?«

»Ja, glaube schon. Ich meine, du willst es doch auch noch, oder?«

»Na ja, nur wenn du auch willst.« Es hört sich so an, als wäre es für Mark auch ganz okay, wenn ich jetzt Nein sage, aber so ein bisschen Schiss erscheint mir nicht als ausreichende Begründung, um Nein zu sagen. »Aber ich bin allzeit bereit. Also im übertragenen Sinne. Nicht buchstäblich. Wobei ich natürlich auch im buchstäblichen Sinne bereit bin oder sein werde. Du weißt, was ich meine.«

Es ist ein gutes Gefühl, dass anscheinend auch Mark, der immer so selbstsicher ist, so zielgerichtet und direkt, ein bisschen Schiss hat. »Ich wäre direkt beleidigt, wenn du im buchstäblichen Sinne nicht bereit wärst.«

»Oh, das werde ich sein. Versprochen.« Ich hoffe, dass Sex irgendwann weniger einschüchternd wird, wenn man es erst einmal getan hat, denn noch nie zuvor hatte ein einziges Wort die Macht, mein Herz derart in Furcht und Schrecken zu versetzen – nicht einmal Wörter wie »Nachprüfung« oder »Zwickel« oder »Blumenkohl«. »Ich würde also ein paar, äh, du weißt schon, Kondome kaufen, und da habe ich mich gefragt, ob du irgendwelche Vorlieben hast?«

Vorlieben? »Was?«

»Gerippt oder farbig – vielleicht nicht farbig, das wäre irgendwie komisch. Oder wenn du allergisch auf Latex bist, dann gibt es auch spezielle ohne Latex.« Die Worte sprudeln nur so aus Marks Mund. »Du bist doch nicht allergisch, oder?«

»Ich glaube nicht. Vielleicht besorgst du einfach welche, die keine Spermien durchlassen.« Ich bin selbst erstaunt, dass es mir gelingt, das mit so ruhiger Stimme zu sagen, doch dann muss ich kichern, weil diese Unterhaltung so surreal ist und außerdem der Beweis, dass die sogenannte mütterliche Intuition meiner Mutter offensichtlich defekt ist.

Mark ist nämlich wunderbar und benimmt sich total vernünftig und informiert – von wegen, dass wir uns keine ekligen Geschlechtskrankheiten holen oder dass ich schwanger werde. Kurz, er ist einfach der perfekte Freund.

»Okay«, sagt Mark. »Dann hole ich solche. Sollen wir uns um elf in der Lock Tavern treffen?«

»Ja, bis dann. Und morgen früh hilfst du mir, den Gartenschuppen fertig zu streichen und die letzten Fleischreste von der Grillparty zu beseitigen?« Ich glaube, das Haus wieder in einen muttertauglichen Zustand zu versetzen, bevor sie aus Frankreich zurückkommt, macht mich noch nervöser als die Sache mit dem Sex.

»Das kommt drauf an. Wenn du scheiße im Bett bist, mache ich mich so schnell wie möglich aus dem Staub.«

»Sag das nicht. Vielleicht bin ich scheiße. Bestimmt wird es scheiße. Es ist mein erstes Mal. Mach mir doch nicht so einen Druck ...«

»Sunny! Sunny! Das war ein Witz. Ich habe einen Witz gemacht. Ich muss am Sonntag ziemlich früh los, weil ich zum Mittagessen bei meiner Großmutter in Godalming sein muss, aber wir lieben uns doch, oder?«

»Ja, schon ...«

»Dann wird auch alles gut. *See you later, Baby.*«

Da sind so viele Gefühle. All diese Gefühle. Auf einmal. Aber ich kann sie nicht einmal ansatzweise sortieren und durchgehen, weil Emmeline mir ihr Handy vors Gesicht hält und befiehlt: »Lächeln!« – und schon fühle ich in erster Linie Überraschung. »Lass das!«

»Ich wollte noch ein letztes Bild von dir in deinem jungfräulichen Zustand machen«, sagt sie und zeigt mir das

Display, auf dem mein Gesicht in schweißglänzender Verwirrung prangt. »Ich fasse es nicht, dass du Sex haben wirst. Mit Mark!«

»Mit wem sollte ich denn sonst Sex haben?«

Sie macht eine auffordernde Kopfbewegung. »Komm jetzt. Wenn du nachher noch einen dringenden Termin mit Marks Penis hast, solltenwir jetzt lieber mal in die Gänge kommen.« Emmeline stapft davon, ohne auf mich zu warten. Sie stapft sehr gerne, das tut sie lieber als gehen. »Ich fasse es nicht, dass du mir nichts davon erzählt hast«, sagt sie, als ich sie schließlich einhole.

»Ich habe es auch erst heute Morgen definitiv beschlossen und dachte, du wärst vielleicht ein bisschen … du weißt schon …«

»Ich glaube einfach, dass du noch nicht bereit dazu bist, Sunny«, sagt Emmeline, als wäre sie so viel älter und klüger als ich. Dabei ist sie nur zwei Monate älter und musste ihre Abschlussprüfung in Mathe wiederholen. »Keine von uns hatte schon Sex und – ich meine, versteh mich nicht falsch – aber du bist ja sonst auch nicht gerade immer an vorderster Front, oder?«

Sie meint das wirklich nicht böse. Ich *bin* risikoscheu. Ich war die Letzte in unserer Clique, die Boyfriend Jeans und neonfarbenen Nagellack getragen hat, und als wir mit der Schule auf der Erlebnisfahrt beim White-Water-Rafting waren, habe ich die totale Panikattacke gekriegt, sobald ich einen Fuß in dieses Schlauchboot gesetzt habe. Ich bin in Tränen ausgebrochen und habe auf der Stelle beschlossen, dass ich ganz glücklich und zufrieden weiterleben könnte, ohne möglicherweise einen grausamen und schmerzhaften Tod zu sterben, indem ich an den Felsen zerschelle. Allerdings ist es keineswegs so, als würde ich vor allen anderen auf diesen Sex-Zug aufspringen. »Alex hatte schon Sex und die Jungs hatten auch alle schon Sex.«

»Die Jungs zählen nicht«, gibt Emmeline sofort zurück. »Die lügen nämlich. Warum, glaubst du wohl, hatten sie allesamt ganz zufällig Sex mit irgendwelchen Mädchen, die wir überhaupt nicht kennen? ›Ach, die kennst du sowieso nicht. Ich hab sie bei meiner Cousine getroffen.‹ – ›Genau, sie geht auf eine Schule irgendwo am anderen Ende von London!‹ So ein Mist! Die sind alle noch Jungfrauen, und Alex war in Glastonbury auf dem Festival so richtig besoffen und hatte Sex in einem schrottigen Wohnmobil, und soll ich dich erinnern, mit wem sie nach Glastonbury gefahren ist?«

Ich seufze. »Mit ihren Eltern. Und ja, ich erinnere mich auch, dass sie sie auf dem Nachhauseweg bitten musste, bei einer Apotheke anzuhalten, damit sie die Pille danach besorgen konnte.«

Emmeline wirft mir einen triumphierenden Blick zu. »Sie sagt, es war die schlimmste Erfahrung ihres Lebens, ihre Jungfräulichkeit zu verlieren.«

»Ja, aber das ist doch ganz was anderes, weil Mark keine Zufallsbekanntschaft ist. Wir sind jetzt schon seit acht Monaten zusammen und wir lieben uns.«

»Liebe!« Emmeline ist echt gefühlsgehemmt. »Aber was wissen wir wirklich über ihn? Er taucht plötzlich einfach so bei uns auf, um seine A-Levels zu machen, mitsamt seinem vornehmen Akzent und seiner angeberischen Haartolle, und dann trifft er sich nur jedes zweite Wochenende mit dir, was sehr, sehr verdächtig ist.«

Ich sage eine Weile gar nichts, weil der Weg jetzt so steil ist, fast senkrecht, dass ich nur noch mit Schnaufen beschäftigt bin. Erst als er wieder etwas ebener wird, kann ich Mark verteidigen. »Seine Eltern haben sich scheiden lassen. Deswegen musste er vom Internat runter und ans andere Ende von London ziehen. Da gibt es überhaupt nichts Verdächtiges. Er sollte dir stattdessen leidtun.«

»Ich sage ja gar nicht, dass er ein schlechter Mensch ist oder so. Ich sage nur, dass bei ihm mein Alarmsystem anspringt«, beharrt Emmeline. »Ich kann Menschen gut einschätzen, das weißt du.«

»Ich glaube, du bist ein bisschen streng.« Ich muss mich überwinden, das zu sagen, denn inzwischen hat Emmeline die Nasenflügel gebläht wie ein wütender kleiner Stier. »Er war immer total nett zu dir. Was war zum Beispiel, als du dich ausgeschlossen hast und er seitlich an eurem Haus hochgekraxelt ist, um ins Badezimmerfenster einzusteigen? Oder als du dein ganzes Essensgeld für einen Lottoschein ausgegeben hattest …«

»Da gab's 'nen Vierer-Jackpot!«

»Vierer hin oder her. Du wärst verhungert, wenn Mark dir kein Sandwich spendiert hätte und …«

»Halt die Klappe!« Das ist ganz schön heftig, selbst für Emmeline, zumal sie außerdem noch an meinem T-Shirt herumzerrt. »Halt die Klappe und sieh dir das an!«

Wir sind inzwischen auf der Hügelkuppe angelangt und mein Blick folgt Emmelines ausgestrecktem Finger – und da liegt London. Ganz London. Nicht das altbekannte London, wie beim Blick vom Primrose Hill oder vom Alexandra Palace aus. Wir kennen die Skyline von London immer nur vom Norden her und jetzt ist alles falsch herum zu sehen. Von der anderen Seite.

Da ist der runde Büroturm, den die Londoner gerne als *Gherkin* oder Gewürzgurke bezeichnen, und daneben das komische Gebäude, das wie eine Käsereibe aussieht. Dann die spitze Glaspyramide des *Shard* und ganz, ganz weit links ist die Kuppel der St Paul's Cathedral. Dazwischen sind andere Kirchen und Wohnblocks. Kräne und Gerüste. Es ist ganz egal, von welcher Seite aus ich diese Skyline sehe; sie fühlt sich immer an wie mein Zuhause. Wie London.

Während wir so dastehen, schlingt Emmeline einen Arm um meinen Hals. Es ist zu heiß und klebrig für solche Umarmungen, aber auch wenn wir oft streiten, gibt mir Emmelines Gegenwart ein Gefühl von Zuhause. »Ich liebe diese Stadt«, sagt sie plötzlich. »Wenn ich sie so sehe, so groß und beeindruckend, denke ich daran, wie klein mein Leben im Vergleich dazu ist, und doch bin ich ein Teil davon. Stimmt's, Sun?«

»Maybe it's because I'm a Londoner that I love London town«, trällere ich in einem albernen Cockney-Tonfall.

Emmeline löst schnell ihren Arm von mir und gibt mir einen sanften Schubs. »Lass das. Das ist furchtbar«, sagt sie schaudernd. »Du klingst wie dieser Typ aus Mary Poppins.«

»Gawd bless ya, Mary Poppins!«, rufen wir beide wie schon so viele Mal zuvor, und schon haben wir unseren kleinen Streit überwunden. Das entsteht immer so plötzlich aus dem Nichts und löst sich dann ebenso schnell wieder auf, wenn uns ein Blick, ein Witz oder eine kleine Bemerkung daran erinnern, wie alt und tief unsere Freundschaft ist, die einfach allem widerstehen kann – selbst wenn Emmeline immer die Bestimmerin sein muss und ich unfähig bin, mir eine Meinung zu bilden und mich daran zu halten.

Emmeline hakt sich bei mir ein und im Weitergehen fragt sie leise: »Hast du Angst?«

Ich habe vor so vielen Dingen Angst. Manchmal kann ich nachts nicht schlafen, während ich all die Dinge aufliste, die mir Angst machen, und dabei gibt es inzwischen eine eigene Unterliste von Ängsten, die sich einzig und alleine um das drehen, was ich in ein paar Stunden mit Mark tun werde.

Ich habe Angst, dass es wehtut.

Ich habe Angst, dass es so schrecklich wird, dass ich

Mark danach nicht einmal mehr küssen mag und es das Ende unserer Beziehung bedeutet.

Ich habe Angst, dass es richtig gut wird und ich es danach die ganze Zeit tun will und alle mich für eine Schlampe halten.

Ich habe Angst, dass ich etwas falsch mache. Oh Gott, es gibt so vieles, was ich falsch machen könnte. Wenn ich an Sex denke und was dabei wo und wie lange reingehört, kommt es mir ebenso lächerlich wie unnötig kompliziert vor.

Ich habe Angst, dass Mark, wenn ich mich ausziehe, alles von meinem Busen über die knubbeligen Knie und die leicht silbrigen Dehnungsstreifen an meinen Hüften bis *da unten* (und *da unten* hat mich bisher noch nie jemand angeschaut) ansieht und es so abstoßend findet, dass er keinen mehr hochkriegt.

Ich habe Angst, dass mir jetzt schon heiß ist und ich schwitze und ich noch viel mehr schwitzen werde und mir noch heißer sein wird, wenn ich nicht vorher duschen kann.

Ich habe Angst, dass Mark es vielleicht sexy finden könnte, mit mir zusammen zu duschen. Ich bin vielleicht bereit, mit ihm ins Bett zu steigen, aber nicht in die Dusche.

»Ich hab Schiss«, beantworte ich Emmelines Frage. »Aber ich habe ja immer vor allem Schiss, stimmt's?«

Emmeline nickt. »Außer dass du seltsamerweise die Einzige bist, die ich kenne, die keine Angst vor Spinnen hat.«

Sofort fühle ich mich besser. Ich komme mit Spinnen klar. Sollte ich jemals im Rahmen so einer schrecklichen Realityshow irgendwo im Dschungel ausgesetzt werden, kriege ich vielleicht einen Schreikrampf, wenn ich über eine durchgewetzte Seilbrücke gehen oder durch Flüsse schwimmen soll, in denen es von Krokodilen nur so wimmelt, aber mit kleinen Krabbeltieren komme ich prima zurecht. »Ja, immerhin, das ist ja schon mal etwas.«

»Vielleicht solltest du dir Mark einfach als Riesenspinne vorstellen, und dann wärst du weniger nervös«, sagt Emmeline. »Jede Menge haarige Beine, die überall auf dir rumkrabbeln. Örks! Jetzt mache ich mir selber Angst.«

»Bitte hör auf, meinen Freund als übergroßen Gliederfüßer zu beschreiben ...«

»Em! Emmy! Hier sind wir!«

Auf dem grasbewachsenen Abhang unter uns hat sich eine Gruppe von Leuten, größtenteils Mädchen, niedergelassen, und eines dieser Mädchen winkt, um Emmeline auf sich aufmerksam zu machen. Es ist Charlie.

Emmeline leckte sich die Lippen und fährt sich hastig mit den Fingern durch ihre Stirnfransen, die in der Hitze zusammengeklebt sind. »Sehe ich einigermaßen okay aus?«, fragt sie besorgt. »Sehen meine Beine nicht total fett aus in diesen Shorts?«

»Nein! Du siehst toll aus.« Ich stolpere bereits den Abhang hinunter, während Emmeline noch immer einfach so dasteht. »Komm schon! Ich hab nur eine Stunde Zeit!«

ZEHN MINUTEN SPÄTER

Was mir auch noch Angst macht, sind übrigens Emmelines neue Freunde. Aber ich glaube, das geht nicht nur mir so. Ich glaube, es ist ganz normal, wenn man als alte Freundin plötzlich mit den neuen Freunden abhängen soll, die Emmeline kennengelernt hat, seitdem sie der London Roller Derby Recreational League beigetreten ist und dort als eine Art Roller-Derby-Lehrling trainiert.

Ich hätte nicht gedacht, dass Emmeline noch bestimmerischer und ehrgeiziger werden könnte, als sie es ohnehin schon war (ich werde nie wieder mit ihr Monopoly spielen, nachdem sie einmal das Spielbrett quer durch den Raum geschleudert hat, als ich Hotels auf der Bond Street, Regent Street, Oxford Street und der Park Lane gebaut hatte), doch dann entdeckte sie das Roller Derby für sich. Und jetzt schnallt sie sich die Rollschuhe an und punktet mit ihrem Ehrgeiz und damit, dass sie alle herumkommandiert, die es wagen, ihr in die Quere zu kommen.

Emmeline wollte mich auch zum Mitmachen bewegen, aber mir war das Risiko zu groß, dass ich hinfallen und mir irgendwelche irreparablen Verletzungen an wichtigen Körperteilen zuziehen könnte. In erster Linie ging es allerdings um den Helm. Was der mit meinen Haaren anstellen würde, ist einfach undenkbar.

Aber eigentlich sind Emmelines Roller-Derby-Freunde echt nett, wenn sie sich nicht gerade gegenseitig die Köpfe einschlagen. Und außerdem bin ich nicht die Einzige mit brauner Hautfarbe, was sonst oft vorkommt, wenn ich es wage, den bunt gemischten Londoner Stadtteil Haringey zu verlassen (die Volksrepublik Haringey, wie mein Vater sie spöttisch nennt). Und so lehne ich mich auf meine Ellbogen zurück und versuche mich zu amüsieren, auch wenn ich weiß, dass ich bald wieder wegmuss.

Das Ganze ist ein Geburtstagspicknick für eines der Mädchen aus der Roller-Derby-B-Mannschaft. Emmeline und ich haben am Nachmittag Käsestangen und Rock Cakes gebacken, die fast gar nicht angebrannt sind. Sie liegen jetzt in ihrer leicht geschwärzten Schönheit auf einem Papierteller, neben verschiedenen Quiches, Salaten, Würstchen im Teigmantel, vegetarischen Würstchen im Teigmantel, veganen Würstchen im Teigmantel, ein paar zerquetschten Sandwichs und einer verblüffenden Zahl selbst gebackener Kuchen, die allesamt auf einer karierten

Wolldecke aufgereiht sind und in der Hitze vor sich hin schwitzen.

Emmeline quatscht mit ihren Freunden und ich lasse ihre Worte über meinem Kopf hinwegschweben wie die kleinen dunklen Wolkenfetzen am dunkler werdenden blauen Himmel. Ab und zu nehme ich einen Schluck aus einer der Bierflaschen, die wir mitgebracht haben, obwohl ich den Geschmack eigentlich gar nicht mag – aber Emmeline meinte, es würde einen falschen Eindruck erwecken, wenn wir da mit so einem süßen Fusel wie Bacardi Breezer oder so ankämen.

Eine weitere Gruppe von Mädchen trifft ein, die zwei sandfarbene Möpse dabeihaben. Die beiden Möpse, Fred und Ginger, versuchen, sich heimlich über die Würstchen herzumachen. Als sie merken, dass ich sie beobachte, kommen sie mit sabbernden Lefzen zu mir getrottet, drücken sich rechts und links an mich, um sich dann gleich auf den Rücken zu rollen und mir zwei stramme Bäuchlein entgegenzustrecken, die ich anscheinend kraulen soll.

Selbst zwei Möpse, denen man mich nicht einmal offiziell vorgestellt hat, merken, wie leicht man mich rumkriegen kann.

»Hey, Sunny. Alles okay mit dir?« Charlie setzt sich mit einem gefährlich durchhängenden Pappteller, auf dem sich das Essen stapelt, zu mir. Das bedeutet gleichzeitig, dass sie viel näher an Emmeline sitzt. »Wollten sie eure Pässe sehen, als ihr die Grenze in den Londoner Süden überschritten habt?«

Charlie ist echt nett. Sie ist supernett. Jedenfalls findet Emmeline das, aber trotz ihres ganzen draufgängerischen Gehabes kriegt sie es überhaupt nicht auf die Reihe, auf die eine zuzugehen, in die sie seit Monaten verknallt ist. Und deswegen bin ich hier – als Emmelines Begleitschutz.

Begleitschützerin.

Was auch immer. Wie sich herausstellt, bin ich auch nicht gerade top darin, mich mit Charlie zu unterhalten und dann nach und nach Emmeline in die Unterhaltung einzubeziehen. Mir fällt nichts Besseres ein als ein eingehender und äußerst langweiliger Bericht über unsere Fahrt von Crouch End hierher. »... und dann sind wir in Highbury und Islington umgestiegen, obwohl ich Ems gleich gesagt habe, dass wir lieber mit dem Bus nach Dalston Junction hätten fahren sollen und dann die ganze Strecke mit der Overground, aber sie meinte, ihre Version wäre schneller, und deswegen sind wir dann in Victoria noch einmal umgestiegen und sind immer noch eine Ewigkeit mit dem Zug gefahren bis Penge West.« Ich schnappe mir ein feines Ziegenkäse-Tomaten-Törtchen, das eher aus einem schicken Delikatessenladen als aus der Küche eines Roller-Girls zu stammen scheint, und stopfe es mir ganz in den Mund, sodass ich nicht weiterreden kann. Die beste Entscheidung des Tages.

»So eins musst du unbedingt probieren, Ems«, nuschele ich durch die herzhafte Geschmacksexplosion in meinem Mund hindurch.

Das ist das Stichwort, auf das sie die ganze Zeit verzweifelt gewartet hat. Emmeline rutscht auf den Knien näher. »Was ist los?«, fragt sie. »Oh, hallo, Charlie ...«

»Hey, Ems.«

Die beiden sehen sich an und wenden sogleich den Blick ab, als hätten sie nie auf der Party nach dem Roller-Derby-Match in Cardiff rumgeknutscht.

»Diese Blaubeertörtchen sehen auch super aus«, nuschele ich und Charlie grinst mich dankbar an.

»Stimmt. Chloe sagt, sie hätte *die* nur eingeladen, weil sie wusste, dass sie immer so megaleckere Sachen mitbringen.«

Ich strecke die Beine aus und weiß jetzt schon, dass ich beim Aufstehen einen ganz reizenden Grasabdruck auf der Rückseite meiner Oberschenkel haben werde. »Wer bringt megaleckere Sachen mit?«

»Die beiden Franzosen, die Godards.«

Sofort setze ich mich gerade hin. »Die sind hier? Echt?«

Ich blicke mich hektisch um und dort, ganz am anderen Ende des lockeren Kreises von Leuten, der sich um das Essen gebildet hat, stehen dicht nebeneinander zwei blasse, dünne Jungs. Trotz der Hitze tragen sie schwarze, schmal geschnittene Anzüge, passend zu ihren schmalen Gestalten, und Sonnenbrillen. Ihre dunklen Haare sind fast so üppig wie meine.

Emmeline vergisst, dass sie eigentlich gerade einen auf schüchtern macht. »Oh mein Gott! Das sind sie wirklich!« Sie packt meine Hand. »Ich hatte sie immer für ein Gerücht gehalten!«

Die Godards. Franzosen. Erst gab es nur den einen, der schon seit längerer Zeit auf seinem Moped durch den Londoner Norden kurvte, und dann waren es, vor ungefähr einem Jahr, plötzlich zwei. So als hätte sich Godard Nr. 1 plötzlich klonen lassen. Keiner weiß so genau, ob sie Zwillinge sind oder beste Freunde oder ein Paar. Es macht sogar das Gerücht die Runde, sie wären noch nicht einmal Franzosen. Jeder hat seine eigene Meinung über sie. Es gibt sogar einen Eintrag auf Tumblr, *FuckYeah!TheGodards*, wo die Leute Bilder der beiden posten können und wo sie zuletzt gesehen wurden.

Der einzige Mensch, der sie tatsächlich kennt, ist überraschenderweise meine Mutter. Die beiden betreiben eine Coffee Bar in einem alten Citroën-Bus und stehen zweimal wöchentlich auf dem Markt in Spitalfields, wo sie ihren Antik-Shop hat.

»Die Jungs sind hinreißend«, sagt sie immer. »Hinreißender Kaffee. Hinreißender Kuchen. Und dann diese hinreißenden Manieren.«

Einmal hat sie sogar einen der beiden dazu gebracht, für sie eine pampige Mail an einen Antiquitätenhändler in Toulouse zu schreiben, der ihr eine vom Holzwurm zerfressene Schlafzimmergarnitur verkauft hatte.

»Anscheinend sind sie überhaupt nicht schwul«, bemerkt Charlie. »Ich hab sie mal in einem Club gesehen und da haben sie beide dasselbe Mädchen angebaggert.«

»Nicht, dass es irgendwie nicht okay wäre, schwul zu sein«, sage ich, weil ich schließlich hier bin, um Ems zu unterstützen. »Das ist natürlich voll okay.«

»Ja, danke, Sunny.« Emmeline schafft es, ihr Bein auszustrecken und mir einen Tritt zu verpassen, und ich weiß nicht, wozu sie eigentlich meine Unterstützung braucht. Anstatt endlich in die Pötte zu kommen, wirft sie nur verstohlene Blicke zu Charlie hinüber, und sobald sie nicht hinsieht, schaut Charlie mit glasigen Augen zurück.

Ich muss in zwanzig Minuten wieder weg. Ich habe keine Zeit für so was.

»Geh jetzt und sprich mit ihr. Richtig. Mach schon!«, zische ich.

»Ich kann doch nicht einfach so anfangen, mit ihr zu reden.«

»Doch, kannst du. Das machen Menschen so, wenn sie sich mögen. Soll ich mich mal rarmachen? Ich könnte losgehen und noch ein paar Törtchen holen.« Das biete ich nicht nur aus reiner Herzensgüte an, sondern weil ich einen näheren Blick auf die beiden Godards werfen will. »Ich könnte Charlie einen von unseren Rock Cakes anbieten. Einen von denen, die nicht ganz verkohlt sind. Um deine abgefahrenen Backkünste zu demonstrieren.«

»Wage es ja nicht«, knurrt Emmeline. »Ich komme schon alleine klar.«

»Mit ›klarkommen‹ meinst du, dass du lieber gar nichts tust?«

»Ich könnte dir jetzt noch einen Tritt verpassen. Würde das als ›etwas tun‹ zählen?«

Es ist zu heiß und ich liege zu bequem, um Emmeline zu sagen, dass es eigentlich nicht zählt. »Sag mal, Charlie, Em braucht neue Rollen für ihre Rollschuhe. Wo kaufst du die immer?«

Wie sich herausstellt, sind das die magischen Worte, die Emmeline und Charlie in ein Gespräch verwickeln, und ich bin vollauf damit zufrieden, einen Teil meines Samstagabends damit zu verbringen, Törtchen zu essen und pralle Mopsbäuchlein zu kraulen.

Dann summt mein Handy und schon bin ich nicht mehr zufrieden.

Das ist bestimmt Mark, der mir sagen will, dass meine Stunde hier um ist. Die Angst ist zurück. Sie ist bitter und verjagt die Süße des Törtchens und den salzigen Geschmack des Ziegenkäses. Ich greife nach dem Handy und bin erleichtert und nur ein klein wenig enttäuscht, dass es eine Nachricht von Martha ist.

Emmeline und ich nennen sie insgeheim OMG!Martha, weil die ersten Worte aus ihrem Mund immer lauten: »Oh mein Gott, ihr werdet nicht glauben, was ich eben erfahren habe!« Sie ist das Gossip Girl von Crouch End.

Allerdings muss ich Martha zugestehen, dass ihre Quellen meistens top sind. »Eingehende Nachricht von Martha«, informiere ich Emmeline. »Sie hat ein Bild angehängt, das wird bestimmt gut.«

»Oh, lass sehen!«

Ich halte mein Handy so, dass Emmeline einen perfekten Blick auf das Display hat, und … dann sagen wir beide: »Oh mein Gott!«

Ich schließe die Augen. Ich kann nicht hinsehen. Ich

kann nicht *nicht* hinsehen. Ich öffne sie wieder, und dann sehe ich nur das Foto eines Jungen, der aussieht wie Mark, mein Mark, und dessen Mund auf dem Mund eines Mädchens klebt, das nicht ich bin. Eine seiner Hände ruht auf ihrem Arsch, in voller Schönheit kess zur Schau gestellt von ihren superknappen Hotpants.

OMG! Mark ist mit einem Mädchen in der Lock Tavern. Habt ihr euch getrennt? :(Fühl dich gedrückt. M xxx

»Wie kommt sie denn auf die Idee? Sie weiß doch genau, dass wir uns nicht getrennt haben. Sie war erst vor zwei Tagen auf meiner Grillparty und da war ich mit Mark zusammen. Sehr sogar. Überhaupt, der Typ sieht gar nicht so aus wie Mark.« Ich setze mich auf und blinzele auf das Display. »Das ist er nicht.«

»Na ja … das sieht schon aus wie das rote Freundschaftsbändchen, das du ihm geschenkt hast, und das hier sieht irgendwie so aus wie das blaue Karohemd, das du Terry geklaut hast und das sich Mark dann von dir geliehen und nie zurückgegeben hat«, merkt Emmeline an.

»Es gibt jede Menge Leute, die rote Freundschaftsbändchen und blaue Karohemden tragen. Unmengen.«

Wieder summt mein Handy. Wieder OMG!Martha.

Hier noch ein Bild. Dachte, du solltest das sehen :(LG M xxx

Es ist dasselbe Mädchen mit langen, glänzenden Haaren, das einen Jungen küsst, der nur Mark sein kann. Das Bild ist aus einem etwas anderen Winkel aufgenommen und zeigt unverkennbar seine blonde Mähne und den Leberfleck an seinem Kinn, den ich unzählige Male geküsst habe. Ich erkenne sogar seine dunkelblaue Unterhose, weil Marks Jeans so tief sitzen, dass, auch ohne Sex mit ihm zu haben, der Blick auf seine Unterhosen unvermeidlich ist.

Der Schmerz kommt ebenso plötzlich wie überwältigend. So wie wenn man sich den Zeh anstößt oder den Finger in einer Tür einklemmt. Ehe ich mich's versehe, laufen mir brennende Tränen die Wangen hinunter. Ich beuge mich vor und hole tief Luft. Emmeline lässt ihre Hand auf meinem Rücken liegen.

Es muss eine vollkommen vernünftige Erklärung geben, warum Mark da, inklusive Zungeneinsatz, mit einem anderen Mädchen rummacht. Aber mir fällt einfach keine ein.

»Was soll ich jetzt tun?«, frage ich Emmeline. »Soll ich ihn anrufen?«

»Vielleicht solltest du ihn jetzt lieber nicht anrufen, sondern dich erst einmal beruhigen«, sagt Emmeline, aber ich habe schon auf den grünen Knopf gedrückt.

Es folgt ein Rauschen, das direkt in seine Mailbox-Ansage übergeht, und ich höre Marks Stimme, seine beschissene Stimme: »Yo! Du weißt, was zu tun ist.« Ich mache den Mund auf und hole tief und stockend Atem, aber noch bevor ich etwas sagen kann, schnappt Emmeline sich das Handy.

»Nein, du hinterlässt keine Nachricht. So leicht sollte er nicht davonkommen. Dass er eine andere küsst und du dann per Mailbox mit ihm Schluss machst. Er hat Schlimmeres und du hast etwas viel Besseres verdient!«

»Aber es könnte doch ein ganz unschuldiger Kuss sein. Okay, es sieht nicht so aus, aber vielleicht ist es ja so«, protestiere ich.

Dann breche ich endgültig in Tränen aus.

In meiner Brust sitzt ein Schmerz, ich bin verschwitzt und mir ist kalt und ich heule hier vor tausend Leuten, die ich nicht einmal richtig kenne.

»Nicht, Sunny, bitte.« Emmeline hat es nicht so mit Umarmungen, stattdessen boxt sie mir sanft gegen den Arm. »Ich hasse es, wenn du weinst. Und außerdem ruiniert es dein Make-up.«

Unter gewaltigen Anstrengungen gelingt es mir, das Schluchzen stockend einzustellen. Ich habe noch nicht einmal meine Sonnenbrille abgenommen, und als ich mir nun rechts und links mit einem Finger unter den Augen entlangfahre, sind sie schwarz vor verschmierter Wimperntusche.

»Schlechte Nachrichten, Sunny?« Charlie mustert uns mit verlegener Miene als unfreiwillige Zeugin meines plötzlichen Absturzes in die Verzweiflung. »Brauchst du ein Taschentuch? Soll ich ein paar Papierservietten holen?«

»Es geht um meinen Freund«, nuschele ich. »Und ich habe selbst Taschentücher dabei, aber danke.«

»Um deinen Ex-Freund«, ergänzt Emmeline mit Nachdruck. »Betonung liegt auf Ex. Da gibt es kein Zurück mehr. Das sind echte Beweise auf deinem Handy. Mit diesen Bildern könnte man vor Gericht belegen, dass Mark nichts taugt. Ich wusste es! Ich wusste nur nicht, dass er dazu auch noch untreu ist.«

»Untreue Typen sind echt das Letzte«, pflichtet Charlie ihr bei, als ob ich hören will, was sie über meinen Freund denkt. Will ich nämlich nicht.

»Als mein Freund mich einmal betrogen hat, habe ich gar nicht erst abgewartet, dass er es noch ein zweites Mal tut, sondern ihn gleich mit einem Arschtritt vor die Tür gesetzt«, sagt eines der Mädchen, die hinter uns sitzen.

»Ein Arschtritt ist die einzige Sprache, die solche Typen verstehen.«

»Warum glauben sie, dass sie damit durchkommen, obwohl sie doch immer erwischt werden?«

»Ja, bei untreuen Typen muss man echt die Null-Toleranz-Regel durchziehen.«

Als hätten sie sich zum Chor einer griechischen Tragödie

formiert, geben nun sämtliche Roller-Derby-Girls ihren Senf dazu, was sie für miese Typen kennen und dass man keine Gnade walten lassen dürfe.

Ich kann nicht denken. Kann das Chaos von Gefühlen nicht auseinandersortieren, die alle nach Aufmerksamkeit schreien. Kann nichts anderes tun als das Foto auf meinem Handy anstarren.

Dann brummt es wieder und ich schalte das Handy aus und stecke es in meine Tasche zurück. Ich bin emotional nicht in der Verfassung, mir noch mehr pseudo-besorgte Trollbeiträge von OMG!Martha reinzuziehen. »Ich muss jetzt los.« Ich rappele mich auf. Ich hatte recht, das Gras hat sich auf meinen Oberschenkeln abgedrückt, aber das ist meine geringste Sorge. »Ich hab noch was zu erledigen.«

Was auch immer das sein könnte. In erste Linie, mich in Gretchen Weiners stinkigem Fell ausheulen und zwischendurch schubweise den Mut aufbauen, Mark anzurufen und ihn zu fragen, was zum Teufel hier eigentlich abgeht. Aber eigentlich traue ich mich nicht, Mark anzurufen, weil ich das schrecklich fiese Gefühl habe, dass er nicht mehr als die dreißig Minuten seit unserem letzten Telefonat gebraucht hat, um von *alles bestens* auf *nicht mehr in mich verliebt* zu kommen. Ich kapiere allerdings nicht, wie oder warum. Ich kapiere einfach gar nichts mehr.

»Genau, so ist es richtig! Stöber ihn auf und sag ihm ins Gesicht, was er für ein Arsch ist.« Charlie boxt mir gegen den Arm mit weit mehr Schwung als Emmeline. Es tut weh. Diese Roller-Girls können ihre eigenen Kräfte einfach nicht richtig einschätzen.

»Hast du das wirklich vor?«, fragt Emmeline skeptisch. »Du willst nur nach Hause, um dich auszuheulen, oder?« Sie steht auf und klaubt ihre Sachen zusammen. »Okay, dann komme ich mit. Und in meiner Gegenwart wird nicht rumgeheult.«

»Ich komm schon klar«, sage ich rasch, weil ich ihr Angebot zwar zu schätzen weiß, aber Emmeline hat sich den ganzen Weg zum Chrystal Palace geschleppt, um mit ihren Roller-Derby-Freunden zusammen zu sein und vor allem um in Sachen Charlie endlich einen entscheidenden Schritt weiterzukommen. Und ich will ihr nicht im Weg stehen.

»Du kommst ganz und gar nicht klar«, beharrt Emmeline. »Wer würde das schon? Weißt du was, sobald wir bei dir sind, schnappen wir uns den ganzen Krempel, den Mark dort liegen gelassen hat, und verbrennen ihn. Das wird dir guttun.«

Nicht wirklich. Außerdem hatte ich diese Woche bereits ein unschönes Erlebnis unter Beteiligung offener Flammen; noch eines könnte ich nicht verkraften.

»Bitte, Em. Ich komm mit deiner harten Tour gerade nicht so klar. Ich brauche jetzt zum Trost ein Eis und meine Schmusedecke.«

Emmeline erschauert bei der Erwähnung meiner (wirklich ziemlich versifften und leise müffelnden) Schmusedecke. »Ich kann die harte Tour auch etwas runterfahren.«

Ihr Gesicht ist offen, ganz ohne Hintergedanken. Sie ist geradeheraus. Sie meint es ehrlich. Wenn ich will, dass sie mit mir quer durch London zu mir nach Hause zurückeiert, damit wir dort alle Fenster zumachen, die Sommerhitze aussperren und Eis essen, weil man so was in solchen Situationen tut, dann ist sie dabei. Das ist absolut safe, auch wenn ich mir bei so vielen anderen Dingen alles andere als sicher bin. Und Emmeline wird sagen: »Ich mochte ihn eigentlich noch nie.« Das wird sie ständig wiederholen. Und dann sogar: »Diese Trulla … sah echt wie eine Schlampe aus«, obwohl Emmelines Mum immer betont, dass wir nicht so über andere Mädchen ablästern sollen – selbst wenn sie es wirklich verdient haben.

Emmeline würde all das tun, weil sie meine beste Freundin ist, aber sie kann dennoch nicht den flüchtigen Blick in Charlies Richtung verheimlichen. Darin liegt Hoffnung, so viel Hoffnung – bis sich diese Hoffnung in Bedauern verwandelt.

Das mit der besten Freundin gilt allerdings für beide Seiten.

»Oh nein«, sage ich. »Ich komme wirklich gut klar und ich werde nicht zu viel rumheulen, versprochen. Ich muss mich nur mal richtig sortieren, vielleicht mit Mark reden. Auf jeden Fall muss ich die Wohnung aufräumen, bevor Mum und Terry zurückkommen, und wenn ich doch das große Heulen kriege, kann ich Alex oder Martha oder Archie anrufen. Vielleicht rufe ich sie sowieso an. Schließlich haben sie das Chaos ja mit verursacht.«

Dann hebe ich das Kinn in die Höhe und ringe mir ein Lächeln ab. Es ist bestenfalls ein halbherziges Lächeln, wenn überhaupt.

»Bist du sicher?«, frage Emmeline.

»Absolut sicher. Und wenn ich meine Meinung doch ändere, können wir uns ja später in der Stadt treffen, wenn du immer noch feiern gehen willst.«

Eine kleine Sammlung von Törtchen und Kuchen werden in Servietten verpackt als Stärkung für meine lange Reise. Jemand erklärt mir einen nicht nur idiotensicheren, sondern Sunny-sicheren Weg aus dem Park hinaus und gibt mir den Rat, diesmal nicht in Penge West einzusteigen, sondern an der Haltestelle Chrystal Palace und dann in Clapham in die Northern Line umzusteigen.

»Ich sollte jetzt wirklich los. Sorry, dass ich wegmuss«, sage ich mit einem matten kleinen Winken, das perfekt zu meinem nicht einmal halbherzigen Lächeln passt.

Sobald ich hinter der Hügelkuppe verschwunden und außer Sichtweite bin, hole ich mein Handy heraus und rufe Mark an.

Er geht gleich beim ersten Klingeln dran. »Süße«, sagt er, anstatt wie sonst üblich mit einem Song über »sunshine« zu antworten. »Ich wollte dich eben anrufen. Es ist nicht so, wie du denkst, nicht im Geringsten.«

10 GRÜNDE, WARUM ICH DACHTE, MARK SOLLTE MEIN HERZ GEHÖREN

1. Wenn wir telefonieren, begrüßt er mich immer mit einem Song, der etwas mit meinem Namen zu tun hat. An einem besonders grauen Tag singt er zum Beispiel: »Don't blame it on the sunshine, don't blame it on the moonlight.« Das vertreibt alle dunklen Gedanken.
2. Zu meinem Geburtstag hat er eine Sunshine-Playlist auf Spotify eingerichtet, zu der alle meine Freunde Songs hinzufügen konnten.
3. Er ist der erste Junge, den ich geküsst habe, und jetzt kann ich mir nicht vorstellen, je einen anderen Jungen zu küssen.
4. Er ermahnt seine Mutter immer, wenn sie mal wieder grenzwertig rassistische Äußerungen macht. Was oft vorkommt. (»Sunny, ist das eine Abkürzung für irgendeinen afrikanischen Namen?« – »Dein Dad ist Rechtsanwalt? Ach wirklich? Das ist ja höchst ungewöhnlich.« – »Ich nehme an, du kannst ziemlich gut tanzen, oder? Ich finde immer, dass ihr Schwarzen so ein natürliches Rhythmusgefühl habt.«) Einmal hat er ihr sogar gedroht, sie bei der Gleichstellungsbeauftragten anzuzeigen.
5. Wann immer er ohne mich um die Mittagszeit in Crouch End ist, bringt er mir ein Rosinenbrötchen von Greggs mit.

6. An dem Tag bevor wir zusammengekommen sind, hat er im Englischunterricht laut aus T. S. Eliots *Das wüste Land* vorgelesen und mich dabei die ganze Zeit angesehen, sodass ich Dinge gefühlt habe, die ich noch nie zuvor gefühlt hatte.
7. Das klingt jetzt vielleicht etwas platt, aber Mark ist ein DJ. Er hat tatsächlich schon gegen Bezahlung für musikalische Unterhaltung bei Partys gesorgt. Also, Archies Dad hat ihm 50 Pfund zugesteckt, als er bei Archies Geburtstag den DJ gemacht hat. Und er hat noch mehr Geld gekriegt, als er bei der Party zur Silberhochzeit von Alex' Eltern den DJ ersetzt hat, weil der Typ immer nur »Hi Ho Silver Lining« in Endlosschleife gespielt hat.
8. Er hält immer meine Hand, wenn er mich von der Schule nach Hause begleitet. Immer.
9. Er hat heute einen Großteil des Tages, dem heißesten des ganzen Jahres, damit verbracht, mir beim Streichen des Gartenschuppens zu helfen. Wobei die verkohlten Stellen Emmelines Meinung nach nur daher kommen, dass er und Archie den Besen in Brand gesteckt und dann irgendwelche Kunststücke damit ausprobiert haben. (Nicht vergessen: Neuen Besen kaufen, bevor Mum zurückkommt.)
10. Ich hätte mir niemals vorstellen können, dass er hinter meinem Rücken mit so einer Schlampe in Hotpants rumknutschen würde.

21.23 UHR

CLAPHAM

Bevor 1863 die Eisenbahn kam, bestand Clapham nur aus grünen Feldern und war berühmt für seinen Lavendel-Anbau. Der bis heute als Park bekannte, knapp 90 Hektar große Clapham Common war Gemeindeland, auf dem im späten 17. Jahrhundert, zu Zeiten des berühmten Tagebuchschreibers Samuel Pepys, die Straßenräuber ihr Unwesen trieben.

Clapham gehörte zu Surrey, bis 1898 der Regierungsbezirk County of London geschaffen wurde. Der Bahnhof Clapham Junction (einer der geschäftigsten in ganz Europa) hieß ursprünglich Battersea Junction und wurde dann in Clapham Junction umbenannt, weil es vornehmer klang. Für die Anwohner von Battersea ist das bis heute ein heikles Thema.

Berühmte Persönlichkeiten aus Clapham sind beispielsweise Brian Dowling, der Gewinner der zweiten Folge von Big Brother, Graham Greene, der Autor des Romans Am Abgrund des Lebens, *und die Schwestern Anna und Ellen Pigeon, die 1873 als erste Frauen das Matterhorn bestiegen haben.*

Beim Klang von Marks Stimme merke ich, wie sauer ich bin. Stinkwütend. Geradezu rasend vor Wut.

Mein Dad erklärt mir immer, dass man nicht wütend werden darf. »Du darfst nicht in die Rolle des *angry black girl* schlüpfen«, sagt er. »Genau das ist es, was die Leute erwarten.«

Als er in den 1980ern in meinem Alter war und in Ladbroke Grove lebte, wurde er ständig von der Polizei angehalten, nur weil er einfach so die Straße runterging. Oder auf dem Rücksitz im Auto eines Freundes saß. Oder an einer Straßenecke abhing. Angehalten und gefilzt. Und musste sich nicht selten von denselben Polizisten als Nigger beschimpfen lassen. Er meint, sie hätten es genau darauf abgesehen, dass er wütend wurde, und deswegen zeigte er es nie.

Stattdessen hat er sich umso mehr ins Zeug gelegt, und jetzt ist er Rechtsanwalt, der für das Gute und die Gerechtigkeit kämpft, obwohl er noch immer von Zeit zu Zeit von der Polizei angehalten wird, weil die Polizisten denken, dass ein Schwarzer in einem teuren Auto naturgemäß ein Drogenhändler sein muss. Was lächerlich ist. Als ob sich irgendein Drogenhändler, der was auf sich hält, jemals am Steuer eines Volvos blicken lassen würde.

Während mein Dad also betont, dass die Leute immer als Erstes meine Hautfarbe sehen werden, predigt mir meine Mutter, dass es nicht darauf ankommt, was ich bin, sondern was ich tue. Da ist es ja kein Wunder, wenn ich verwirrt bin. Und es ist auch kein Wunder, dass sie sich noch vor meinem dritten Geburtstag getrennt haben.

Aber jetzt bin ich jedenfalls wütend und es ist wunderbar. »Ich will gar nicht mit dir reden«, erkläre ich Mark und meine es auch so.

Mark redet trotzdem mit mir. Er sagt: »Ich habe sie nicht geküsst, ich wurde geküsst. Ich schwör's.«

Und ich sage: »Ja, genau, deine Zunge sah auch total aus wie ein unschuldiger Zaungast. Netter Versuch.«

Inzwischen steige ich an der Haltestelle Chrystal Palace in den Zug und Mark sagt: »Ein paar von meinen alten Freunden aus Chelsea sind plötzlich in der Lock Tavern aufgetaucht und die ticken total anders als wir. Da geht es ständig Bussi-Bussi und Schatzi hier und Schatzi dort.«

Das sind also die Freunde aus Chelsea, die ich nie kennengelernt habe und mit denen Mark jedes zweite Wochenende verbringt, damit er Mädchen küssen kann, die nicht ich sind, immer in der Gewissheit, dass ich es nie erfahren werde. Bis heute jedenfalls.

»Egal«, sage ich kurz angebunden. »Jedenfalls kein Wunder, dass du mich ihnen nie vorstellen wolltest. Bestimmt hattest du Schiss, dass ich auf deine *Alle-14-Tage-Wochenendfreundin* treffe!«

»Ich wollte nicht, dass du sie kennenlernst, weil es lauter Arschlöcher sind«, sagt er. »Und ich werde ebenfalls zum Arschloch, wenn ich mit ihnen zusammen bin, und dann würdest du mich nicht mehr lieben.«

Während wir sprechen, brummt mein Handy wie besessen. Ich vermute, dass OMG!Martha die guten Neuigkeiten verbreitet hat und nun die »Alles okay, Süße?«-Nachrichten Fahrt aufnehmen, was die Flammen meiner lodernden Wut nur noch mehr anfacht.

»Ich musste es über OMG!Martha erfahren. Jetzt stehe ich da wie ein Idiot.«

Daraufhin fängt Mark an, gewaltig über Martha herzuziehen, so als wäre alles ihr Fehler, dabei kann sie eigentlich gar nichts dafür. »Das ist mal wieder typisch«, sagt er. »Immer muss sie ihre Nase in Sachen stecken, die sie nichts angehen. Und dann so einen Wind machen. Du weißt doch, dass sie nur eifersüchtig auf uns ist, so wie sie immer um uns herumhängt, wenn wir mal alleine sein wollen. Und immer macht sie so ein Drama aus allem. Wie damals, als sie dieses Video von Archie getweetet hat, wie er über die kleine Mauer neben dem Chemiesaal skaten wollte, und er dann nachsitzen musste.«

»Das hat sie doch nicht absichtlich getan«, entgegne ich matt, da mir jetzt wieder einfällt, dass ich einmal Hausarrest bekommen habe, weil Martha ein Bild von mir auf der Seilschaukel am Parkland Walk getweetet hat, das meine Mum dann gesehen und dadurch gemerkt hat, dass ich die Vertiefungsstunde geschwänzt hatte, obwohl ich versprochen hatte hinzugehen. »Jemand sollte ihr das Handy abnehmen.«

»Sie ist so ein Hater. Aber wo steckst du eigentlich?«, fragt Mark, obwohl es zu früh ist, das Thema zu wechseln, da wir noch nicht einmal ansatzweise zum Kern der Sache vorgedrungen sind. Doch dann merke ich, dass ich an dieser Haltestelle aussteigen muss.

Ich springe auf. »Ich bin bei Peckham Rye und muss jetzt in die Overground umsteigen in Richtung Clapham.«

»Peckham? Ist das nicht da, wo *Only Fools and Horses* spielt?«, fragt Mark. »Würdest du dich besser fühlen, wenn ich dir die Titelmelodie vorsinge?«

Es fällt mir immer schwerer, noch länger sauer auf Mark zu sein. Vor allem, weil ich inzwischen auch auf Martha sauer bin und darüber, wie kompliziert es ist, aus dem Londoner Süden herauszukommen. Es kommt einem fast so vor, als wären sie wild entschlossen, einen nicht wieder gehen zu lassen, sobald sie einen über die Themse gelockt haben.

Mark scheint zu spüren, dass ich schwanke. »Ich liebe dich«, sagt er. »Du bist so ziemlich das einzig Gute, was mir passiert ist, seitdem sich meine Eltern getrennt haben. Ich werde nichts tun, was das gefährden würde. Komm schon, Sunny, du weißt doch, dass ich niemals freiwillig eine andere küssen würde. Und erst recht nicht heute Abend … aber wir müssen es auch gar nicht heute tun.

Wir machen alles so, wie du willst. Ich helf dir beim Aufräumen und ich bin sogar bereit, zum fünfzigsten Mal mit dir *Girls Club* zu schauen – aber komm einfach so bald wie möglich her, Sunny. Wo bist du jetzt?«

»Eine Haltestelle vor Clapham High Street«, sage ich. »Ich muss gleich auflegen, weil ich dann in die U-Bahn umsteige.«

»Aber du glaubst mir doch, oder? Sie hat mich geküsst, nicht ich sie, und ich habe meine Hand als Schockreaktion auf ihren Hintern gelegt. Ich weiß, es klingt wie eine fadenscheinige Entschuldigung, aber es ist die Wahrheit.«

Das mit der Hand auf dem Hintern hatte ich schon ganz vergessen und seine Entschuldigung klang wirklich fadenscheinig, andererseits habe ich auch schon mal nachts auf dem Heimweg das Gleichgewicht verloren, als ich durch den Bus ging und der gerade über eine Bodenwelle fuhr, und war direkt auf Archies Schoß gelandet. Archie war natürlich knallrot angelaufen und alle anderen, darunter vollkommen Fremde, hatten mich ausgelacht. Und bei näherer Betrachtung war es wieder Martha, die alles noch schlimmer gemacht hatte. »Ich wusste ja gar nicht, dass du *so* auf Archie stehst«, hatte sie gegackert, als wäre es mir nicht schon unangenehm genug gewesen.

Und was hatte Mark getan? Er hatte mich von Archies Schoß hochgezogen und gesehen, dass meine Augen kurz vor dem Überlaufen waren, so abgrundtief peinlich war mir das Ganze. Dann hatte er mich auf die Wange geküsst und ungerührt bemerkt: »So ein Ausrutscher kann jedem passieren, Sun. Mach dir keinen Kopf.«

Und deswegen habe ich nun beschlossen, mir auch über seinen … *Ausrutscher* keinen Kopf zu machen.

»Okay, dann ist ja alles klar zwischen uns. Bis gleich, ja?«

»Ich kann dich ja an der U-Bahn abholen. Steigst du in Camden oder in Chalk Farm aus?«

Ich will Mark gerade erklären, dass nur Touristen an einem Samstagabend in Camden Town aussteigen würden, aber dann sagt er: »Warte mal kurz.« Ich höre im Hintergrund, wie ihm jemand etwas zuruft. Es könnte ein Mädchen sein, was ja noch nicht zwangsläufig bedeutet, dass es genau dieses Mädchen ist.

»Ich muss los, Baby. Schreib mir einfach. Bis gleich. Hab dich lieb.«

Dann legt er auf und ich bin nicht mehr wütend auf ihn. Ehrlich, ich bin wirklich nicht mehr wütend. Ich komme mir eher vor wie eine Flasche Cola, die jemand geschüttelt hat. Ich habe eine Weile vor mich hin geblubbert und bin jetzt ganz lasch, während ich die kurze Strecke zur U-Bahn-Haltestelle Clapham North gehe. Die gute alte Northern Line. Ich werde nie mehr über sie schimpfen. Nicht nach der Tour, die ich bis hierher hinter mir habe.

Aber als ich bei der Haltestelle ankomme, ist der Eingang abgesperrt und verrammelt. Dann bemerke ich ein Plakat, auf dem etwas von Bauarbeiten steht, die verhindern, dass man in einer großen Weltstadt an einem verlängerten Wochenende im August mit der U-Bahn vom Süden in den Norden fährt. Da kommt man sich doch verdammt noch mal vor wie im Mittelalter oder so.

Aber es kommt noch schlimmer. Denn auf der Bekanntmachung stehen – wiederholt von dem mürrischen Typen in der London-Transport-Uniform, der die Fragen und Beschimpfungen der Passagiere über sich ergehen lassen muss – die drei schlimmsten Wörter der englischen Sprache. Die allerschlimmsten.

RAIL REPLACEMENT BUS. Schienenersatzverkehr.

Nein! Nein! Nein! NO!!!!

Oh Gott, warum hast du mich verlassen?

Wie auf ein Stichwort schaukelt der Ersatzbus heran. Aus den Fenstern starrt eine Handvoll unglücklicher

Menschen, während sich weitere unglücklich dreinschauende in eine Schlange reihen, um einzusteigen.

Soll das etwa mein Schicksal sein? Stunden meines Lebens an Bord eines Schienenersatzbusses zu verbringen, der aus Clapham im tiefsten Süden von London bis hinauf in den Norden nach Camden juckelt und dabei unterwegs an jeder U-Bahn-Haltestelle anhält? Wenn ich Glück habe, bin ich auf diese Weise gerade mal zum Frühstück in Camden. Und ein Taxi ist auch keine Option. Das könnte ich mir nie im Leben leisten. Trotzdem lasse ich den Bus ziehen.

Auf der Suche nach einer göttlichen Eingebung blicke ich mich um. Auch die Fähigkeit zur Teleportation käme jetzt nicht ungelegen.

Ich war bisher ein einziges Mal in Clapham, und zwar mit meinem Stiefvater Terry und meinem Halbbruder Dan, der Vollzeit-Nervensäge, um einen Kostenvoranschlag für die Entrümpelung eines Hauses abzugeben. Das Haus gehörte einer Frau, die ihr ganzes Leben dort verbracht hatte und nun in ein Zimmer in einem Pflegeheim umziehen musste. Terry meinte, dort wäre seit den 40er-Jahren nicht mehr renoviert worden. Es sah aus wie in einem Museum, nur dass man die Sachen anfassen konnte, obwohl man das irgendwie auch nicht wollte. Schließlich war es das Zuhause dieser Frau, in dem sich ihr gesamtes Leben abgespielt hatte.

Und da saß Mrs Sayer in einem ihrer grünen Samtsesselchen und rang die blassen, von dicken Adern überzogenen, altersfleckigen Hände. »Ich weiß nicht, was ich tun soll. Was soll ich mitnehmen?«, sagte sie. »Wie soll ich entscheiden, welche Dinge mir am meisten bedeuten?« Dann sackten ihre schmalen, knochigen Schultern nach vorne. »Aber was spielt es schon für eine Rolle? Es sind ja nur Sachen.«

Terry hatte gesagt, er würde Tee kochen, und mich

gebeten, ihr solange Gesellschaft zu leisten. Jede unbehagliche Minute wurde markiert durch das Ticken der komischen alten Uhr auf dem Kaminsims. Ich weiß nie, was ich sagen soll, deswegen habe ich mich in ihrem Wohnzimmer umgesehen; die bräunlichen alten Fotos von Hochzeiten und Babys und einem Mann in Uniform. Eine zerbrechliche blaue Vase, in deren zartem Glas sich das Sonnenlicht brach. Eine Windmühle aus Porzellan, auf die »A present from Margate« gemalt war.

»Ich würde die Sachen mitnehmen, die mich glücklich machen, wenn ich sie ansehe«, sagte ich schließlich. »Die Sachen, bei denen Sie an all das Gute denken, was passiert ist.«

Sie sah mich an, als wüsste sie nicht recht, was ich da auf ihrem Sofa tat. Dann lächelte sie. »Das klingt nach einer hervorragenden Idee.«

Terry war auf den Dachboden gestiegen, um ein paar Koffer für sie herunterzuholen, und hatte ihr dann einen Kostenvoranschlag für die Entrümpelung des Hauses gemacht. Und Mum hatte ihn deswegen angeschrien, als wir nach Hause kamen, weil sie meinte, sie wären innerhalb eines Jahres pleite, wenn er seine Kostenvoranschläge weiterhin so nahe am Wiederverkaufspreis ansetzen würde.

Nachdem wir bei Mrs Sayer waren, gingen wir zu einem Imbiss, um uns eine doppelte Portion Schinkenspeck, Würstchen, Baked Beans und Pommes einzuverleiben. Anschließend kauten wir auf dem gesamten Heimweg nach Crouch End extrastarke Pfefferminzbonbons, damit Mum kein totes Tier in unserem Atem riechen würde.

Das ist alles, was ich bisher über Clapham wusste. Jetzt kann ich von meinem einsamen Posten an der Bushaltestelle vor der U-Bahn-Station Clapham North eine Rechtsanwaltskanzlei und einen Schönheitssalon sehen, ein paar kleinere Läden und eine Kirche. Der Pub an der Ecke ist zitronengelb gestrichen und aus dem Hof quellen rauchende, trinkende und laut redende Leute bis auf die Straße. Ich könnte mich irgendwo in London befinden, aber es ist nicht mein London; das London, in das ich so schnell wie möglich zurückwill.

Aber Gott hat für mich den Schienenersatzbus vorgesehen, der scheinbar alle fünf Minuten verkehrt, denn es kommt schon wieder einer auf mich zugerollt.

Plötzlich höre ich es hupen. Erst einmal, dann zweimal, bevor schließlich ein wildes Hupkonzert ertönt und ich hinter der Bushaltestelle zwei Jungen auf Mopeds entdecke, die am Straßenrand halten. Zwei Jungen in coolen, schmal geschnittenen Anzügen, die bestimmt hoch aufgetürmte Haarmähnen hätten, wenn selbige nicht von ihren Helmen verdeckt wären. Sie tragen noch immer Sonnenbrillen und die Roller sind von dieser italienischen Marke, deren Name mich immer an Schokolade erinnert. Vespa. Sie fahren Vespas. So wie Audrey Hepburn und Gregory Peck in *Ein Herz und eine Krone* oder wie die ganzen Mods, die in *Quadrophenia* nach Brighton fahren, um gegen die Rocker zu kämpfen. Das müssen wir immer anschauen, wenn Terry an der Reihe ist und sich einen Film aussuchen darf.

Es sind die Franzosen. Die Godards. Keine Ahnung, was die in Clapham zu suchen haben oder warum sie hier hupen, als wäre das ein neuer Volkssport.

Egal. Ist nicht mein Problem.

Ich reihe mich in die Schlange für den Schienenersatzbus ein.

»Sunshine! Hey! Sunshine! Komm her!«

Auch wenn es so auf meiner Geburtsurkunde steht, gibt es nur eine Person, die mich Sunshine nennt, und das ist meine Mum. Und sie nennt mich nur so, wenn es gewaltigen Ärger gibt. Aber einer der beiden Godards (wie soll man die bloß auseinanderhalten?) hat seinen Helm abgenommen, winkt mir zu und ruft meinen vollen Namen.

Widerstrebend schlurfe ich zu ihm hinüber. Keine Ahnung, warum zwei geheimnisvolle Franzosen irgendetwas mit mir zu tun haben wollen.

»Hey«, sage ich, sobald ich in Hörweite bin. »Was ist los?«

»Ah, ich wollte dich gerade dasselbe fragen«, sagt der nicht näher identifizierte Godard. Er hört sich überhaupt nicht französisch an, sondern eher so, als wäre er genau wie ich im Londoner Norden geboren und aufgewachsen. Der andere Godard hat noch nicht einmal seinen Helm abgenommen, stattdessen hockt er auf seinem Roller, als könne er es gar nicht erwarten, sich wieder in den Verkehr zu stürzen. »Deinen Freunden ist eingefallen, dass die Northern Line gesperrt ist, aber da warst du schon weg und bist auch nicht ans Handy gegangen.«

Ich werfe einen Blick auf mein Handy. Darauf sind so viele ungelesene Nachrichten, Voicemails und verpasste Anrufe, dass es aussieht wie das Handy eines ausgesprochen beliebten Menschen. »Es gibt Schienenersatzbusse.«

»Wie ätzend«, murmelt dieser Junge, dessen Namen ich nicht kenne und der vielleicht nicht einmal Franzose ist. »Ich bin einmal mit so einem Schienenersatzbus gefahren. Jemand hat mir auf die Schuhe gekotzt. Absolut traumatisch.«

Ich starre auf seine Füße. Seine dünnen Beine enden in einem Paar schwarzer spitzer Stiefel. Dann blicke ich auf, denn er streckt mir auffordernd die Hand entgegen.

»Ich weiß, wir kennen uns noch nicht, aber deine Mutter, *la belle Hélène*, spricht dauernd über dich. Ich bin Vic.«

»Sunny. Alle nennen mich Sunny.« Wir schütteln uns die Hand. Er hat einen festen Händedruck und für einen kurzen Augenblick bilde ich mir ein, er würde meine Hand halten. Ein schönes Gefühl, aber das liegt vielleicht nur daran, dass ich mich noch immer wie platt gebügelt fühle und ein bisschen Händchenhalten wirklich brauchen könnte.

Und so ist es ein kleiner Verlust, als Vic meine Hand wieder loslässt. Dann macht er eine Kopfbewegung und sagt etwas auf Französisch zu seinem Zwillingsbruder-Doppelgänger-Freund. Ich erhasche das Wort *»allez«*. Und ich erkenne außerdem das Wort »Wichser« in dem französischen Redefluss, den ich ansonsten nicht verstehe, weil ich in der Schule Spanisch als Fremdsprache gewählt habe.

Dann steigt der andere von seinem Roller und kommt auf mich zu. Instinktiv weiche ich zurück. Vic trägt ein weißes Hemd und wirkt hell und freundlich, aber dieser andere Typ trägt ein schwarzes Hemd und das passt genau zu seinem Gesichtsausdruck.

»Sunny, das ist Jean-Luc. Er tut nur so, als würde er kein Wort Englisch verstehen. Außerdem tut er so, als wäre er ein fetter Wichser. Was beides nicht stimmt. Er ist nur ein ganz normaler Wichser.«

Obwohl er eine Sonnenbrille aufhat, bin ich sicher, dass Jean-Luc die Augen verdreht. Ich strecke ihm die Hand entgegen, doch er ignoriert sie und sagt nur *»Enchanté«*, so als wäre er alles andere als *enchanté*.

Normalerweise würde ich jetzt herumstottern und rot werden, wie immer, wenn interessante Jungs zugegen sind und ich versuche, cool zu tun, aber die Umstände sind alles andere als normal. Mein Herz ist angeschlagen und Mark ist der Einzige, der es wieder heil machen kann, und so stehe ich nur da, verschränke die Arme und beschließe, dass mir pampige französische Jungs heute Abend einfach eine Nummer zu viel sind.

»Nett von euch, dass ihr extra gekommen seid, um mir das mit der Northern Line zu sagen. Danke«, nuschele ich. »Ich nehme jetzt wieder die Overground oder doch den Bus oder so.«

Während ich das sage, fährt der nächste Schienenersatzbus vor und die Leute darin sehen, falls das überhaupt möglich ist, noch unglücklicher aus als die in den ersten beiden Bussen. So als würde der Bus eigentlich gar nicht alle Haltestellen der Northern Line abklappern, sondern stattdessen direkt den Schlund der Hölle ansteuern.

Vic und Jean-Luc stehen beide noch da. Mit ihren Helmen und den Sonnenbrillen und ihrer möglichen französischen Herkunft kommt mir plötzlich der Gedanke, ob sie wohl jemals darüber nachgedacht haben, eine Band à la Daft Punk zu gründen, und dann spüre ich, wie ein Kichern in mir aufsteigt, und muss mich abwenden.

»Danke noch mal.« Mit einem matten Winken mache ich Anstalten, mich in die Schlange derjenigen einzureihen, die widerwillig in den Bus einsteigen, doch jetzt versperren die Godards mir den Weg.

»Du willst zurück in den Norden?«, fragt Vic.

»Ja, nach Camden. Genauer gesagt, Chalk Farm, aber …«

»Das dauert Stunden und vielleicht kotzt dir dabei jemand auf die Schuhe oder noch schlimmer!« Vic erschauert theatralisch. Dann nimmt er seinen Helm ab, fährt sich sofort mit der Hand in die Haare und zupft und zerrt so lange daran herum, bis ihr früheres Volumen wiederhergestellt ist. Erst dann spricht er weiter. »Das ist zu viel.«

Ich weiß nicht, ob er über die Verkehrslage oder seine Haare spricht, aber Jean-Luc nickt und packt mich am Arm. Er hat unfassbar lange Finger. »Und du leidest an, äh, enttäuschter Liebe.«

»An was leide ich …? Oh Gott, wissen eigentlich alle, dass mein Freund mich … mich … enttäuscht hat? Hat er ja gar nicht. Wir haben das geklärt. Es war nur ein Missverständnis. Ich bin jetzt unterwegs zu ihm.«

Die beiden stehen da und tauschen einen amüsierten Blick, als wäre ihnen der Irrglauben, dem sich junge Frauen aus enttäuschter Liebe hingeben, nur allzu vertraut. Dann dreht Vic sich zu mir, um mich eingehend von Kopf bis Fuß zu mustern und das Ganze mit einem zufriedenen Kopfnicken abzuschließen, als hätte ich die Prüfung bestanden. »Wir wissen alles über deinen Freund«, sagt er mit einem schiefen Grinsen.

Ich stemme die Hände in die Hüften. »Ach ja?« Normalerweise bin ich nicht so angriffslustig. Keine Ahnung, was in mich gefahren ist, aber sein Grinsen macht mich total kirre. »Woher das denn?«

»Von deiner Mutter«, sagt Vic und ich sacke in mich zusammen. »Ich wollte sogar schon beim Picknick zu dir rüberkommen und Hallo sagen, weil ich dich von dem Foto wiedererkannt habe, das *la belle Hélène* auf dem Schreibtisch in ihrem Laden stehen hat … Außerdem zeigt sie uns ständig alle möglichen Fotos von dir und deinem *petit frère* Daniel auf ihrem Handy und sogar von *le chat* mit dem komischen Namen …«, fügt Jean-Luc hinzu.

Das geht zu weit. »Gretchen Weiner ist überhaupt kein komischer Name für eine Katze! Ihr Fell ist so dick und wuschelig, als würden alle ihre Geheimnisse darin stecken, und wenn man versucht, sie vom Sessel zu scheuchen, schaut sie einen manchmal mit diesem ›Du kannst dich nicht zu uns setzen‹-Blick an, der euch vermutlich nichts sagt, falls ihr *Girls Club* nicht gesehen habt.«

Ganz offensichtlich kennt keiner von beiden dieses cineastische Meisterwerk, denn Jean-Luc schüttelt nur mit einem kleinen Hüsteln den Kopf. Ich hoffe, dass es richtig heiß und stickig unter seinem Helm ist und er einen Hitzschlag bekommt zur Strafe dafür, dass er meine Katze gedisst hat. »›Oh, meine Sunny ist so hübsch, wenn sie nur öfter lächeln würde‹«, sagt er mit verstellter, hoher Stimme. »›Und jetzt hat sie diesen Freund, bei dem man immer die Unterhose sieht und der einen wenig vertrauenerweckenden Eindruck macht. Ich mache mir wirklich Sorgen um sie.‹«

»Ich wette, dass meine Mum nie so etwas sagen würde.« Aber ich weiß, dass sie es tut. Ich kann sie geradezu hören. Außerdem bemerkt sie gerne mal, dass sie mich eher Storm Cloud anstelle von Sunshine hätte nennen sollen. Aber es gegenüber den Godards zu erwähnen, die ich noch nicht einmal kenne … ich nehme mir fest vor, sie umzubringen, wenn sie aus ihrem Campingurlaub zurückkommt.

»Sie macht sich Sorgen um dich«, sagt Vic. »Wie es jede gute *Maman* tut. Und da gehört es sich einfach, dass wir dich sicher nach Hause begleiten.«

»Ich will doch gar nicht nach Hause.«

»Deine Freundin Emmeline meinte das aber«, sagt Jean-Luc. Er hat eindeutig die Rolle des *bad cop* übernommen. »Und dass dein Freund *un cochon total* sei und du dich ausheulen und Eis essen müsstest.«

Ich nehme mir vor, auch Emmeline umzubringen. »Sie irrt sich. Ich fahre nicht nach Hause und muss mich nicht ausheulen.« Laut ausgesprochen hört es sich nicht besonders überzeugend an. Und der Gedanke an Emmeline, die Mark keinerlei Vertrauensvorschuss geben will, lässt aus unerfindlichen Gründen meine Augen brennen, als würden sich in meinen Tränendrüsen die Tränen sammeln wie Kaffee, der durch einen Filter tropft. Ich schlucke und wage noch einen Anlauf. »Zwischen Mark und mir ist alles bestens. Absolut bestens. Normalerweise läuft er nicht durch die Gegend und küsst andere Mädchen. Das Mädchen auf dem Foto hat *ihn* geküsst und er war nur gegen seinen Willen beteiligt. Ganz gegen seinen Willen.«

Ich trage keine Sonnenbrille, weil es ohnehin fast dunkel ist und ich außerdem kein Poser bin, und so können sie möglicherweise die einzelne Träne sehen, die in meinen

Wimpern hängen bleibt, bevor sie in Zeitlupe meine Wange runterkullert.

Keiner von uns sagt etwas. Ich traue mich nicht, den Mund aufzumachen, damit nicht etwas Dummes wie etwa ein Schluchzen herauskommt.

Jean-Luc wendet sich als Erster ab, aber er klappt nur das kleine Gepäck-Dings hinten an seinem Roller auf und zieht einen Helm hervor, mustert ihn skeptisch und schaut dann auf meine Haare.

»Vielleicht musst du deine Haare ein bisschen runterdrücken, damit er passt, *non?*« Er streckt mir den Helm entgegen. »Also los! *Allez!*«

»Du willst mich auf dem Ding da bis nach Camden mitnehmen?«

»Viel schneller als der Bus«, erwidert Vic. »Aber du musst nicht mit ihm fahren. Ich nehme dich mit. *La belle Hélène* kann sicher sein, dass du bei mir in guten Händen bist.«

La belle Hélène würde neunundneunzig Anfälle kriegen, wenn sie wüsste, dass ich auch nur darüber nachdenke, hinten auf einem motorisierten Zweirad quer durch London zu fahren. Ich bin mir sogar ziemlich sicher, dass sie es lieber hätte, wenn ich schwanger wäre oder Selbstmord beginge oder meinen Schulabschluss vermassele, als auf einer dieser Vespas mitzufahren. Vor allem wenn dabei die Wahrscheinlichkeit besteht, dass einer von beiden zu schnell um eine Kurve biegt oder von einem Lkw zerquetscht wird, sodass der Notarzt nur noch meine Überreste von der Straße aufkratzen kann.

»Nein, es ist schon okay. Ich kann den Bus nehmen«, sage ich, während bereits der nächste auftaucht. »Aber danke. Ich werde meine Mutter von euch grüßen.«

Ich schiebe Jean-Luc den Helm mit einer solchen Entschiedenheit wieder zurück, dass ihm ein schmerzerfülltes

»Uuff« entfährt, bevor ich zur Bushaltestelle hinübereile, um den Fahrer zu fragen, wie lange es bis nach Camden dauert.

»Ich hab keinen blassen Schimmer«, sagt er hilfreich. »Wie lang ist ein Stück Schnur? Beim letzten Mal waren es zwei Stunden.«

Vic und Jean-Luc sind immer noch da. Ich gehe zu ihnen zurück. Jean-Luc reicht mir den Helm.

»Ich bin nicht passend angezogen, um auf einem Moped mitzufahren«, erkläre ich. »Ich will nicht, dass die Sanitäter die kleinen Asphaltsteinchen aus meinen Beinen pulen müssen.«

Wir starren alle drei auf meine Beine. Ich trage keine Hotpants wie andere mir bekannte Personen. Bei mir ist kein Fitzelchen Pobacke zu sehen. Meine Shorts reichen bis über diese nervige dicke Stelle an der Innenseite meiner Oberschenkel. Sie haben einen Umschlag. Sie sind anständig und dem Wetter angemessen, aber jetzt verforme ich meine Beine zu einem komischen, ungeschickten und peinlichen Knoten, bis ich beinahe umfalle. Hört auf, mich so anzuglotzen, würde ich am liebsten jammern. Stattdessen muss ich mich der unbequemen Wahrheit stellen. Meine Wahlmöglichkeiten sind äußerst eingeschränkt, wenn ich noch vor Weihnachten in Camden sein will. Mir bleibt nichts anderes übrig, als das Undenkbare zu tun und mich auf der Stelle zu entscheiden, hier und jetzt und ohne zu zögern.

Vielleicht doch ein winziges Zögern. »Wer von euch beiden ist der bessere Fahrer? Stellt euch vor, man würde euch mit einer Waffe bedrohen und ihr müsstet euch entscheiden.«

»C'est moi!«

»Ich natürlich.«

»Die Waffe ist an eurem Kopf!«

Jean-Luc hält eine Hand in die Höhe. »Un moment!«

Die beiden diskutieren leise und nachdrücklich auf Französisch.

Dann wird es lauter. Sie treten sich mit geschwellter Brust gegenüber wie aufgeplusterte Tauben. Sie sagen französische Sachen wie *»zut alors!«* und *»mon Dieu!«* und auch *»incroyable!«*. Ich hätte nie gedacht, dass Franzosen so etwas im wahren Leben wirklich sagen.

Ich ziehe meine Wasserflasche hervor. Sie ist lauwarm und ich beschließe, dass ich genügend Zeit habe, mir eine neue aus einem der Läden auf der anderen Straßenseite zu holen. Doch dann ertönt ein triumphierendes *»tant pis!«* und es scheint, als hätten Jean-Luc und Vic ihren französischen Streit-Wettkampf beendet, indem sich Jean-Luc selbst zum Sieger erklärt hat.

Vic ächzt verächtlich. »Wenigstens fahre ich nicht wie eine alte Oma«, spottet er. Er ist eindeutig der Nettere der beiden, aber seine Ruhelosigkeit macht mich nervös. Er ist nicht so gechillt und lässig wie Jean-Luc, sondern ständig in Bewegung, schnippt mit den Fingern, um mich anzutreiben, während er auf seinen Roller steigt. Sobald ich dann hinter Jean-Luc auf der Vespa sitze, habe ich solches Herzklopfen wie sonst nur in der Achterbahn kurz vor dem Start, während Vic bereits mit laut aufheulendem Motor davongefahren ist. Sofort fängt er an, sich an dem nächsten Schienenersatzbus vorbeizuschlängeln, um dann zwischen den Autos hindurchzuschießen, die vor der Ampel warten. Und ich bin sehr froh, bei Jean-Luc zu sein, der wirklich wie eine alte Oma fährt.

DINGE, VON DENEN MIR MEINE MUTTER DRINGEND ABGERATEN HAT

1. Bei jemandem hinten auf dem Motorrad mitzufahren. Niemals. Nicht einmal mit Helm und kompletter Ledermontur und dem Versprechen, nicht schneller als 30 Stundenkilometer zu fahren.
2. Irgendetwas in meine Scheide zu stecken, das ich nicht auch in den Mund nehmen würde. Das Thema kam auf, als ich ihr geholfen habe, Thai-Curry zu kochen. Mum verbindet das Kochen immer gerne mit einem kleinen Mutter-Tochter-Aufklärungsgespräch. »Also könnte ich auch Knoblauch oder Chilis oder Ingwer da reinstecken? Ich glaube, wenn es okay ist, würde ich da lieber drauf verzichten.« – »Ich hatte das ganz grundsätzlich gemeint, als Faustregel.« – »Wäre eine Faust nicht etwas zu groß?« – »Ach, Sunny, benutz doch einfach mal deinen gesunden Menschenverstand!«
3. Was direkt überleitet zu: schwanger zu werden, bevor ich 30/in einer festen Beziehung/finanziell eigenständig bin. (Sämtliche Bedingungen sollten erfüllt sein.)
4. Nach 20 Uhr noch Käse zu essen. Davon bekommt man angeblich Albträume.
5. Ohne Mütze nach draußen zu gehen, wenn es kalt ist. »Es ist mir egal, wenn es deine Frisur zerstört – es ist allgemein bekannt, dass 70 % der Körperwärme über den Kopf verloren gehen.«

6. Eine emotionale Bindung zu den jeweiligen Freundinnen meines Vaters aufzubauen, da sie nie allzu lange bleiben.
7. Beim Kindernotruf oder der Arbeitsagentur anzurufen, weil sie mir nur 15 % Beteiligung zahlt, wenn ich für sie diese ganzen Sekretäre, Kommoden, Bücherregale oder einmal sogar einen gigantischen Kleiderschrank abschleife, streiche, ihnen einen Vintage-Look verpasse oder sie lackiere und rundum aufarbeite, bevor sie mit einem kräftigen Aufpreis weiterverkauft werden. »Das unterschreitet nicht den Mindestlohn, Sunny, wenn man berücksichtigt, dass ich dich seit 17 Jahren durchfüttere und dir ein Dach über dem Kopf und jede Menge sonstige Annehmlichkeiten biete.«
8. Mir Extensions machen zu lassen. (In diesem Punkt hatte sie recht.)
9. Ernährungslehre für ein leichtes Prüfungsfach zu halten. (Auch da hatte sie recht.)
10. Mir *Der Exorzist* anzusehen, auch wenn Dan, der immerhin sechs Jahre jünger ist als ich, meinte, soo gruselig wäre es gar nicht. (Auch richtig – ich hatte wochenlang Albträume).
11. Von einer Beziehung mit M…

Aber was weiß meine Mutter schon?

21.55 UHR

CAMDEN

Camden Town wurde nach Charles Pratt, dem ersten Earl of Camden, benannt. Nachdem hier 1816 der Regent's Canal gebaut wurde, entwickelte sich die Gegend zu einem wichtigen, wenngleich nicht gerade vornehmen Stadtteil voller unerwünschter Personen und armseliger Gestalten.

Die berühmten Märkte von Camden gibt es seit 1973. Sie sind eine unverzichtbare Bezugsquelle für jeden, der DVDs von illegalen Konzertmitschnitten, T-Shirts mit absolut unlustigen originellen Sprüchen oder eine Steampunk-Grundausrüstung braucht.

Abgesehen von der Britpop-Szene, die Mitte der 90er-Jahre hier vertreten war, haben viele berühmte Persönlichkeiten in Camdens ehrwürdigen Straßen gelebt, von Charles Dickens und dem Dichter Dylan Thomas bis hin zu Noel Gallagher, Gwyneth Paltrow und diesem Typen von Coldplay ebenso wie die unlängst verstorbene Amy Winehouse.

Es ist beängstigend, hinten auf einem Moped zu sitzen, selbst wenn der Fahrer sehr vorsichtig ist. Vielleicht das Beängstigendste, was ich je erlebt habe.

Sooft Jean-Luc bremst oder um eine Ecke fährt, kreische ich auf und schlinge die Arme so fest um seinen Bauch, dass er stöhnt. Normalerweise wäre es oberpeinlich, so eng an einen Jungen gedrückt zu sitzen, den ich erst seit zehn Minuten kenne (und bei einem, den ich schon viel länger kenne, wäre es auch nicht viel anders), aber die Peinlichkeit ist nichts gegenüber dem Gefühl, ganz klein und verletzlich zu sein, so als hätte ich eine Zielscheibe auf dem Rücken. Wenn ein Auto oder ein Lkw uns zu nahe kommt, könnte der Fahrtwind genügen, uns in den Gegenverkehr auf der anderen Straßenseite zu schleudern, und wir würden wie Papierpuppen zerdrückt werden. Nur mit mehr Blut und Knochen.

Aber nach ungefähr fünf Minuten fühlt es sich nicht mehr so beängstigend, sondern eher aufregend an. Die heiße, schwüle Luft ist nun einem Abendwind gewichen, der über meine Beine streift und mein gestreiftes T-Shirt aufbläht. Die heißen Abgase der Autos fühlen sich beinahe tropisch an und eine Weile fahren wir neben einem Pizzaboten auf einem Moped her, der mich verschwörerisch angrinst, als wären wir irgendwie zweirädrige Seelenverwandte, bevor er sich mit hochgerecktem Daumen verabschiedet und um die Ecke biegt.

Am schönsten ist das Stück, wo wir auf der Waterloo Bridge die Themse überqueren. Nicht nur, weil ich bei der Überquerung vom Süden in den Norden immer das Gefühl habe, nach Hause zu kommen, sondern weil mich der Anblick der erleuchteten Stadt vor dem dunklen Himmel, in der sich das Alte und das funkelnd Neue ineinanderfügen, immer wieder anrührt.

Und ich habe das Gefühl, dass sich noch etwas anderes rührt. Ich hatte solche Angst, in einen Verkehrsunfall verwickelt zu werden, dass ich mir nicht viele Gedanken um Jean-Luc gemacht habe, außer ihn als eine Art Rettungsanker zu sehen, an dem ich mich festklammern kann. Und das nicht einmal nur im übertragenen Sinne, sondern buchstäblich.

Aber nachdem nun das Fahren auf dem Rücksitz eines Mopeds zu meiner neuen Lieblingsbeschäftigung geworden ist, mache ich eine kurze Bestandsaufnahme. Bestandteil dieser Bestandsaufnahme ist die Feststellung, dass meine Beine Jean-Lucs Hüften umklammern und meine Arme seine Taille, und während ich den Bewegungen des Mopeds folge, schmiege ich mich an ihn und drücke mein Gesicht gegen seinen Rücken.

Er riecht fantastisch. Süß wie ein frisch gebackener Kuchen und zugleich ein bisschen nach Limetten. Außerdem ist da eine synthetische, parfümartige Grundnote, die ich nicht recht einordnen kann.

Von Zeit zu Zeit, wenn wir an einer Ampel halten, dreht sich Jean-Luc um und fragt: »*Ça va?*«

Die Tatsache, dass ich nicht mehr kreische und ihn nicht mehr wie im Polizeigriff umklammert halte, sollte eigentlich schon deutlich machen, dass alles vollkommen *ça va* ist, aber wann immer er fragt, brülle ich: »Alles klar!«

Wir brauchen dreiundzwanzig Minuten bis Camden und lassen sämtliche Schienenersatzbusse weit hinter uns. Wir fahren durch Regent's Park und ich recke den Hals in die Höhe, um zu sehen, ob ich irgendwelche Giraffen entdecken kann, während wir am Londoner Zoo vorüberfahren, aber die schlafen sicher alle schon. Dann holen wir Vic ein, der oben am Parkway auf uns wartet.

Der Verkehr ist jetzt dichter. Wir kriechen die Camden High Street hinauf und verlangsamen das Tempo, wenn betrunkene Mädels in Miniröcken und gefährlich hohen Absätzen auf die Straße stolpern. Bierselige Kerle rufen uns etwas hinterher – einer will nach meinem Arm greifen. Jean-Luc muss ein gewagtes Ausweichmanöver fahren, brüllt ihn auf Französisch an und nimmt die Hand vom Lenker, um wild herumzugestikulieren.

»Schon gut. Nichts passiert. Achte lieber auf die Straße!«

Wobei nicht mehr viel Straße bleibt, nachdem wir die kleine Brücke über den Kanal erreicht haben. Vielleicht noch hundert Meter weiter und dann liegt die Lock Tavern zu unserer Rechten.

Vic biegt in die Harmood Street ein, wir folgen, halten am Straßenrand, und als Jean-Luc den Motor abstellt, wünschte ich, wir würden einfach weiterfahren, bis keine Straße mehr vor uns liegt. Bis nach Brighton oder Whitstable. Ans Meer. Um dort am Strand zu sitzen und auf den tintenblauen Horizont hinauszuschauen, uns den Seewind um die Ohren und durch die Haare wehen zu lassen und den salzigen Geschmack auf unseren Lippen zu schmecken.

Aber das wäre wirklich dumm, wenn Mark hier nur wenige Meter von mir entfernt sitzt und auf mich wartet.

Ich nehme den Helm ab und schüttele die Haare aus dem Haargummi, mit dem ich sie zurückgebunden habe. Es war ganz schön heiß unter dem Helm. Ich lasse den Kopf nach unten hängen und kämme mir mit den Fingern durch die Haare, die dennoch nicht zu ihrer vorherigen gewaltigen Größe zurückfinden.

»Willst du was hiervon?«

Auch Vic und Jean-Luc haben die Helme abgenommen und ziehen jeder eine vertraut aussehende goldene Spraydose aus der Gepäcktasche. Das ist der Geruch, den ich nicht zuordnen konnte. Elnett Haarspray. Meine Großmutter badet in dem Zeug, meine Mum schwört darauf, wenn sie ihre dünnen blonden Haare zu einem Beehive auftoupiert, und ich sage nie Nein, wenn es darum geht, meinen Afro noch ein klein wenig mehr aufzuplustern.

Ich sprühe mir das Zeug auf die Hände, bevor ich sie in

meinen Haaren vergrabe und es dort einarbeite. Vic und Jean-Luc hübschen sich ebenfalls auf und zupfen an ihren Haartollen herum, bis sie wieder aufrecht in die Höhe ragen.

»Deine Frisur.« Vic betrachtet mich nachdenklich. »Die ist so … *groß*. Ist das alles Natur?«

Ich nicke und warte darauf, dass er alles kaputt macht, indem er fragt, ob er mal anfassen darf. Das wollen die Leute ständig. Und das ist so respektlos. Als wäre ich ein Hund, dem es nichts ausmacht, wenn man ihm den Kopf tätschelt.

Aber Vic fragt nicht und Jean-Luc beugt sich hinunter, um sich im Seitenspiegel seines Mopeds zu betrachten, und zieht eine Schnute. Sie sind beide wirklich ganz schön … ich weiß nicht mal genau, was sie eigentlich sind. Seltsam. Einzigartig, außer dass es zwei von ihnen gibt.

Während ich rasch Wimperntusche und Lipgloss auffrische, streichen sich die beiden ihre Revers glatt, die Sonnenbrillen noch immer auf der Nase. »Okay, hier endet also meine Fahrt«, sage ich. Ich weiß nicht, warum ich das Gefühl habe, nackt in den Krieg ziehen zu müssen. Es geht um Mark, wir lieben uns und alles ist gut. »Danke fürs Mitnehmen. Wenn ich diesen Bus genommen hätte, wäre ich immer noch in Clapham.«

»Sollen wir dich begleiten?«, fragt Vic. »Für den Fall, dass es Ärger gibt.«

»Warum sollte es Ärger geben?« Ich runzele die Stirn. »Ich hab euch doch gesagt, dass es nur ein Missverständnis war. Ehrlich, ich komme klar.«

Ich schaue die Straße hinunter in Richtung der Kneipe. Wie üblich stehen draußen Leute, obwohl überall Zettel rumhängen, dass es sich hier um eine Wohngegend handelt und alle verdammt noch mal die Lautstärke runterregeln sollen. Drinnen auf der Dachterrasse, wo wir uns immer treffen, wird Mark sein. Ob er wohl alleine ist? Oder sind seine Freunde aus Chelsea, die Arschlöcher, immer noch da? Und dieses Mädchen? Hängt sie vielleicht samt Rumgeknutsche und Arschgefummel wieder an ihm dran?

Ein Gedanke ist schlimmer als der andere. Und mit dem letzten Gedanken weiche ich einen Schritt zurück. Dann noch einen. Und noch einen. Ich hasse Auseinandersetzungen.

Ich könnte einfach immer weitere Schritte rückwärts machen, bis ich das andere Ende der Straße erreicht habe, und dort kann ich in den Bus steigen und nach Hause fahren und meinen ursprünglichen Plan verfolgen. Wenn ich es recht bedenke, gibt es eigentlich nicht mehr viel, weswegen ich heulen müsste, aber ich kann immer noch Unmengen Eis essen und mit mir selbst wetten, ob zuerst mein Hirn einfriert oder *ich kotzen muss.*

»Pourquoi t'es encore là, toi?«, ruft Jean-Luc. Er hat seine Sonnenbrille abgenommen; beide haben sie das, weil es inzwischen dunkel ist und sie wohl doch nicht solche Poser sind. Jean-Luc wirkt sehr finster ohne seine Brille, obwohl das auch an den finsteren Blicken liegen kann, die er mir zuwirft. Ich vermute, dass es Mädels gibt, die auf diesen düsteren Look stehen, aber ich gehöre nicht dazu. »Auf geht's! *Allez!*«

»Wir haben das doch besprochen«, ermahnt Vic ihn sanft, bevor er sich an mich wendet. »Sorry. Er ist erst seit einem Jahr in London. Ich sage ihm immer wieder, dass er hier nicht so unhöflich zu Leuten sein kann wie in Paris.«

»War das unhöflich?«, fragt Jean-Luc mich. Schon die Vorstellung scheint ihn zu verblüffen.

»Na ja, vielleicht ein bisschen«, sage ich und verziehe entschuldigend das Gesicht. »Aber das ist schon okay. Es macht mir nichts aus.«

»Alors! C'est quoi, le problème?«

Vic boxt Jean-Luc gegen die Schulter. »Sprich Englisch!«

Jean-Luc wehrt ihn mit einem verärgerten Zucken ab. »Je ne veux pas parler anglais!«

»Du kannst sehr gut Englisch sprechen, du willst nur nicht.«

»*Whatever!* Ist das englisch genug für dich?«

Ich dachte immer, Dan und ich würden viel streiten, vor allem darüber, dass er ein nerviger Zwack ist, der seine kleine Rotznase nicht in meine Angelegenheiten stecken soll, aber Vics und Jean-Lucs Streitereien haben noch ein ganz anderes Niveau. »Okay, gut. Ich gehe dann jetzt«, sage ich, obwohl die beiden viel zu sehr damit beschäftig sind, sich böse anzustarren, um mir irgendwelche Aufmerksamkeit zu schenken. »Danke für alles und, äh, ich denke, man sieht sich.«

»Grüß la belle Hélène von mir!«, ruft Vic und ich wedele bestätigend mit den Fingern, bevor ich hocherhobenen Hauptes und mit gereckten Schultern losmarschiere.

Um den Eingang der Kneipe zu erreichen, muss ich mir zunächst einen Weg durch die Menschenmenge auf dem Gehweg bahnen, bevor ich mich seitwärts wie ein Taschenkrebs zur Bar hindurchschiebe. Mit eingezogenem Bauch, erst rückwärts-, dann vorwärtsgelehnt, nutze ich jede kleinste Lücke, die sich auftut.

»Sorry, Entschuldigung, sorry, 'tschuldigung, Verzeihung«, murmele ich wie ein Mantra vor mich hin, bis ich schließlich die Treppe erreiche. Vor der Tür zur Terrasse staut es sich und ich brauche lange, um mich hindurchzuquetschen, wie Ketchup, der langsam aus einer verklebten Flasche quillt. Auf der Terrasse drängeln sich die Leute, sodass ich noch einmal auf den Krebsgang zurückgreifen muss, bis ich ganz hinten einen roten Sitzsack entdecke, auf den ich wie auf ein Mutterschiff zusteuere.

Natürlich ist es kein Mutterschiff, sondern Archie. Außer

ihm sind da noch George und Alex (die mit der besagten Glastonbury-Festival-Entjungferung), Hassan und Martha. Ich winke, George bemerkt mich und sagt offenbar etwas zu den anderen, denn die drehen sich alle um, und sobald ich bei ihnen angekommen bin, schlingt Martha die Arme um mich.

»Alles okay mit dir, Süße?« Sie schiebt mich von sich, um mir tief in die Augen zu sehen. Ich weiß nicht, was meine Augen ihr sagen, aber sie beschließt, dass ich noch eine Umarmung brauche. »Keine Sorge. Alles wird gut.«

»Bitte, Martha, dein Uhrarmband gräbt sich in meine Haut.« Ich winde mich, bis sie mich loslässt. »Und überhaupt, alles *ist* schon gut. Ich habe mit Mark gesprochen. Alles im grünen Bereich.« Ich blicke mich um. »Wo ist er? Holt er gerade was zu trinken?«

»Er ist weg«, sagt Alex. »Vor zehn Minuten mit seinen Schickimicki-Chelsea-Freunden.«

Das muss noch lange nicht bedeuten, dass irgendetwas nicht stimmt. Ich hatte ja versprochen, Mark eine Nachricht zu schreiben, sobald ich mich dem Londoner Norden nähere, aber das war auf dem Rücksitz eines Mopeds etwas schwierig gewesen.

»Bestimmt hat er mir geschrieben.« Ich greife in meine Tasche und taste nach den kantigen Umrissen meines Handys. »Und? Wie sind seine Schickimicki-Freunde so?«

Alex verdreht die Augen. »Schickimicki. Total schickimicki. Wobei das eigentlich gar kein Ausdruck für die Typen ist, oder?«

Die anderen schütteln die Köpfe und geben allgemein zustimmende Geräusche von sich. »Einer von den Typen trug ein rosa Polohemd mit hochgeschlagenem Kragen, zwei von denen hießen Giles und kein einziger war stimmtechnisch in der Lage, sich auf Innenräume einzustellen. *So was* von schickimicki!«

»Genau, und eins von den Mädels konnte überhaupt nicht aufhören, mit ihrem Urlaub in Cap Ferret anzugeben.« Martha reißt die Augen auf. »Auf einer Jacht!«

»Ferret? Das hört sich nicht besonders glamourös an.« Ich bin fest entschlossen, mich nicht ablenken zu lassen. »Mark meinte, das wären alles Arschlöcher. Genau wie diese Tussi, die …«

»Allesamt inzestuöse Idioten.« George stampft angewidert mit einem seiner großen Füße auf. »Ich sag dir eins. Wenn die Revolution kommt, werde ich die ganze Bande persönlich zum Galgen führen.«

»Also kein Erschießungskommando?«, fragt Hassan mit einem schiefen Grinsen.

»Nee, Alter! Das wäre nur Verschwendung von guten Kugeln.«

Eigentlich darf man George gar keine Beachtung zukommen lassen. Er verbringt seine Samstage damit, vor dem Supermarkt herumzulungern und die Leute zu bedrängen, damit sie die neueste Ausgabe der Sozialistischen Arbeiterzeitung kaufen. Ich habe ihn auf Twitter blockiert, weil er ohne Ende Links zu Petitionen auf Change.org postet gegen globale Sklaverei und Protestaufrufe gegen die Militärregimes in Ländern, von denen ich noch nicht einmal gehört habe. Dabei habe ich nach einem harten Schultag eigentlich nur noch das Bedürfnis, auf Links mit Bildern von gelangweilten Katzen zu klicken. Martha gegenüber habe ich mal erwähnt, dass ich im Soziologieunterricht am liebsten eine Stumm-Taste für George hätte, wenn der sich mal wieder endlos über Privilegien ereifert.

Das hat Martha natürlich brühwarm George weitererzählt, der wiederum zu Emmeline sagte, ich hätte das politische Gewissen eines Goldfischs, woraufhin ich zu Emmeline meinte, jemand sollte eine Petition auf Change.

org starten, um George von Change.org auszuschließen, und dann hat er mich auf einer Party zur Schnecke gemacht, bis ich schließlich heulend auf dem Klo saß, aber inzwischen ist das alles vergeben und vergessen.

»Mark hat mir übrigens alles erklärt, wie das mit dem Mädchen gelaufen ist«, sage ich ganz nebenbei, weil es ja wirklich keine große Sache ist, während ich mein Handy entsperre und sämtliche ungelesenen Nachrichten durchgehe. »Äh, Martha, hast du diese Bilder eigentlich an quasi alle verschickt? Das ist irgendwie nicht so geil.«

Innerlich winde ich mich, denn etwas derart Kritisches habe ich mit Ausnahme von Emmeline oder meiner engsten Familie noch nie zu jemand anderem gesagt. Natürlich wirft Martha sich gleich in Pose und seufzt vor Empörung auf. »Oh mein Gott«, haucht sie. »Töte nicht den Boten.«

Ich habe Nachrichten von Freunden, die noch im Urlaub sind, und sogar von einem Mädchen, das ich nur einmal kurz bei einem Konzert von Duckie kennengelernt habe, aber nichts von Mark. Ich schicke ihm eine kurze Message – **@the Lock. Wo steckst du? Sunny…** –, während ich es Martha und dem Rest der Gruppe erkläre. »Also, dieses Mädchen hat Mark geküsst. Weil sie das in Chelsea so machen. Und seine Hand sollte gar nicht auf ihrem Hintern sein. Ich habe auch eine ganze Menge Hintern berührt, als ich mich heute durch die Kneipe hier gekämpft habe, und wisst ihr noch damals im Bus, als ich ausgerutscht bin und auf Archies Schoß landete? So was passiert eben manchmal!«

Alex und Martha verdrehen synchron die Augen, dann bemerkt Alex: »Genau, es sah voll so aus, als wären ihre Münder nur ganz zufällig aufeinandergetroffen.«

Archie nickt ernst. »Wir haben heute eine ganz neue Seite von Mark kennengelernt. Um ehrlich zu sein, Sunny, hat er sich ziemlich danebenbenommen.«

Ich bin nicht so eine traurige Gestalt, die blind alles mitmacht, was ihr Freund sagt und tut, weil sie es nicht erträgt, gar keinen Freund zu haben. So bin ich wirklich nicht. Bis auf die letzten neun, beinahe zehn Monate meines Lebens hatte ich nie einen Freund und es ging mir gut dabei. Aber die Beweislast gegen Mark ist ja alles andere als erdrückend.

»Jeder benimmt sich mal daneben«, sage ich, und dann sagt erst einmal keiner etwas, weil alle mich mit diesem »Bist du wirklich so blöd?«-Blick ansehen. So als hätte ich mich soeben splitternackt ausgezogen und wäre quer über die Dachterrasse geflitzt.

Nein, ich bin wirklich nicht *so blöd*. Aber vielleicht will ich es ein bisschen zu sehr allen recht machen und bin ein bisschen zu vertrauensselig, ein bisschen zu empfindlich und spüre deswegen schon wieder dieses wütende, verletzte Brennen hinter meinen Augen und bin Georg fast dankbar, als der endlich das Schweigen bricht. »Ist ja mal gar nicht peinlich hier, was?«, platzt er heraus und dann greift Archie hinter sich und überreicht mir einen Besen.

»Bitte sehr«, sagt er stolz, als wäre das eine große Ehrenbekundung und kein grauer Plastikbesen mit blauen Borsten. »War unterwegs noch bei Sainsbury's.«

»Wow, danke! Was für eine Überraschung.«

»Weil wir doch deinen am Donnerstagabend abgefackelt haben«, bemerkt Archie. »Als Mark und ich mit dem brennenden Tambourstock jonglieren wollten.« Und schon haben wir den Beweis, dass sich jeder, einschließlich Archie, von Zeit zu Zeit mal danebenbenehmen kann. »Konntest du die angekokelten Stellen am Gartenschuppen beseitigen?«

»Wir mussten letztlich alles neu streichen. Eine Schicht wetterfesten Lack muss ich aber noch draufklatschen, bevor meine Mum zurückkommt.« Außerdem müssen auch noch sämtliche Spuren von Fleisch- und Alkoholkonsum beseitigt und das Haus von oben bis unten geputzt werden. Schon alleine der Gedanke an die Liste der Dinge, die noch zu tun sind, lastet schwer auf mir. Dabei sollte man sich an so einem Samstagabend doch eigentlich amüsieren, oder etwa nicht?

»Alles okay mit dir, Sunny? Also mal abgesehen von dem ganz offensichtlichen Problem?«, fragt Hassan. »Willst du was trinken?«

»Ja, aber nein. Ich sollte jetzt lieber nach Mark suchen oder nach Hause gehen. Ich hab noch immer nicht alle Überreste der Grillparty beseitigt.« Ich verziehe das Gesicht. »Sorry, dass ich so eine Spaßbremse bin.«

»Nein, das passt schon.« Alex streichelt mir über den Arm. »Wenn ich morgen meinen Wecker nicht verschlafe, könnte ich rüberkommen und dir beim Aufräumen helfen.«

»Ach, das brauchst du nicht«, sage ich ganz automatisch, obwohl es eigentlich ganz wunderbar wäre, wenn sie das wirklich täte. »Aber wenn du wirklich deinen Wecker nicht verschläfst …«

»Ich ruf dich an«, sagt sie und wirft dann Archie einen auffordernden Blick zu, der nur etwas nuschelt, dass er vielleicht auch vorbeikommen könnte. Vielleicht. Dann sagt Martha, dass sie ebenfalls kommen will. Hassan sagt, er würde ja auch kommen, aber er müsse in die Moschee. Schon komisch, dass er immer genau dann in die Moschee muss, wenn ihn irgendjemand um etwas bittet, wozu er keine Lust hat.

»Also ich komme nicht«, sagt George. »Leuten, die mich auf Twitter blockiert haben, helfe ich nicht.«

Whatever. So langsam sollte er wirklich mal darüber hinweg sein.

Als hätte er eine Art sechsten Sinn für solche Dinge, ruft Mark mich an, sobald ich mich wieder aus der Lock Tavern herausgekämpft habe.

Ich bin sauer, dass er mich versetzt hat, aber gleichzeitig erleichtert, dass er anruft. So muss ich wenigstens nicht mehr mit mir selbst ausdiskutieren, ob ich total klammere, wenn ich ihn anrufe, weil er bisher nicht auf meine Nachricht geantwortet hat.

»Wo *bist* du?« Es hört sich an wie ein jämmerliches Winseln.

»*Ain't no sunshine when you've gone*«, singt Mark. Er scheint sich zu freuen, meine Stimme zu hören, egal wie jämmerlich sie klingt. »Bist du eigentlich immer noch in der Lock Tavern, Sunny?«

»Draußen.« Einen kurzen Augenblick lang bin ich sicher, dass gleich mein ganzer Zweifel an diesem angeblich harmlosen Kuss und dem Arschgefummel aus mir herausplatzt. Dass sich der Schmerz, der noch immer im Hintergrund lauert, zu Giftpfeilen aus fiesen, verletzenden Worten formen würde. Aber nein. Wie sich herausstellt, befinde ich mich noch immer in der Jammer-Phase. »Warum hast du nicht auf mich gewartet?«

»Oh, Baby! *Baby!*«, sagt er. »Meine Freunde haben sich so bescheuert aufgeführt, dass ich sie da rausschaffen musste. Wir sind jetzt im Edinboro Castle, aber eigentlich wollen sie weiter nach Shoreditch.«

»Aber du musst doch nicht mitgehen, oder?«, frage ich.

»Also, nein, natürlich nicht. Ich meine, außer dass es sich jetzt zu so einem Megading aufblasen würde, wenn ich nicht mitgehe, und da hab ich echt keinen Bock drauf.«

»Oh«, sage ich. »Verstehe.« Es ist frustrierend, dass ich es einfach nicht fertigkriege zu sagen, was ich wirklich denke.

»Jetzt sei doch nicht so, Baby. Warte mal!« Es sagt etwas zu einer körperlosen Stimme im Hintergrund. »Wie wär's denn, wenn du einfach herkommst und alle kennenlernst?«

»Ich weiß nicht. Ist dieses Mädchen …«

»Allerdings haben wir in fünf Minuten ein Taxi bestellt. Wir stehen auf der Gästeliste von so einem Club, aber wir müssen vor elf da sein. Hör mal, Baby. Ich will dich echt gerne sehen. Wenn du dich beeilst, kannst du es bestimmt schaffen. Komm schon, Sunny! Lauf wie der Wind. See you in five!«

Er hat noch nicht einmal aufgelegt und schon renne ich los. Als wäre es eine Sache von Leben und Tod, dass ich vor Marks Taxi beim Edinboro Castle ankomme. Ich renne schneller als je zuvor in meinem Leben. Ich renne, als hinge das Überleben unseres Planeten davon ob.

Die Bürgersteige sind so überfüllt, dass ich auf der Straße laufe, die Arme gegen die Brust gedrückt, damit mein Busen nicht so wackelt, meine Tasche schlägt mir gegen die Hüften, den Besen halte ich fest umklammert.

Ich hasse es zu rennen.

Aber es macht den Kopf frei und so habe ich quasi einen Augenblick der Erleuchtung. Ich bemerke nicht die Autos, die mir entgegenkommen, oder die Leute, die mir ausweichen, damit ich sie nicht über den Haufen renne; stattdessen erkenne ich das Muster mehr als genau.

Mark sagt spring und ich springe auf.

Mark sagt lauf und ich laufe los.

Mark hat eine andere geküsst. Oder sich von ihr küssen lassen – aber in jedem Fall sollte ihm jetzt daran gelegen sein, die Dinge wieder ins Lot zu bringen. Und mir hinterherzulaufen. Nicht andersherum.

Ich bleibe stehen. Was zum Teufel tue ich eigentlich?

»*Hey, little sister!* Wo willst du denn so eilig hin? Soll ich dich mitnehmen?« Eine Rikscha kommt neben mir zum

Stehen. Der Typ, der in die Pedale tritt, kahl rasiert, gebräunt und tätowiert, schenkt mir ein breites Grinsen.

Mich von einem tätowierten Fremden anquatschen und mitnehmen zu lassen, steht definitiv auch auf der ausdrücklichen Verbotsliste von *la belle Hélène*, aber was *la belle Hélène* nicht weiß, macht sie nicht heiß.

Alles wird sich klären, wenn ich erst einmal Mark zu fassen kriege. Es muss einfach. Ich springe auf den Sitz. »Ich muss unbedingt ins Edinboro Castle, am besten schon vor fünf Minuten oder so!«

Er wirft mir über die Schulter einen Blick zu und grinst wieder. *»Nila problemo!«*

Ich habe mir noch nie irgendwelche Gedanken über Rikschas gemacht, solange mich nicht gerade mal wieder irgendwo unterwegs eine fast über den Haufen gefahren hat. Dann konnte ich mich nicht besonders für sie erwärmen. Und ich hätte nie im Leben gedacht, dass man mich in so einem Ding erwischen könnte, weil die eigentlich nur für Touristen sind oder für irgendwelche Vorstadt-Möchtegerns. Aber jetzt sitze ich selbst darin.

… sitze und klammere mich verzweifelt an eine der Stangen, an denen das Stoffdach befestigt ist, während der Fahrer sich voll ins Zeug legt und losstrampelt.

Er fährt quer über die Camden High Street, um sich dann gleich die Jamestown Road hinabzustürzen, und ich wünschte, er würde besser darauf achten, wo genau er eigentlich hinfährt, aber er ist viel zu sehr damit beschäftigt, sich beim Reden nach mir umzudrehen. Er heißt Jason und kommt aus Brisbane in Australien. Er nennt es Brisneyland. Er wollte ursprünglich nur eine Woche in London bleiben und sich danach mit Freunden in Amsterdam treffen, doch dann ging ihm das Geld aus.

»In London ist alles so teuer«, sagt er. »Ich war in so einer Kneipe in Covent Garden. Fünf Pfund für ein Bier! Aber wie heißt du eigentlich? Warum schleppst du einen Besen mit dir rum?«

»Sunnnyyyyyyyy!«

Jason beschleunigt, um uns noch über die Ampel zu befördern, bevor diese auf Rot springt, und während wir über ein Schlagloch rumpeln, hebt sich mein Hintern von der Sitzfläche. Als ich wieder lande, spüre ich den Aufprall in jedem Knochen meines Körpers.

»Links! Hier musst du links rein!«

Jason biegt weitgehend auf einem Rad nach links ab und löst damit ein wahres Hupkonzert aus, weil einige Autofahrer der Meinung sind, wir wären eine Bedrohung für den Rest der Menschheit und sollten nicht frei auf der Straße herumfahren. Mir ist das egal, denn nun sehe ich das Edinboro Castle schon zu meiner Rechten auftauchen. Nur Mark kann ich nirgendwo entdecken.

Jason vollführt eine unerlaubte Kehrtwende vor der Nase eines Londoner Taxis. Der Fahrer bremst scharf ab und lehnt sich aus dem Fenster: »Verdammt, du bist ja gemeingefährlich. Du gehörst echt eingesperrt, Alter.«

Direkt vor dem Pub kommen wir sanft zum Stehen. Meine Beine brauchen eine Weile, bis sie nicht mehr zittern, und selbst als ich wieder festen Boden unter den Füßen habe, fühlen sie sich noch wie Wackelpudding an. »Was bin ich dir schuldig?«, frage ich Jason.

Was ist wohl der gängige Tarif, um sich ein paar Hundert Meter in halsbrecherischer Geschwindigkeit chauffieren zu lassen?

Jason schüttelt den Kopf. »Das passt schon. Geht aufs Haus.«

»Och nö, da hab ich ein schlechtes Gewissen, wenn du doch dafür sparst, nach Amsterdam zu kommen.« Ich öffne meine Tasche, obwohl ich genau weiß, dass ich gar nicht so viel Geld dabeihabe.

»Schon okay. Ich war früher bei den Pfadfindern. Jeden Tag eine gute Tat. Kannst ja irgendwann auch mal was für jemanden tun.« Jason stützt sich mit den Ellbogen auf den Lenker. Er ist eigentlich ziemlich süß, falls man auf Surfer-Typen steht.

Ich gehöre allerdings eher zu denen, die auf sehr unzuverlässige Typen stehen.

Beim Blick in meine geöffnete Tasche entdecke ich mehrere Servietten-Päckchen. »Ich habe Naturalien dabei.« Ich falte die Servietten auf. »Die Rock Cakes sind wirklich steinhart und alles andere ist ziemlich zermatscht, aber du musst neue Energie tanken, wenn du dich weiter so abstrampelst.«

Ich schaue Jason hinterher, der in die Nacht hinausradelt, eine Hand zum Gruß erhoben, dann ziehe ich mein Handy raus.

Ich könnte jetzt in den Pub gehen und mich schon wieder durch eine klebrige Menschenmenge schlängeln, die mich nicht durchlassen will, aber zum ersten Mal am heutigen Abend bin ich mir einer Sache ganz sicher: Mark ist nicht hier. Er ist schon weg. Sonst würde er hier draußen auf mich warten.

Oh Gott! Ist das etwa seine Art, mit mir Schluss zu machen, ohne sich den Akt anzutun, tatsächlich mit mir Schluss zu machen?

Warum sollte er das tun? Er hat gesagt, dass er mich liebt. Und Gott weiß, dass ich ihn liebe. Noch vor wenigen Stunden war er derjenige, für den ich meine Jungfräulichkeit aufgeben wollte, und das keineswegs leichtfertig.

Mein Handy brummt. Eingehende Nachricht:

Baby! Sorry, haben uns verpasst. Wo bist du? Komm nach Shoreditch. M xxxxx

Wohin genau?

Gar keine Küsschen, Baby?

Du hast nicht auf mich gewartet. Also keine Küsschen. Wo in Shoreditch?

Als ich gerade auf Senden drücke, ruft jemand: »Sunny!«

Mark ist zurückgekommen, um mich zu holen! Mein Herz macht einen Satz vor Aufregung, während der Rest von mir skeptisch und misstrauisch bleibt. Jep, mein Herz wünscht sich nichts sehnlicher, als Mark zu sehen, doch als ich mich umdrehe, steht nicht Mark vor mir, sondern ein Junge in einem smarten Anzug, der gerade sein Moped am Straßenrand zum Stehen bringt, gefolgt von einem weiteren Jungen auf einem Moped.

Jean-Luc durchbohrt mich mit einem Blick, der so düster ist wie sein schwarzes Hemd, bevor er einen französischen Redeschwall loslässt. Ich kriege zwar nicht alle kleinen Worte auf die Reihe, aber *»imbécile«* und *»une fille stupide«* kann ich verstehen.

»Ich bin weder bescheuert noch blöd«, sage ich. »Du … bist selber blöd.«

Jean-Luc schnaubt. *»Je vais tout dire à ta maman …«*

»Was willst du meiner Mutter sagen?«

»Sunny! Wir haben gesehen, wie du in dieser klapprigen Rikscha auf einem Reifen um die Kurve geeiert bist. Was hast du dir dabei gedacht?« Vic presst sich die Hand gegen die Brust, als würde ihm die Erinnerung noch immer große Schmerzen bereiten. »Wir haben versucht, dich einzuholen, aber dann haben wir uns im Einbahnstraßensystem verirrt.«

»Ich musste einfach nur möglichst schnell hierher, weil Mark hier war und gleich wegwollte.«

Wieder gibt Jean-Luc ein schnaubendes Geräusch von sich. »Und, hast du's geschafft?« Er fährt sich mit einem Finger quer über die Kehle und zischt: »Du hast mit ihm Schluss gemacht, non?«

»*Non!* Er war schon weg. Aber ich hatte gar nicht vor, mit ihm Schluss zu machen. Obwohl ich schon dachte … ach, es ist alles so, so kompliziert.« Der Zweifel und die Unsicherheit sind zurück und dazu noch die kalte Angst, die mich zittern lässt und wie Rost in meiner Kehle schmeckt. Aber wenn ich Mark nur sehen könnte, wäre alles gut. Er würde ein wenig die Augen verdrehen, weil ich so eine Klette bin, doch dann würde er meine Hand nehmen. »Baby«, würde er sagen. »Ich bin so froh, dass du da bist.«

Na ja, vielleicht würde er es nicht mit genau diesen Worten sagen, aber doch zumindest etwas Ähnliches, das mich beruhigen würde. Oder vielleicht auch nicht. Vielleicht würde der GAU passieren und er würde mit mir Schluss machen aus Gründen, die ich nicht ansatzweise verstehen würde, aber immerhin wüsste ich dann Bescheid. Dann könnte ich nach Hause gehen und heulen und toben und mich im Bett verkriechen und zu einem Schatten meiner selbst werden und würde nicht mehr in diesem entsetzlichen Schwebezustand feststecken.

Aber wie soll ich das den Godards erklären, die immer noch so dreinschauen, als würden sie mich am liebsten bei *la belle Hélène* verpfeifen?

»Ich habe getan, was ich tun musste, verstehst du? Jeder, der schon mal verliebt war, hätte genau dasselbe getan«, füge ich hinzu und wünschte sogleich, ich hätte es nicht getan, so lächerlich klingt es. »Entscheidend ist jetzt, dass Mark nach Shoreditch unterwegs ist und dass ich genau dorthin muss.«

»Aber, Sunny, das ist doch kein Grund, dich von diesem

Verrückten in Lebensgefahr bringen zu lassen«, protestierte Vic. »Und wo hast du überhaupt diesen Besen her und – hey? Was machst du da?«

Was ich mache, ist, seinen zweiten Helm herausholen. »Du fährst auch wie ein Verrückter!« Ich schaue auf mein Handy. 22.43 Uhr. »Schaffst du es, mich vor elf nach Shoreditch zu bringen?«

»Nein, das schafft er nicht«, stellt Jean-Luc mit Bestimmtheit fest.

»Ich glaube, du wirst feststellen, dass ich das sehr wohl schaffe!«

»Aber du wirst es nicht tun!«

Vic ist so freundlich, mir auf sein Moped zu helfen. Dabei legt er eine Hand in meine Ellenbeuge und lässt die Finger länger als eigentlich nötig dort verweilen, wo ich doch gerade die Schnauze voll habe von Jungs und wir es eilig haben. »Du hast mir gar nichts zu sagen«, erklärt er Jean-Luc.

»Und mir auch nicht«, füge ich hinzu.

Nach heute Abend werde ich mich keinem Mann mehr unterwerfen, schwöre ich, während Jean-Luc etwas auf Französisch vor sich hin murmelt und dann ebenfalls den Motor anlässt. Nach heute Abend werde ich nur noch selbst über mich bestimmen, aber zuvor muss ich sichergehen, dass zwischen Mark und mir alles cool ist.

»Halt dich gut fest«, befiehlt Vic. »Ich geh aufs Ganze.«

WOMIT VERPLEMPERE ICH EIGENTLICH MEINEN SAMSTAGABEND?

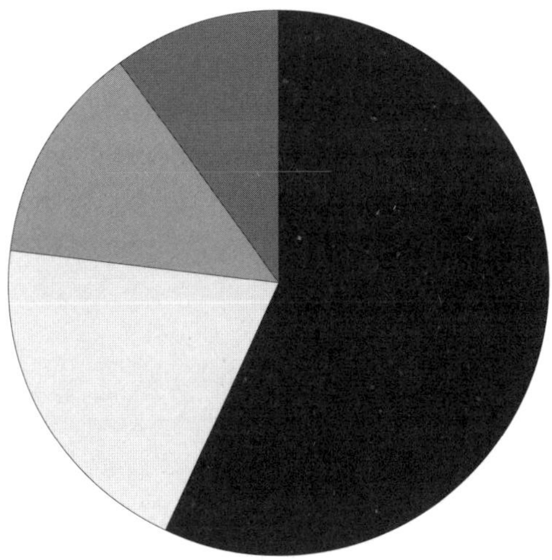

- 57 % Suche nach Mark
- 20 % Leib und Leben auf Mopeds von unbekannten Franzosen riskieren
- 13 % mir Sorgen machen, dass mir die Shorts an den Oberschenkeln hochrutschen
- 10 % Besenmanagement

22.57 UHR

SHOREDITCH

Die Gemeinde Shoreditch im Londoner East End existiert schon seit dem tiefen Mittelalter und war unter dem Namen Soers Ditch oder Sewer Ditch bekannt, also so viel wie Abwassergraben, da es damals nicht viel mehr war als ein besserer Sumpf.

Das erste Schauspielhaus in England, The Theatre, wurde im Jahr 1576 in Shoreditch gebaut, aber den missgelaunten Machthabern von damals war das zweifelhafte Verhalten der Theaterleute ebenso suspekt wie die Tavernen, Spielhöllen und Bordelle, welche die schmalen Straßen säumten.

Im 17. Jahrhundert wurde die Gegend vor allem von französischen Seidenwebern in Beschlag genommen, aber im Laufe des 19. Jahrhunderts kehrten die Theaterleute zurück.

Heutzutage wimmelt es in Shoreditch von Medien-, Künstler- und Kreativmenschen, weil die ganzen Fabriken und Lagerhallen zu irgendwelchen Medien-, Künstler- und Kreativgeschichten umgewandelt wurden. Zu den bekannten Bewohnern von Shoreditch zählen unter anderem William Shakespeare, verantwortlich für so viele missratene Englisch-Prüfungen, extrovertierte Künstler wie Tracey Emin und Damien Hirst und die kürzlich verstorbene Schauspielerin Barbara Windsor, die legendäre Wirtin des Queen Victoria *aus der Serie* East Enders.

Ich kreische auf dem ganzen Weg nach Shoreditch. Nicht aus Angst. Nicht mehr. Sondern nur aus reiner, kribbelnder, herzrasender Lust an der Geschwindigkeit. Wobei wir vermutlich gar nicht so schnell fahren. Aber wenn man hinten auf einem Moped sitzt und nur die offene Straße um sich hat, dann hat man das Gefühl, als würde man gleich die Schallmauer durchbrechen. Und das ist ein verdammt geiles Gefühl.

An diesem späten Samstagabend eines verlängerten Wochenendes ist der Verkehr nicht allzu dicht. Umso besser kann Vic die Euston Road hinunterbrettern und durch kleine Seitenstraßen flitzen, während ich mich, den Besen stets fest unter den Arm geklemmt, an seiner Taille festklammere, als wäre sie der letzte Rettungsring auf der Titanic.

Vic scheint weder das Kreischen noch das Klammern etwas auszumachen und nicht einmal die Tatsache, dass ihm der Besen ständig gegen den Kopf stößt; laut lachend reißt er den Roller erst in die eine, dann in die andere Richtung, sodass ich noch mehr kreische, was wiederum ihn noch mehr zum Lachen bringt.

Als er schließlich in der Shoreditch High Street am Straßenrand hält, sind wir beide ein bisschen hysterisch. »Jean-Luc ist bestimmt noch in Camden. Gefährliche Sachen sind nicht so sein Ding.«

Ich kenne Jean-Luc nicht gut genug, um einen Kommentar dazu abzugeben. »Ich hoffe, dass er meiner Mum nicht wirklich erzählt, was ich so treibe. Normalerweise muss ich am Wochenende um Mitternacht zu Hause sein.«

»Ich bitte dich! Alle aufregenden Dinge im Leben passieren doch immer erst nach Mitternacht.« Vic dreht den Kopf und grinst verschmitzt. Der Schmerz nagt noch immer an meinem Herzen und Vic ist so weit außerhalb meiner Liga. Trotz alledem sieht er sehr gut aus und es ist direkt schade, dass sein Gesicht für den Großteil des Abends entweder von einer Sonnenbrille oder von seinem Helm oder beidem verdeckt war. »Wohin jetzt?«

Wer weiß das schon? Es gibt so viele Clubs in Shoreditch. Hier sind jede Menge coole Leute unterwegs; die Mädels in abgeschnittenen Latzhosen oder komischen sackartigen Kokon-Kleidern, die Jungs ebenfalls in abgeschnittenen Latzhosen mit Porkpie-Hüten und nerdigen Bärten. Der ganze Vibe hier ist älter, hipper und viel snobistischer als das, was ich gewohnt bin.

Als ich mein Handy aus der Tasche hole, taucht mit einem einsamen Hupen Jean-Luc in der Ferne auf. »Oh Gott, er ist bestimmt sauer. Seine Schultern sehen sauer aus«, sagt Vic, aber ich kann keinen Blick auf Jean-Lucs Schultern erübrigen, weil ich eine Nachricht von Mark habe.

Baby. Sind im Shoreditch *Working Men's Club*. Mega-Schlange. Ruf an, wenn du da bist. HDL xxx

Ich rufe Mark an, aber bei ihm springt sofort die Mailbox an und ich lege auf, weil ich weiß, dass jede Nachricht, die ich hinterlasse, sich noch jämmerlicher als die vorherige anhören wird.

»Ich kann Mark nicht erreichen, aber er hat in dem Club vermutlich keinen Empfang«, sage ich zu Vic und zeige ihm Marks Nachricht. »Was soll ich jetzt tun? Wir kommen da nie rein, wenn die Schlange so lang ist.«

»Keine Sorge. Ich komme in jeden Club rein. Ich lache

den Mega-Schlangen direkt ins Gesicht. Ich mache einfach ›Ha, ha, HA!‹ und schon machen sie das Seil los und lassen mich rein«, prahlt Vic, während Jean-Luc neben uns zum Stehen kommt.

Aber Vics Aussage ist nicht so tröstlich, wie er vielleicht denkt. »Bist du etwa betrunken? Oder hast zu viel von deinem Heuschnupfenmittel genommen?«

»Nein, der redet immer so«, sagt Jean-Luc. Dabei muss er die Worte durch den dünnen Schlitz pressen, der zuvor sein Mund war. »Wie sagt man noch gleich? Ein eingebildetes Arschloch.«

»Du bist so gemein«, sagt Vic zu ihm und ich frage mich, was die beiden eigentlich verbindet. Aus der Nähe betrachtet, sehen sie sich gar nicht so ähnlich, wie ich zunächst dachte. Sie haben beide wilde schwarze Haare und blasse Haut, aber Vics Augen sind von einem viel helleren Blau und er ist insgesamt strahlender. Vielleicht weil er so viel lächelt, während Jean-Lucs Augen die dunkelblaue Farbe von Schuluniformen und sturmgepeitschten Meereswogen haben und er ganz und gar nicht strahlt. Meistens schaut er ziemlich finster drein. »Ich weiß nicht, was ich getan habe, um solche Gemeinheiten zu verdienen.«

Sie sind definitiv verwandt. »Seid ihr zwei eigentlich Brüder?«

Jetzt gilt der finstere Blick mir. »Nein. *Quelle horreur!* Cousins«, sagt Jean-Luc knapp. »Und wir sind nicht schwul, obwohl das manche Leute behaupten. Aber ja, wir sind Franzosen. Zumindest bin *ich* Franzose.«

»Hey, ich bin genauso Franzose!«, protestiert Vic, während er seinen Roller wieder startet.

»*À peine!* Du bist aus Frankreich weg, als du acht warst. Du bist Arsenal-Fan. Zu Hause nennen wir dich *le rosbif*!« Jean-Luc grinst ein Vic-mäßiges Grinsen und saust davon.

»Ich mach ihn gleich zu Roastbeef«, grummelt Vic im Wegfahren, und als er Jean-Luc eingeholt hat, zeigt er ihm den Stinkefinger, wobei sein Roller wild ins Schwanken gerät und ich mich in seine Rippen krallen muss.

»Von mir aus, aber bitte später.«

Der Shoreditch Working Men's Club ist nur zwei Minuten entfernt und liegt in einer schmuddeligen Seitengasse zwischen einem Wettbüro und einem Dönerladen. Der Schlange nach zu urteilen, die sich entlang der Gasse und an dem Wettbüro vorbeizieht, glaube ich kaum, dass heutzutage wirklich noch Arbeiter in diesen Club gehen. Obwohl ich tatsächlich zwei Mädchen im Blaumann und einen Jungen in einer McDonald's-Uniform sehe, aber ich glaube eher, das soll ironisch sein.

Ich hab's eigentlich nicht so mit Ironie.

Und Vic hat das Konzept des Schlangestehens noch nicht ganz verinnerlicht. »Keine Zeit für so was. Wir sind auf der Suche nach dem verloren gegangenen Lover und so.« Er packt mich bei der Hand und marschiert mit mir ganz nach vorne. Jean-Luc folgt im Schlepptau und lästert über die Briten und wie gerne sie Schlange stehen.

Ich hätte es bei Weitem vorgezogen, mich anzustellen und zu warten, anstatt mich vorzudrängeln und mich von allen anderen mit rasiermesserscharfen Blicken durchbohren zu lassen. »Äh. Ich glaube, ich komme jetzt alleine klar«, sage ich, auch wenn das vermutlich nicht stimmt. »Echt, ich schaffe das.«

»*Ce n'est rien*«, nuschelt Jean-Luc und lächelt mich dabei sogar an. Es wirkt seltsam, so als wäre sein Gesicht eigentlich nicht fürs Lächeln gebaut. Seine kantigen Züge und die schmollenden Lippen eignen sich mehr für finstere, wütende und vorwurfsvolle Mienen. »Ich könnte deiner Mutter nie mehr unter die Augen treten, wenn man dich tot auf einer Müllkippe fände.«

»Tja, da ist was dran«, sage ich und renne voll gegen Vics Rücken, weil der ganz plötzlich stehen geblieben ist.

»Oh shit«, sagt er. »Planänderung. Wir gehen. Nur weg. Weit weg von hier.«

Er weicht zurück und stößt mich dabei fast um, als plötzlich eine schrille Stimme ertönt. »Nicht so schnell, French Boy! Beweg deinen dürren Arsch hierher, aber fix!«

Ich blicke an Vic vorbei und bemerke ein walkürenhaftes Mädchen an der Tür, flankiert von zwei Türstehern mit Sixpacks und Ohrhörern. Sie sieht aus wie ein Superhero aus einem Marvel Comic in einem engen Kleid mit Leopardenmuster. Sie hat lange rote Haare, wohlgeformte, vor Überraschung hochgezogene Augenbrauen unter einem kurzen Pony und einen fuchsteufelswilden Ausdruck in ihrem schönen Gesicht, während sie mit einem rot lackierten Finger auf Vic zeigt.

»Ich?« Vic deutet auf sich selbst. »Du willst mit mir reden?«

»Soll ich dich etwa erst holen?« Ich habe die Vision, dass sie gleich auf ihren spitzen High Heels zu uns herübergestakst kommt und Vic mit ihrem Klemmbrett eins überzieht, bevor sie ihn an den Haaren hinter sich her zu ihrem Adlerhorst auf den Eingangsstufen zerrt.

Die wartende Menge von Szenegängern, Club Kids und Fashion Victims verfolgt gespannt das Geschehen. Alle Augen sind auf Vic gerichtet, der widerwillig in Richtung Tür stolpert, als hätte er die Kontrolle über seine eigenen Füße verloren. Es kommt mir fast so vor, als hätte ihn dieses Mädchen irgendwie verhext.

Jean-Luc und ich folgen hinterher. Jean-Luc lächelt schon wieder. Ein etwas boshaftes, schadenfreudiges Lächeln, als wüsste er bereits, was jetzt kommt. »Was ist so komisch?«, frage ich ihn.

Er schüttelt den Kopf. »Wirst schon sehen.«

Was ich sehe, ist das Mädchen. Sie beugt sich vor und schnippt mit den Fingern vor Vics Gesicht. Er hebt beschwichtigend die Hände. »Hör zu, Audrey, *chérie, ma belle, mon amour, ma petite fleur*, ich kann alles erklären«, sagt er mit plötzlich starkem französischem Akzent, so als wäre er am Morgen erst aus dem Eurostar gestiegen. »Das ist alles ein furchtbares Missverständnis.«

»Versuch gar nicht erst, dich mit dieser Französisch-Nummer herauszureden«, blafft sie. »Jemand hat mir gesagt, dass du gar kein Franzose bist, sondern sogar Arsenal-Fan!«

»Ich bin Franzose!« Wieder macht Vic ein entsetztes Gesicht angesichts der Vorstellung, er könnte es nicht sein. »Himmel noch mal! Man kann doch auch als Franzose Arsenal-Fan sein.«

»Whatever!« Das Mädchen fährt den Kopf herum, um die kleine Gruppe von Leuten in Schach zu halten, die mittlerweile versucht, auf die Türsteher einzureden, um sich so Einlass zu verschaffen, während sie abgelenkt ist. »Das könnt ihr vergessen! Stellt euch ordentlich an oder ich verpasse euch lebenslanges Hausverbot. Und Gesichter vergesse ich nie.«

Das ist echt Kunst, wie krass die Frau drauf ist. Wenn ich groß bin, will ich unbedingt so werden wie sie.

Sie wendet sich wieder Vic zu. »Und ich vergesse auch niemals so einen miesen kleinen Pisser, der nicht anruft oder schreibt …«

»*Oh chérie*, ich hab deine Nummer verloren …«

»Ich hab sie selbst in dein Handy einspeichert. Du hast es gesehen.« Sie legt die Hände auf die Hüften. Mit diesen megahohen Absätzen und der Stufe, auf der sie steht, ist sie in der perfekten Position, um von oben auf Vic hinabzustarren, als wäre er ein niederes Lebewesen der besonders abstoßenden Art.

»Ich hab mein Handy verloren!«

»Und ich hab wohl den Verstand verloren, mich von dir mit deinem ewigen Französisch und deinen zauberhaften kleinen Schokotörtchen rumkriegen zu lassen. Du hast mir auf Französisch ins Ohr *geflüstert*. Das sollte verboten sein.«

»Man kann mir doch nicht vorwerfen, wenn ich in meiner Muttersprache rede.« Vic senkt den Blick und legt die Hände in Gebetshaltung zusammen, als wäre er auf der Seite der Engel. Der Effekt ist höchst rührend. *»Je suis vraiment désolé.«*

»Oh mein Gott! Du bist schon wieder dabei! Du kannst einfach nicht anders, oder, Jean-Luc? Hör auf, mit diesem bescheuerten französischen Akzent zu reden.«

Direkt neben mir, wo Jean-Luc steht, ertönt ein seltsames Zischen. *»Incroyable!«*, bricht es plötzlich aus ihm hervor. »Du hast meinen Namen benutzt? Schon wieder? *Ça va pas la tête?*«

Vic versucht, sich vor dem doppelseitigen Angriff zu ducken. »Natürlich bin ich nicht verrückt!« Und dann zu Audrey gewandt: »Hör nicht auf ihn. Er versteht kaum Englisch. Er weiß gar nicht recht, was er da sagt.«

»Ich verstehe genug, um dich einen alten Wichser zu nennen!«

»Mein Gott, was bist du nur für ein fieser Kerl? Du hast nicht mal deinen richtigen Namen benutzt?« Audrey hält ihr Klemmbrett in die Höhe. Jetzt glaube ich wirklich, dass sie es Vic gleich über den Kopf zieht. Und ehrlich gesagt hätte er es auch irgendwie verdient, aber uns läuft die Zeit davon.

»Äh, das hat keinen Sinn mit ihm. Er hat viel zu viele emotionale Probleme«, quäke ich und habe plötzlich nicht nur die Aufmerksamkeit von Audrey, sondern zudem die der gesamten Warteschlange. Nie war mir stärker bewusst, wie sehr meine Shorts an meinen Beinen hochrutschen. »Wir sorgen dafür, dass er Hilfe bekommt. Medikamentös, therapeutisch und so weiter.«

»Sollte das nicht wirken, haben wir vor, ihn langfristig einzusperren«, fügt Jean-Luc hinzu. »Für sehr, sehr lange Zeit.«

Vic breitet die Hände aus. »Offenbar bin ich in Gegenwart von schönen Frauen einfach unzurechnungsfähig. Dann verlässt mich der gesunde Menschenverstand und …«

»*Mon Dieu!* Kein Wort mehr!« Jean-Luc tritt einen Schritt vor, versucht aber nicht, sich mit einem gewinnenden Lächeln bei Audrey einzuschmeicheln oder ihre Hand zu nehmen, obwohl sie ihm wahrscheinlich sowieso nur eine schmieren würde, wenn er das täte. »Ich bin Jean-Luc. Dieser … dieser Blödmann hier ist mein Cousin Vic. Wir tun jetzt einfach mal so, als gäbe es ihn gar nicht. Und das hier ist …« Er schiebt mich nach vorn.

»Ich bin Sunny und bin auf der Suche nach meinem Freund …«, hebe ich an, doch da geht die Tür auf, um ein paar verschwitzt aussehende Clubgänger hinauszulassen, und die Warteschlange drängt vorwärts. Audrey hält ihr Klemmbrett wie ein Schild in die Höhe.

»Ruhe! Beruhigt euch!«, ruft sie. Sie hat dabei die Ausstrahlung einer echten Khaleesi, und es würde mich nicht wundern, über unseren Köpfen drei zahme Drachen kreisen zu sehen. Audrey mustert die ebenso hoffnungs- wie erwartungsvollen Gesichter, die sich ihr entgegenrecken. »Du, du, du. Nein, nicht du, keine Bärte. Und du da in Grün, du auch. Tolles Outfit, Darling.«

Die vier Auserwählten schlüpfen rasch durch die Tür, als fürchteten sie, Audrey könnte in letzter Minute noch ihre Meinung ändern. Dann ruft sie mich mit einem herrischen Fingerwackeln zu sich. Zögernd schiebe ich mich vorwärts. Es fühlt sich an wie eine Aufforderung meiner Urgroßmutter, die mich immer ganz nah zu sich rief, damit sie meine Frisur oder meine Kleidung oder meine Hautfarbe genau in Augenschein nehmen und dann gutheißen oder ablehnen konnte. Meistens ablehnen. »Sunny, oder?«, will Audrey wissen. »Du suchst deinen Freund, das heißt also … du hast mit keinem von den beiden was?«

Jean-Luc und Vic stecken wieder einmal die Köpfe zusammen und streiten auf Französisch. »Nein! Sie helfen mir nur, ihn zu finden. Eigentlich sind sie mit meiner Mum befreundet.« Wie unfassbar peinlich. Gegenüber einer, die so cool drauf ist wie Audrey, ausgerechnet das Thema Eltern zu erwähnen. Sie selbst ist vermutlich per Anhalter oder auf einer Sternschnuppe zur Welt gekommen.

»Uah! Ich würde mir meine Freunde nie von meiner Mutter aussuchen lassen. Sie würde bestimmt wollen, dass ich mit irgendwelchen wiedergeborenen Christen abhänge, die den ganzen Tag Madrigale singen.« Audrey wirft ein paar widerspenstige rote Haarsträhnen über die Schulter zurück. »Was hast du eigentlich mit diesem Besen vor?«

Ich schaue den Besen an, den ich noch immer in der Hand halte. Es ist nicht mal so ein cooler Vintage-Besen aus Holz. »Also, ich hab eine Grillparty veranstaltet und ein paar von meinen Freunden waren ziemlich blau und haben unseren Besen in Brand gesetzt, und jetzt hat einer von ihnen mir einen neuen gekauft. Weil meine Mum nämlich morgen aus dem Urlaub zurückkommt und dann bestimmt wissen will, was mit dem Besen passiert ist, deswegen also: neuer Besen.«

Audrey schüttelt den Kopf, so als wäre es einfach ohne Worte, wie öde meine Geschichte und mein ganzes Leben sind. »Also, was ist jetzt mit diesem Freund?«

Ich versuche es kurz zu halten. Auf den Punkt zu kommen. Denn Vic hin oder her, glaube ich kaum, dass Audrey zu denen gehört, die es tolerieren würden, dass ein Junge auch nur darüber *nachdenkt*, eine andere zu küssen. Nicht, dass Mark viel darüber nachgedacht hätte. Ihm zufolge ist das ja ohnehin alles ganz plötzlich gekommen oder so.

Aber es wird nicht kurz. Es bricht aus mir hervor in einem einzigen Kuddelmuddel aus Wörtern und schließlich zeige ich ihr sogar noch Marks letzte Nachricht auf dem Handy, während ich versuche zu erläutern, dass »ich dachte, es wäre alles gut und wir hätten alles geklärt, aber jetzt ist er immer wieder auf und davon mit seinen Freunden, sobald wir etwas vereinbart haben, und ich weiß noch nicht mal, ob *dieses* Mädchen immer noch dabei ist. Er hält sich da bedeckt. Warum sollte er das tun, wenn er nichts zu verbergen hätte?«.

»Darling, ich sage das nur sehr ungern, aber so wie es sich anhört, ist er ein Arschloch«, bemerkt Audrey freundlich. »Und er hat behauptet, er wäre drin gewesen? In *meinem* Club?«

Ich nicke und zeige Audrey ein Foto von Mark. Nicht eines von *den* Fotos. Den Anblick halte ich nicht aus. »Erkennst du ihn? Er muss vor ungefähr einer halben Stunde reingekommen sein. Er meinte, er sei auf der Gästeliste, aber die wäre nach elf geschlossen.«

Audrey zieht perfekt eine bereits perfekt hochgezogene Augenbraue in die Höhe. »Erstens bin ich für die Gästeliste verantwortlich und setze da nicht einfach irgendwelche Leute drauf. Zweitens, was für einen Sinn hätte eine Gästeliste, die um elf schließt? Vor ein Uhr morgens geht doch ohnehin nichts ab. Und drittens, trägt er seine Jeans immer so?«

»Wie so?«

»Wie so ein jämmerlicher R&B-Sänger von vor zehn Jahren«, lautet Audreys vernichtende Antwort. »So dass alle seine Unterhose sehen. Den würde ich *nie im Leben* in meinen Club lassen. Niemals.«

»Aber was ist, wenn er seine Jeans hochgezogen hat, sodass du seine Unterhose nicht sehen konntest?«

»Ich vergesse keine Gesichter. Echt jetzt, eigentlich sollte der Scotland Yard mich engagieren. Ach, Süße, nimm's doch nicht so schwer.« Ich spüre, wie mir die Gesichtszüge entgleiten, mein Lächeln sich umkehrt. »London ist so klein. Echt. Du findest ihn schon. Obwohl ich nicht so recht begreife, wozu du dir die Mühe machst.«

Jetzt, wo sie es so sagt, weiß ich es eigentlich auch nicht. Eigentlich hätte Mark auf mich warten sollen mit Pralinen und einem überteuerten Blumenstrauß von der Tanke, anstatt von mir zu erwarten, dass ich mich zu Tode hetze und ihm hinterherjage.

»Er benimmt sich wirklich ein bisschen mies, oder?«, gestehe ich mehr mir selbst als Audrey gegenüber ein. Ich spüre, wie neben meinem Lächeln auch mein Herz und meine Schultern in Richtung Boden sinken.

Audrey seufzt. »Ich hoffe wirklich sehr für dich, dass du diesen Jammerlappen noch um Vergebung betteln lässt.« Sie wirft einen Blick auf mein Gesicht. »Nein. Vielleicht bist du noch nicht so weit.« Sie seufzt wieder und zieht ihr Handy hervor, das sie die ganze Zeit in ihrem Ausschnitt stecken hatte. »Schick mir ein Foto, dann schicke ich das an alle Türsteherinnen, die ich kenne. Und ich melde mich bei dir, wenn wir eine Spur haben.«

»Das ist so lieb von dir. Wenn ich irgendetwas für dich …«

»Also, falls du noch länger mit Mr *Ich flüstere dir was auf Französisch ins Ohr* hier unterwegs bist, könntest du ihm eine Ladung Abführmittel in seinen Drink mischen, wenn er gerade nicht aufpasst. Oder du könntest ihn vor einen Bus schubsen. Irgendetwas in der Art. Da bin ich nicht wählerisch.«

Langsam werden die Leute in der Warteschlange ungeduldig. Sie singen: »Oh, why are we waiting? Why are we waiting? Why are we waiting?«

»Ich muss jetzt weitermachen. Die Wilden werden unruhig.« Audrey stützt die Hände in die Hüften. »Ich darf erst dann wieder Leute reinlassen, wenn jemand rauskommt! So sind die Vorschriften.«

Durch die Menge geht ein missbilligendes Raunen. Audrey klatscht in die Hände, um für Ruhe zu sorgen. »Ich kann auch ein lebenslängliches Hausverbot für alle hier aussprechen. Das liegt in meiner Macht! Zwingt mich nicht, sie zu gebrauchen!«, ruft sie, während ich zu Vic und Jean-Luc zurückgehe, die mittlerweile ihren kleinen Zwist beendet haben und sich stattdessen den Rücken zuwenden.

»Ich weigere mich, mit ihm zu sprechen«, verkündet Jean-Luc. »Erst wenn er sich bei mir für sein verabscheuungswürdiges Benehmen entschuldigt hat.« Es klingt, als hätte er mithilfe eines Lehrbuchs aus dem 19. Jahrhundert Englisch gelernt.

Nun stecken wir alle drei in einer Sackgasse. Ich habe Marks Spur verloren. Er hat mich angelogen, wo er ist und was er macht, und ich habe diese neuerliche Verletzung noch nicht einmal ansatzweise verarbeitet, und Jean-Luc sagt, dass er fast kein Benzin mehr hat.

»Kommt, wir fahren zu uns«, schlägt Vic vor.

»Vielleicht sollte ich einfach nach Hause.« Mein Verlangen danach, mich mit Eis vollzustopfen und mich an Gretchen Weiners Rücken auszuheulen, ist stärker denn je. »Ja, wirklich, ich sollte jetzt nach Hause.«

»Nein, du kommst jetzt mit zu uns«, sagt Jean-Luc mit fester Stimme und steuert mich mit noch festerer Hand zu seinem Roller. »Dann fahre ich dich mit dem Lieferwagen nach Hause.«

Mir wird klar, dass ich kaum etwas über Vic oder Jean-Luc weiß. Ja, sie sind Franzosen und sehr charmant, aber sie könnten ebenso gut charmante französische Mörder sein und ich habe eigentlich keine besondere Lust, mich ermorden zu lassen. Andererseits habe ich auch keine Lust, alleine nach Hause zu irren, also lasse ich mich steuern.

Wir steigen wieder auf die Roller und fahren die Kingsland Road hinauf, dann wieder durch eine winzige Seitengasse, die auf einen kleinen Hof führt.

Das hier ist die andere Seite von London, die, wo die Schatten wohnen, nicht so schön wie der Rest. Und nicht so aufregend. Hier schieben sich die Rückseiten von Gebäuden in die Höhe und ragen in seltsamen Winkeln hinaus, übersät mit klapprigen Feuerleitern und gewaltigen Entlüftungsanlagen. Zwei Typen in schmuddeligen Kochklamotten stehen rauchend neben einer geöffneten Tür. Ich hoffe, sie waschen sich die Hände, bevor sie wieder an die Arbeit gehen.

»Hier sind wir«, sagt Vic und deutet auf eine Metalltür, auf die mit ungelenken weißen Buchstaben KIM IS A SLAG gemalt ist. Dahinter liegt eine kleine, aber überraschend blank geputzte Küche, in der die beiden vermutlich ihre legendären Törtchen backen. Auf der Seite gibt es einen kleinen Verschlag, in dem sie ihre Mopeds abstellen, während ich mein Ladegerät aus der Tasche hole und es in die nächste Steckdose stecke. Dabei hole ich tief Luft, es riecht nach Zucker und Schokolade, mit einem leichten Hauch von Käse und Kaffee.

Ich merke plötzlich, wie hungrig ich bin, und verfolge erfreut, wie Vic einen riesigen, altmodischen Kühlschrank öffnet, der von seltsam stotternden Geräuschen unterbrochen vor sich hin brummt, so als würden ihm jeder weitere Liter Milch oder eine Packung Butter den Garaus machen.

Vic holt eine Plastikdose heraus, nimmt den Deckel ab und wedelt mir auffordernd vor der Nase herum. »Mini-Quiche?«

Terry sagt immer, echte Männer würden keine Quiche essen, aber ich bin schließlich kein Mann und nehme gerne eine. Und noch eine. Und dann noch eine, weil Vic mir weiter die Dose hinhält. Ich glaube, er weiß, dass er keine gute Figur abgegeben hat mit dieser Audrey-Nummer, bei der er sich als Jean-Luc ausgegeben hat, aber er sagt nichts, sondern macht sich daran, Kaffee zu kochen, während Jean-Luc vor dem Spiegel über dem Waschbecken seine Frisur zurechtzupft.

Die Situation ist irgendwie unangenehm. Die beiden reden nicht mehr miteinander und ich kenne sie nicht gut genug, um etwas zu ihrer Versöhnung beizutragen.

Dann brummt mein Handy und ich habe schon wieder dieses mittlerweile vertraute Gefühl von Panik und Übelkeit, dass es Mark sein könnte, aber es ist Emmeline.

Alles klar bei dir? Hast du mit Mark Schluss gemacht? Bist du zu Hause? Bin im Nachtbus, wir gehn in einen Club in der Stadt. Ruf an, wenn du magst. HDL Em xxx

Ja, das mag ich. Ich rufe sie an.

»Sunny! Alles okay mit dir? Wie viel Eis hast du gegessen?«

Ich springe von meinem Hocker und nehme die winzig kleine Espressotasse, die Vic mir reicht, und gehe in den Hof hinaus. »Ich bin nicht zu Hause! Ich habe versucht, Mark zu finden.«

»Ach, wirklich?« Es hört sich an, als müsste Emmeline sich mit aller Kraft zusammenreißen, mich nicht anzuschreien. »Bitte sag mir, dass du ihm nur einen Arschtritt verpassen willst.«

»Hmm, eigentlich nicht. Die Sache ist nicht so eindeutig.« Mir bleibt nichts anderes übrig, als ihr die traurige Geschichte meiner vergeblichen Irrfahrt durch den Londoner Norden und Osten zu erzählen auf der Suche nach einem Freund, der mir immer wieder entgleitet, sobald ich ihn fast erwischt habe.

»Mein Gott, wann hört der Typ endlich auf, dich zu verarschen?«, brüllt Emmeline irgendwann, aber größtenteils schafft sie es, den Mund zu halten, bis ich zu Ende erzählt habe. »Er hat eine andere geküsst. Ich habe die Fotos gesehen! Sie küsst ihn und er erwidert diesen Kuss, und dann traut er sich noch, dich an der Nase herumzuführen. Das ist nicht in Ordnung, Sunny. Gar nicht in Ordnung.«

»Ich weiß, aber er hat mir doch alles erklärt und ich hab das verstanden, das meiste jedenfalls, aber dass er jetzt immer wieder vor mir verschwindet, verstehe ich nicht mehr. Ich glaube, es macht mich so langsam ziemlich sauer.«

»Ich halte es keine Sekunde länger aus, über Mark zu reden«, stöhnt Emmeline. »Erzähl mir lieber, was du mit den Godards gemacht hast, ja? Wie sind die so drauf? Sind sie nett oder total eingebildet? Sie sehen so eingebildet aus. Diese Künstlertypen sind meistens eingebildet.«

»Ich dachte, du wärst lesbisch«, sage ich zu ihr. »Warum kümmert dich das?«

»Das bedeutet ja noch lange nicht, dass ich die männliche Erscheinungsform nicht auf rein ästhetischer Ebene zu schätzen weiß. Außerdem sagt Lucy, sie wären witzig. Aber sie ist sich nicht sicher, ob sie wirklich absichtlich witzig sind. Aber nachdem du sie ja inzwischen näher kennengelernt hast, was würdest du …«

»Was ist mit Mark? Was soll ich jetzt tun? Nach Hause fahren oder …«

»Also, wenn du sowieso noch auf bist und meilenweit von zu Hause entfernt und Kaffee trinkst, dann könntest du auch mit uns feiern gehen, oder du könntest auf den nächsten Hinweis warten und Mark aufspüren, aber nur wenn du mir fest versprichst, dass du dich wirklich gegen ihn durchsetzt und ihm … Was ist?«, höre ich Emmeline zu jemand anderem sagen, es folgt aufgeregtes, vielstimmiges Kreischen. »Hey, Sunny, also ich stell dich jetzt mal auf Lautsprecher … Also, was würdest du sagen, wie groß sind die Godards?«

Im Hintergrund scheint bei denen, die mit Emmeline unterwegs sind, allgemeine Belustigung zu herrschen. Es hört sich an wie die komplette Londoner Roller-Derby-Mannschaft. »Also, ich bin etwa eins siebzig und muss zu ihnen aufblicken, wenn du weißt, was ich meine, aber wie groß sie sind, spielt eigentlich gar keine Rolle.« Ich grinse. Ich kann nicht anders. Ich weiß, wie es ist, in einen Jungen verknallt zu sein. Man braucht nur einen Blick auf ihn zu erhaschen und schon verwandelt sich ein trüber, grauer Tag in einen wunderbaren Tag voller Möglichkeiten, einen Tag, an dem alles passieren könnte. Man merkt sich jedes einzelne Lächeln von ihm, um es sich auf langen Busfahrten oder im Bett vor dem Einschlafen ins Gedächtnis zu rufen und sich dabei zu fragen, ob es wohl noch ein Lächeln von ihm gibt, das man noch nicht gesehen hat, das nur für einen selbst bestimmt wäre.

Mein Gott, ich habe so viel Zeit mit solchen Schwärmereien für Mark zugebracht, bis er mich endlich aus meinen Tagträumen erlöst und sie wahr gemacht hat. So wie am ersten Tag in der Schule, nachdem ich das Norovirus hatte. Ich verspürte noch immer akuten Brechreiz, sobald ich mich der Cafeteria auch nur auf fünfhundert Meter näherte und mir ein Hauch von Schulhackfleisch in die Nase stieg. Und deswegen hatte ich mich auf einer Bank neben dem Sportplatz zusammengekauert.

Dann waren Mark und Archie in ihren Fußballtrikots vorbeigekommen und Mark hatte mich angelächelt. »Alles okay mit dir, Sunny?«, hatte er gefragt und war dabei weitergegangen, ohne meine Antwort abzuwarten, aber dieses Lächeln und dass er mich überhaupt wahrgenommen hatte, war wie eine Adrenalinspritze direkt ins Herz gewesen und plötzlich hätte ich einen Marathon laufen können.

Vielleicht war die Realität nie an diese Gefühle herangekommen. Oh, dieses wunderbar überwältigende Kribbeln im Bauch …

»Sunny? Bist du noch da? Was meinst du damit, wenn du sagst, dass ihre Größe keine Rolle spielt?«, fragt Emmeline. »Was spielt denn dann eine Rolle?«

Ich schiebe alle Gedanken an Mark beiseite und grinse wieder. »Es geht darum, wie schlank sie sind, und um die wilden Frisuren und wie französisch sie möglicherweise sind.«

Ich bin in keinen von beiden verliebt. Jedenfalls nicht, solange noch Hoffnung besteht, dass ich einen Freund habe. Und sich mir ihr Lächeln einzuprägen wäre so sinnlos, wie mich auf den Mond zu wünschen. Schließlich ist nicht nur Vic außerhalb meiner Reichweite, sondern Jean-Luc genauso. Die beiden agieren eher in einer Liga mit Mädchen, die aussehen wie Audrey, die eng anliegende Kleider und High Heels tragen und tanzen, als würde sie keiner beobachten, während in Wahrheit alle zuschauen, weil sie ebenso schön wie unabhängig sind. Solche Mädchen eben.

Und so ein Mädchen könnte ich nie sein. Ich weiß auch nicht, ob ich überhaupt so sein will. Mich würde das ziemlich unter Druck setzen und außerdem kann ich auf hohen Absätzen nicht gehen.

»Sie sind also wirklich Franzosen?«, fragt eine Stimme, die nicht Emmeline gehört.

»Theoretisch ja. Also Jean-Luc auf jeden Fall. Er ist erst letztes Jahr nach London gezogen. Vic behauptet, er wäre auch Franzose, aber er lebt schon seit einer Ewigkeit hier, deswegen könnte ich mir vorstellen, dass er seinen offiziellen Franzosennachweis schon zurückgegeben hat oder so.«

»Es klingt jedenfalls, als hättest du deinen Spaß«, bemerkt Emmeline, als ich plötzlich ein Geräusch hinter mir höre. Und da stehen beide, Vic und Jean-Luc, im Türrahmen ihres kleinen Küchenverschlages und halten jeder eine winzige Espressotasse in der Hand, ihre Gesichter im Schatten, sodass ich nicht erkennen kann, ob sie schon länger dort stehen und mir zuhören, wie ich über ihr Französischsein und, oh Gott, über ihre schlanke Figur spekuliert habe und … »Alles okay mit dir, Sunny? Du hast gerade gestöhnt, als hättest du Schmerzen.«

»Nein, alles bestens«, murmele ich und meine Haut ist so heiß vor Scham, dass es ein Wunder ist, dass ich nicht spontan in Flammen aufgehe. »Ich würde nicht sagen, dass ich so viel Spaß habe. Schließlich habe ich Mark noch immer nicht gefunden.«

»Wenn du schon in der Gegend bist, könntest du es vielleicht mal in dem kleinen Mini-Markt auf der Kingsland Road versuchen, in dem seit Neuestem immer die Partys steigen«, sagt die Stimme, die nicht Emmeline gehört. Wer immer das ist, ist jedenfalls äußerst hilfreich. »Wenn ich dort bin, treffe ich da immer sämtliche Leute, die ich in meinem ganzen Leben kennengelernt habe.«

»Okay, das werde ich versuchen. Auf welchem Stück der Kingsland Road ist das? Die Straße ist ja ganz schön lang, oder?«

»Ach, das kannst du gar nicht verfehlen.« Was wiederum nicht so besonders hilfreich ist.

»Ich schreibe dir, wenn wir es bis in die Stadt geschafft haben, was aber noch eine Weile dauern kann, weil dieser Nachtbus langsamer vorankommt als die Eiszeit«, sagt Emmeline.

Am liebsten würde ich immer so weitertelefonieren,

was natürlich lächerlich ist. Aber Emmeline legt auf und jetzt soll ich mit meinem glühenden Gesicht zu Jean-Luc und Vic hinübergehen.

Stattdessen beschließe ich zu bleiben, wo ich bin, sodass sie weiter im Schatten sind und ich ihnen nicht in die genervten Gesichter sehen muss, weil ich mich über ihr Französischsein lustig gemacht habe, oder – noch schlimmer – in die wissenden, hochnäsigen Gesichter, weil sie glauben, ich wäre in sie verknallt.

Ich schwenke meine Espressotasse, bevor ich sie vorsichtig auf dem Boden abstelle. »Jedenfalls danke für alles. Ich mache mich jetzt auf den Weg. Allerdings nicht nach Hause. In so einem Mini-Markt auf der Kingsland Road steigt anscheinend eine Party. Könnte sein, dass Mark dort ist. Also dann, man sieht sich!«

Eigentlich wäre es viel besser gewesen, mich dem geballten Zorn der *garçons Godard* zu stellen, als alleine die Kingsland Road entlanggehen zu müssen, aber ich habe heute Abend schon jede Menge falsche Entscheidungen gefällt und da macht eine mehr auch keinen Unterschied.

»Sei nicht albern!«, sagt Vic, aber ich gehe schon davon – vielmehr eile ich davon, um ehrlich zu sein. Ich höre das Geräusch, wie sich die große Metalltür ihrer Küche schließt, und dann spüre ich etwas Borstiges zwischen meinen Schulterblättern.

»Du hast deinen Besen vergessen«, erklärt Jean-Luc. »Und dein Ladegerät.«

»Habt ihr eigentlich nichts Besseres zu tun?«, frage ich, obwohl ich insgeheim schon ein wenig erleichtert bin, nicht mehr alleine zu sein. »Ich meine, es ist doch schließlich Samstagabend.«

»Samstagabend ist der neue Sonntagabend«, verkündet Vic und ich habe keine Ahnung, was er damit sagen will. »Ich habe noch nie in einem Supermarkt Party gemacht und ich will alles einmal ausprobieren. Wenigstens ein Mal. Ich meine, die Nacht ist noch jung. Wir sind jung …«

»So jung bist du nun auch wieder nicht«, bemerkt Jean-Luc. »Sunny und ich sind jünger. Viel jünger.«

»Ich bin einundzwanzig. Das ist jung!«

»Und ich bin neunzehn. Ich werde immer jünger sein als du, Alter«, knurrt Jean-Luc.

»Jaja, sagte der Kerl, der mich dazu gebracht hat, früher von dem Picknick nach Hause zu gehen, weil er ein neues Rezept für Törtchen mit Maronencreme ausprobieren wollte. Du bist wie eine Hausfrau mittleren Alters, die im Körper eines Neunzehnjährigen gefangen ist.«

»Du bist wie ein Idiot, der im Körper eines Idioten gefangen ist.«

Schon sind sie wieder dabei, zu streiten und sich gegenseitig Dinge an den Kopf zu werfen, und ich muss sie scharf unterbrechen: »Haltet endlich die Klappe und benehmt euch oder ich gehe ohne euch!«

Ich habe noch nie so mit anderen gesprochen. Ein wirklich großer Schritt für mich. Und es funktioniert. Vic und Jean-Luc hören auf zu streiten und wir marschieren los.

DER *HOT WING RAP*

Geschrieben von Sunshine Williams und
Emmeline Sweet

We need chicken
We need hot sauce
What we need
Ain't written in Morse (code)
Yo!

We like 'em spicy
We like 'em sticky
We eat so much
But we never get sicky
Yo!

Hot wings are neat
Hot wings are sweet
They give you a rush
That can't be beat

We love 'em eat-in
We love 'em on the go
We love 'em supersized
With fries on the side
Yo!

We got no time for breast or thigh
We ain't bothered about waiting in line
Got to get our fix or we will scream
Mouth on fire, we're living the dream
Yo!

Hot wings are neat
Hot wings are sweet
They give you a rush
That can't be beat

Hot wings! Hot wings! Hot wings!
(Bis zum Fade-out wiederholen)

MITTERNACHT

DALSTON

Dalston liegt im Londoner Stadtbezirk Hackney. Der Name stammt von Deorlafs Tun, wobei Tun ein uraltes altenglisches Wort für Bauernhof ist und Deorlaf ein Name, der sich nie wirklich durchgesetzt hat.

So um 1280 herum wurde in Dalston eine Leprakolonie gegründet, weil es damals weit draußen in der Pampa lag, aber später im 18. Jahrhundert war es dann schon ein geschäftiger dörflicher Vorort von London. Seit 1880 gibt es den berühmten Markt in der Ridley Road, von dem behauptet wird, er hätte gut hundert Jahre später als Vorlage für den Markt auf dem Albert Square in der Serie East Enders gedient.

2009 verkündete der Guardian, Dalston sei die coolste Wohngegend von England, doch schon im Jahr 2011 war Dalston gar nicht mehr cool, vor allem weil Britney Spears hier das Video für ihre Single »Criminal« gedreht hat.

Wir biegen um die Ecke in die Kingsland Road. Das ist eine sehr, sehr lange Straße, die von Hoxton, das cool und hipster und voller trendiger Bars und Kunstgalerien und Rohkost-Cafés ist, in denen eklige, knallbunte Pampe aus lokal angebautem Gemüse und Körnern in Marmeladengläsern serviert wird, bis hinauf nach Stoke Newington führt. Stoke Newington ist voller nicht mehr ganz junger Leute, die früher mal cool und hipster waren und sich noch immer dafür halten, es aber definitiv nicht mehr sind, auch wenn sie Soja-Latte in total süßen, mit Wimpelketten geschmückten Cafés trinken und Ramones-T-Shirts tragen.

Meine Mum und Terry haben jede Menge Freunde in Stokey.

Aber wir sind sowieso weder in Hoxton am hippen, künstlerischen Ende der Kingsland Road noch auf der anderen frei laufenden Bio-Seite von Stoke Newington. Wir sind in Dalston, das irgendwo in der Mitte liegt und noch ziemlich hart und ungeschminkt daherkommt mit jeder Menge Dönerläden und Hähnchengrills und kleinen Supermärkten, die die ganze Nacht über geöffnet haben.

Grauhaarige alte Männer lungern auf dem Gehweg herum und dösen über ihren Dosen mit extrastarkem Lager. Vor einem Minicab-Büro geraten sich drei Mädels buchstäblich in die Haare und schlagen sich laut kreischend die Handtaschen um die Ohren. Eine Gruppe von Möchtegern-Gangstas hängt an einer Straßenecke ab. Sie hören auf zu reden, als wir an ihnen vorübergehen.

Vielleicht liegt es an der späten Uhrzeit oder daran, dass ich kribbelig bin, weil ich einen Espresso getrunken habe, der dreimal so stark geschmeckt hat wie normaler Espresso, aber irgendwie liegt ein bedrohliches Gefühl in der Luft und ich bin froh, dass ich nicht alleine bin, auch wenn das Schweigen zwischen uns unbehaglich ist. Geradezu spitz.

»Du darfst nicht sauer auf mich sein«, bemerkt Vic plötzlich, nachdem drei Minuten lang keiner von uns etwas gesagt hat. »Die Sache mit Audrey. Ich kann einfach nicht anders.«

»Was soll das heißen, du kannst einfach nicht anders?«

»Frag lieber nicht«, nuschelt Jean-Luc und ich drehe gerade noch rechtzeitig den Kopf, um sein theatralisches Augenrollen zu bemerken. »Ermutige ihn bloß nicht.«

»Ich kann einfach nicht anders, als mich in schöne Frauen zu verlieben. Ich verliebe mich einfach so leicht und so heftig. Aber es gibt eben viele schöne Frauen, Sunny, und dann kommt eine andere und ich verliebe mich in sie, und dann vergesse ich ganz, dass ich ja schon vorher in eine schöne Frau verliebt war. Das ist keine Absicht.« Vic wirft mir einen schmachtenden Seitenblick zu. »Ich glaube, ich habe die Seele eines Künstlers oder eines ... Minnesängers ... und bin nicht für die Gegenwart geschaffen. Ich kann einfach nicht nur einen Menschen zugleich lieben.« Er seufzt. »Das ist einfach so plebejisch.«

Ich weiß zwar nicht so genau, was plebejisch eigentlich bedeutet – ich glaube, es heißt ein bisschen so was wie asozial –, aber ich weiß genau, wann jemand absolut vollkommenen Mist verzapft.

»Was auch immer!«, schnaufe ich und vergesse dabei ganz, dass Vic eigentlich cool und quasi Franzose und außerhalb meiner Reichweite und geheimnisvoll ist. Das zählt alles nichts, wenn er gleichzeitig ein Riesenarsch ist. »Was für ein Bullshit. Du bist nicht wirklich in sie verliebt.«

»Doch, bin ich! Ein Blick, ein Lächeln, ein Fingerschnipsen und ich bin verloren! Mein Herz gehört ihnen und ihnen allein.«

»Bis du am nächsten Tag ein noch hübscheres Mädchen siehst und beschließt, dass du stattdessen mit der schlafen willst«, bemerkt Jean-Luc.

»Wenn du also von ›verlieben‹ sprichst, meinst du eigentlich ›sie flachlegen‹?« Typisch! Jungs sind doch alle gleich. Echte Ekelpakete.

»You say potato, I say potarto. You say tomayto, I say tomarto«, singt Vic, als wäre das irgendwie witzig. »Potato, potarto. Tomayto, tomarto. Let's call the whole thing off.«

So langsam sehe ich in Vic nicht mehr nur den geheimnisvollen Typ im smarten Anzug, er erinnert mich stattdessen mehr und mehr an meinen kleinen Bruder Dan. Obwohl Dan ja erst elf ist und es noch ein bisschen dauert, bis er anfängt, sich zum Ekelpaket zu entwickeln, aber er und Vic sind beide gleich nervig. »Ich bin echt kurz davor, dir eine zu kleben«, sage ich.

Jean-Luc grinst. »Das ist eine gute Idee. Mach schon. Tu's einfach. Ich werde dich nicht hindern.«

»Du kapierst einfach nicht, was es bedeutet, der Stimme seines Herzens zu folgen. Ein Sklave seiner Leidenschaft zu sein. Ein Gefangener seiner Begierde.« Vic richtet sich auf und macht eine weit ausholende Handbewegung, um seine Begierde zu illustrieren. Alles hochdramatisch. »Das Problem mit euch Engländern ist, dass ihr so kühl seid. Und du, Jean-Luc, bist einfach zu verklemmt.«

»Ich bin lieber verklemmt als *un imbécile ridicule* …«

»Dabei spielst du eigentlich nur Theater«, sage ich, bevor sie sich in das nächste Streitthema verbeißen, und weil es außerdem gesagt werden muss und ich aus unerfindlichen Gründen plötzlich den Mumm habe, es auszusprechen. »Du kannst es so hinstellen, als wäre dein Verhalten außerhalb deiner Kontrolle und als wärst du ein unheilbarer Romantiker, aber eigentlich schleppst du nur irgendwelche Mädchen ab. Und hast dann nicht mal den Nerv, sie wieder abzuservieren. Zu sagen: ›Ach, das war nur ein bisschen Spaß, aber machen wir nicht mehr daraus, als es ist.‹ Du machst dir nicht einmal diese Mühe, sondern schleichst dich einfach davon. Das ist echt mies.«

»Das tu ich doch gar nicht!« Vic vollführt einen eleganten Wechselschritt, der ihn direkt vor meine Füße befördert, sodass ich stehen bleiben muss. »Es ist doch gut, dass mein Herz offen ist für die Liebe.«

»Hört sich eher so an, als wäre dein Hosenstall offen«, bemerke ich leise. »Was glaubst du wohl, wie sich das für diese Mädels anfühlt, nachdem du dich so ins Zeug gelegt hast, dich nett mit ihnen unterhalten, ihnen geschmeichelt und schließlich mit ihnen geschlafen hast, nur um ihnen dann noch nicht einmal mehr eine SMS zu schicken? Ich wette, dass es für alle ein Scheißgefühl war.«

»Nein! Sunny, nein!« Vic versucht, meine Hand zu ergreifen, doch ich reiße sie fort. Wir sprechen hier nicht über Mark und mich. Ganz und gar nicht. Aber unter anderen Umständen, wenn dieses Mädchen nicht aufgetaucht wäre, wenn es diesen Kuss nicht gegeben hätte, dann hätte ich vielleicht exakt in diesem Augenblick meine Jungfräulichkeit an Mark verloren. Obwohl ich also noch immer nicht weiß, wie es ist, mit einem Jungen zu schlafen – was ja wohl das Intimste ist, was man mit einem anderen Menschen erleben kann – und dann abserviert zu werden, wird mir doch langsam klar, was es bedeutet, jemanden zu lieben, der einen als minderwertig betrachtet. Ja, ich weiß genau, wie es ist, wenn man sich von einem Jungen wie der letzte Dreck behandelt fühlt.

Vic geht immer noch rückwärts vor mir her. »Ich verliebe mich immer in Mädchen, die mich im Gegenzug nicht lieben wollen und das auch unmissverständlich klar, machen, glaub mir. Ich kriege am Morgen danach nicht mal einen Kaffee oder Frühstück, stattdessen nur ein ›Pass auf, dass dir die Tür beim Rausgehen nicht auf den Arsch haut‹«, sagt er. »Meistens tauschen wir keine Telefonnummern aus, deswegen kann ich auch nicht schreiben. Audrey hat nur gelacht, als ich sie nach ihrer gefragt habe.«

»Wenn ich ein Mädchen wäre, würde ich ihm meine

Telefonnummer auch nicht geben«, sagt Jean-Luc. »Sieh dir doch nur sein Gesicht an! So was von unzuverlässig!«

Unterdessen legen wir eine ordentliche Strecke auf der endlos langen Kingsland Road zurück. Aber wir sind noch immer nicht aus dem eher zwielichtigen Teil heraus und jetzt bemerke ich drei Typen auf Rädern hinter uns. Direkt hinter uns. Wenn ich meinen Schritt verlangsamen würde, hätte ich Reifenspuren auf der Rückseite meiner Unterschenkel.

Ich gehe schneller. Auch Vic und Jean-Luc erhöhen das Tempo, so als wären wir durch eine Art Schwarmintelligenz verbunden, aber vielleicht können die beiden auch nur ebenfalls das Zischen hören. Obwohl es eigentlich gar nicht so sehr wie ein Zischen klingt, sondern eher wie ein gemeinsames Einsaugen von Luft durch die Zähne, und das hört sich ziemlich bedrohlich an.

»Yo! Was hat ein Lighty wie du mit einem weißen Kerl zu schaffen?« Schauer jagen mir in dichter Folge den Rücken hinunter. »Bist wohl zu gut für einen von uns?«

Jean-Luc bleibt mit zusammengebissenen Zähnen stehen. »Sag nichts«, flüstere ich so leise, dass ich nicht weiß, ob er mich hören kann, doch dann nimmt er nur meinen Arm und Vic den anderen und wir marschieren so schnell die Straße entlang, dass wir fast hüpfen.

»Yo, Bitch! Willst mal sehen, was bei mir geht? *Once you go black, you never go back.*«

Wieder bleiben Jean-Luc und Vic stehen. »Kommt weiter!« Ich ziehe sie vorwärts. Ich weiß, dass es nicht okay ist, wenn Leute so reden. Auch wenn sie selbst schwarz sind, bleibt das trotzdem rassistisch. So als würden sie von mir nur meine Hautfarbe wahrnehmen. Was ich natürlich irgendwie gewohnt bin, allerdings normalerweise von der anderen Seite des Zauns.

Aber sowohl meine Mum als auch mein Dad sind sich

einig, dass ich mich in einer kritischen Situation nie auf ein Gespräch einlassen sollte. »Walk on by«, singt Mum wie Dionne Warwick, weil sie ihre strengen Regeln immer gerne mit ein bisschen Humor und musikalischem Styling präsentiert, während Dad mir schlicht einen Vortrag über die Statistik bewaffneter Raubüberfälle hält.

Und der Cousin von einem aus meiner Schule wurde im 29er-Bus brutal erstochen, nur weil er versucht hat, einen Streit zu schlichten. Das kam sogar in den Nachrichten und so.

»Einfach weitergehen!«, presse ich zwischen zusammengebissenen Zähnen hervor, während die Typen uns mit tief ins Gesicht gezogenen Kapuzen umkreisen.

»Hey, Baby Girl, Lust auf 'n richtigen Mann?«

Ich merke, dass wir inzwischen den üblen Abschnitt der Kingsland Road hinter uns gelassen haben, weil ich einen Mann mit Spitzbart und Melone auf einem Einrad fahren sehe, aber wir werden immer noch von den Gangsta-Typen bedrängt, die immer näher und näher kommen, während sie uns mit den Rädern umkreisen.

»Ey, leck mir den Schwanz, Bitch!«

»Assez! Ferme ta gueule!« Jean-Luc platzt der Kragen und er packt die Lenkstange des nächstgelegenen Rades. »Das ist unverzeihlich, so mit anderen Leuten zu reden!«

»Lass gut sein«, flüstere ich verzweifelt, weil seine beiden Kumpels angehalten haben und ich nur auf das Blitzen einer Klinge und eine Blutlache warte, aber wir sind alle sechs, drei auf der einen, drei auf der anderen Seite, ganz still. Misstrauisch. Abwartend.

»Du solltest dich entschuldigen«, sagt Vic nachdenklich. »Und dann solltest du am besten nach Hause gehen. Wie alt bist du überhaupt? Elf? Zwölf?«

Ich erstarre, die Schultern bis zu den Ohren hochgezogen. Versuche, mich daran zu erinnern, was ich als Kind bei den

Pfadfindern über Erste Hilfe gelernt habe, obwohl ich kaum glaube, dass es dabei auch um mehrfache Stichverletzungen ging.

»Von wegen zwölf. Ich bin sechzehn, Alter«, protestiert er empört und richtet sich auf, um auf den Pedalen zu stehen. »Was denkst du denn.«

»Bullshit«, sagen Vic und Jean-Luc einstimmig. Sie haben sich einen guten Zeitpunkt ausgesucht, ihren Zwist zu beenden.

»Und? Möchtest du dich jetzt entschuldigen?«, fragt Jean-Luc. Er und Vic sind zwar groß und einigermaßen drahtig gebaut, aber sie sind doch nur Tortenbäcker und Baristas von Beruf und ich würde nicht auf ihre Chancen wetten. »Oder müssen wir dich zwingen?«

»'n Scheiß kannst du uns zwingen, Alter«, sagt einer von den anderen, aber seine Stimme quäkt so, als wäre er a) wirklich 11 und würde sich b) gleich in die Hosen machen. »Ich stech dich ab, wenn du mein' Kumpel beleidigst.«

»Ach wirklich? Wenn ihr uns abstechen wolltet, hättet ihr das doch längst getan.« Mein Gott. Das war ich! Als hätte mein Unterbewusstsein mal eben beschlossen, es wäre ihm egal, in eine Messerstecherei zu geraten. Dass es die Schnauze voll hat vom Nichtstun, während ich schon wieder zulasse, dass mich irgendwelche Jungs unglücklich machen. Ein Bravo für mein Unterbewusstsein! Jetzt bin ich an der Reihe, mich aufzuplustern. »Einmal zum Mitschreiben. Ich will nichts mit euren Pimmeln zu tun haben, ganz gleich, welche Farbe sie haben.«

»Okay.« Der Kleinste sackt sofort in sich zusammen wie ein sieben Tage alter Kopfsalat. Er lässt den Kopf hängen. »Sorry.«

Jean-Luc und Vic treten zur Seite, als wäre völlig klar, dass ich die Sache jetzt im Griff habe. Und dass ich mit diesen drei hier fertigwerden muss, wenn es auch nur einen

Funken Hoffnung geben soll, dass ich es mit Mark aufnehmen kann, sollte ich ihn denn endlich mal zu fassen kriegen.

»Fuck! Ich werd mich doch nicht bei so 'ner Mischlings-Bitch entschuldigen«, keift der Größere und seine beiden Freunde ziehen sofort ihre Bikes ein Stück von ihm fort.

»Halt's Maul!«, ruft einer von ihnen und wirft mir einen misstrauischen Seitenblick zu, bevor er seinen Freunden zunickt und sie davonstrampeln. »Ey Alter, wir müssen jetzt sowieso weiter.«

Ich halte den Besen vor mich, als wäre es ein historischer Kampfstock, und ich spüre, wie sich mein Haar in dem leichten Wind bewegt, und habe vielleicht zum ersten Mal in meinem Leben das Gefühl, so richtig krass drauf zu sein. »Ey Bro, wie kommst du eigentlich dazu, eine Sista als Mischlings-Bitch zu dissen.«

»Bin nicht dein Bro«, sagt er, aber auch seine Stimme ist jetzt ganz piepsig. Eigentlich tut er mir ein bisschen leid. »'n Scheiß werd ich mich entschuldigen.«

Aber so leid nun auch wieder nicht. »Ach ja, traust du dich immer noch, hier den großen Macker zu markieren, auch wenn deine Kumpels längst weg sind?« Ich trete einen Schritt näher und fahre ganz leicht mit den Borsten des Besens über seine Brust. Er gibt einen panischen Laut von sich, weicht auf die Straße aus und versucht einen Wheelie, der ihm allerdings nicht ganz gelingt.

»Bitch!«, ruft er ein letztes Mal, während er in die Pedale tritt, als hinge sein Leben davon ab.

Ich drehe mich zu Jean-Luc und Vic um, der eine Unterwerfungsgeste macht. »Ich glaub's nicht, dass ich das eben getan habe!«

»Du weißt ja, wir wären da gewesen, falls etwas passiert wäre«, sagt Vic. »Aber es schien, als hättest du die Sache im Griff.«

»Aber hallo hatte ich es im Griff! Ein Stupser mit meinem Besen und schon ist er eingeknickt.« Die beiden schließen neben mir auf und wir marschieren weiter. »Aber nur zur Info, Vic, die Nummer mit Audrey finde ich immer noch beschissen von dir.«

»Und ich finde es scheiße, wenn du dich irgendwelchen Mädchen mit meinem Namen vorstellst. Abscheulich! Sunny, was sagt man für, äh, véreux?«

»Äh, was?«

»Du weißt schon, ähm, so was wie verwerflich?«

»Ach so! Vielleicht eher dubios. Du wusstest genau, dass das, was du tust, nicht richtig ist, und hast deswegen so getan, als wärst du Jean-Luc.«

»Total dubios«, sagt Jean-Luc, aber mit seinem französischen Akzent hört es sich lächerlich an, worauf Vic ihn natürlich hinweist, während wir an einer Menschenmenge vorübergehen, die sich in größeren Trauben vor einem Mini-Markt drängt, aus dem heftigster Deep House dröhnt.

»Immerhin bin ich ein richtiger Franzose und nicht wie du *le rosbif*«, bemerkt Jean-Luc und es ist klar, dass sie jetzt erst einmal wieder ein Weilchen beschäftigt sein werden.

»Das muss der Laden sein, von dem ich euch erzählt habe«, sage ich, aber sie beachten mich gar nicht.

»Zum letzten Mal, ich bin Franzose! Ich bin genauso Franzose wie du!«

»N'importe quoi!«

Ich überlasse die beiden sich selbst und schlängele mich durch die Leute, die hier draußen abfeiern. Ich kann kaum glauben, was ich mit eigenen Augen sehe.

Wie angekündigt, ist es ein Rave in einem Mini-Markt.

An der Kasse stehen Leute an, um Kippen, Kaugummi und Wasserflaschen zu kaufen, aber in den Gängen zwischen den Klopapierrollen, den Chipstüten und Kekspackungen und dem Kühlregal voller Milch und Limodosen und polnischer Wurst tanzen die Leute.

Sie tanzen wirklich. So als wären sie auf einer überfüllten Tanzfläche in einem Club mit Stroboskoplichtern und einer Nebelmaschine. Dabei tanzen sie in einem Laden unter flackernden Neonröhren und müssen dabei Leuten ausweichen, die eine Packung Kekse und ein Glas Nescafé kaufen wollen.

Es gibt sogar einen DJ an einem Deck neben einem offenen, mit Plastikstreifen verhängten Durchgang, der wohl zu einem Lagerraum führt.

Mein Hirn braucht eine Weile, aber sobald ich wieder über ausreichend Arbeitsspeicher verfüge, lasse ich den Blick rasch durch den Laden schweifen, doch Mark ist nicht hier. Ich schaue zur Kasse hinüber und da entdecke ich *sie* und mein Herz sackt nicht nur, nein, es stürzt zu Boden, um sich dann irgendwo zu verkriechen.

An der Kasse sitzt Jeane Smith.

Fernsehstar. Kolumnistin der Tageszeitung. Lifestyle-Bloggerin. Twitter-Königin. Instagram-Herrscherin. Komplett irre, durchgeknallt und unmöglich. Ich kann sie nicht ausstehen.

Sie war zwei Jahre über mir in der Schule und ist inzwischen Gott sei Dank fertig, und sie ist mit Emmeline befreundet, was bedeutet, dass sie mich komplett ignoriert, während sie mit Emmeline redet. Mein Coolness-Faktor reicht nicht aus, um mir das Recht einzuräumen, dieselbe Luft wie sie zu atmen.

Aber Jeane hat fast eine Million Follower auf Twitter. Sie kennt jeden. Oder sie kennt jeden in London und ich brauche unbedingt die Unterstützung von jemandem, der jeden in London kennt.

Ich fasse mir ein Herz, stopfe es in meine Brust zurück und reihe mich in die Schlange vor der Kasse ein.

Vic und Jean-Luc stehen noch draußen und streiten. Wieder. Dabei kann ich auf einer rein objektiven Ebene durchaus erkennen, wie heiß die beiden eigentlich sind, wenn sie sich so in den Haaren liegen. Schließlich bin ich ja trotz Herzschmerz nicht tot.

Dann zahlt das Pärchen vor mir für seine Papes und eine Unmenge von Snacks, weil sie offensichtlich unterwegs nach Hause sind, um dort zu chillen. Sie *stinken* nach Skunk. Hinter ihnen in der Reihe zu stehen könnte fast ausreichen, um passiv bekifft zu werden. Aber ich bin es nicht. Obwohl ich es wünschte, weil es dann einfacher wäre, ganz lässig und cool zu tun und Jeane anzulächeln.

Ich sage lächeln und meine damit eine gezwungene Grimasse, mit der ich bestimmt wie ein Rhesusaffe aussehe. »Hey, Jeane.«

»Hey«, sagt sie mit zusammengekniffenen Augen und misstrauischem Blick, als wäre ich eine Art Stalker, dabei folge ich ihr noch nicht einmal auf Twitter. Zuerst schon, aber dann nicht mehr, weil sie mir nicht gefolgt ist (nicht mal, nachdem wir mehrmals in der Dreiergruppe mit Emmeline gechattet hatten über alles vom *Great British Bake Off* bis hin zu welchen Namen Emmeline sich fürs Roller-Derby zulegen sollte). Und deswegen habe ich sie wieder entfolgt. Als ob Jeane so etwas überhaupt bemerken würde. »Und was kann ich für dich tun?«

Vielleicht ist Jeanes Karriere als professionelle Klugscheißerin zu einem unrühmlichen Ende gekommen, wenn sie jetzt hier an der Kasse arbeitet. Ich versuche mich an einem weiteren Lächeln. Ich glaube, ich habe mich noch nie so verachtet. »Wir waren auf derselben Schule. Ich meine, du warst zwei Jahre über mir, aber Emmeline ist meine beste Freundin. Du weißt schon, die Roller-Derby-Emmeline.«

»Oh? Oh!« Jeane nickt. Dann runzelt sie die Stirn. »Hunny? Bunny?«

»Sunny!«

»Sunny!«, sagt Vic in mein Ohr. Er und Jean-Luc drängeln sich an mir vorbei. »Nimm Schokolade, wir besorgen Chips. Oh, hallo, Jeane! Du siehst bezaubernd aus wie immer.«

Das, was ich von Jeane sehen kann, da der größte Teil von ihr von der Kasse verdeckt wird, ist mit einem blau karierten Polyesteroverall bekleidet. Ihre Haare sind fast vollständig mit einem Tuch umwickelt, aber die Haare, die ich sehen kann, sind knallblau.

Ein echter Hingucker!

Ich erhasche Jean-Lucs Blick und seine Lippen zucken entscheidende drei Millimeter. Er winkt Jeane zu. *»Enchanté«*, murmelt er, bevor er sich wieder mir zuwendet. »Chips?«

»Doritos, falls es die hier gibt.«

»Du bist also mit den Godards unterwegs«, sagt Jeane. »Wie ungemein interessant.«

»Na ja, so inte…«

»Du hast es geschafft, die einzigen Jungen in London aufzutreiben, die eine Frisur von ähnlichem Umfang haben wie du. Deine Haare sind wirklich enorm«, fügt sie vorwurfsvoll hinzu. »Ich wünschte, ich könnte meine Haare so aufplustern.«

Wenn ich jedes Mal ein Pfund bekäme, wenn ein weißes Mädchen mir erklärt, sie hätte so gerne Haare wie meine, dann hätte ich ungefähr 150 Pfund mehr auf meinem Postsparbuch als jetzt.

»Eigentlich habe ich sie erst heute Abend kennengelernt. Sie helfen mir bei der Suche nach meinem Freund Mark.« Ich dachte, ich wäre langsam immun, aber es reicht schon, wenn ich seinen Namen ausspreche, und mein Inneres krampft sich zusammen, genauso, wie wenn meine Mum mir schreibt, wir müssten uns »mal ernsthaft unterhalten«, wenn ich nach Hause käme. Es ist, als hätten meine Verdauungsorgane irgendwie prophetische Kräfte. Wenn sie sich verkrampfen, ist das ein eindeutiges Signal für Unheil, Liebeskummer und möglichen Hausarrest.

Auch jetzt zieht sich alles in mir zusammen, doch Jeane sagt nur: »Ja, Mark, den kenne ich. Langweilig. Emmeline hasst ihn. Sie findet, du hättest etwas Besseres verdient.«

Das hat Emmeline schon oft zu mir gesagt, aber dass sie solche Überlegungen auch mit anderen wie Jeane teilt, führt bei mir schon wieder zu inneren Verkrampfungen. Das ist für mich schon ein kleiner Vertrauensbruch.

»Ja, also …«, versuche ich zu protestieren, aber wenn ich ehrlich bin, hatte Emmeline mit ihrer Meinung über Mark ja recht. Schon während ich ihn monatelang aus der Ferne angeschmachtet habe, hat sie immer nur den Mund verzogen und gemeint: »Echt? Der? Findest du den nicht irgendwie mäßig?« Doch damals war ich zu verknallt gewesen, um auf sie zu hören. Außerdem ist Emmeline ja lesbisch, was weiß sie da schon, ob einer als Freund geeignet ist? Offenbar weit mehr als ich, wie sich herausgestellt hat. »Vielleicht habe ich etwas Besseres verdient. Aber erst einmal muss ich Mark finden, damit ich … du weißt schon. Ich werde ihn finden und dann …«

»Und dann was?« Jeane stützt sich auf die Ellenbogen und schiebt ihre Visage ganz dicht vor meine. »Geht es um diese Fotos, die vorhin die Runde gemacht haben?«

Da hilft auch ein Pokerface nicht weiter. »Ja, schon.«

»Und du wirst ihn voll abservieren und ihn mit einem Arschtritt auf die Straße setzen, oder? *He cheat, he beat, he hit the street* – wer bescheißt oder schlägt, fliegt raus.« Jeane nickt bekräftigend mit dem Kopf.

»Geschlagen hat er nicht wirklich, aber es könnte sein, dass er mich betrogen hat. Er behauptet zwar das Gegenteil, aber er geht mir aus dem Weg, und das würde er nicht tun, wenn er nicht etwas richtig, richtig …«

»Herrgott noch mal! Könnte es hier vielleicht irgendwann mal weitergehen, wenn ihr da vorne mit dem Gelaber fertig seid?«, blafft ein Mann, der hinter uns steht. »Hab schließlich nicht die ganze Nacht Zeit.«

Jeane gibt nur einen langen, genervten Seufzer von sich. Kundenservice scheint wirklich nicht so ihr Ding zu sein. »Oh Verzeihung! Aber die Zukunft eines jungen Mädchens hängt vom Ergebnis dieser Unterhaltung ab, wenn ich bitten darf«, sagt sie überheblich und ich drehe mich um, und offenbar wirkt mein Gesicht unglücklich genug, dass der Mann nur seine dicke schwarze Hipster-Brille zurechtrückt und sich beruhigt.

Jeane lehnt sich zurück und brüllt über die Musik hinweg: »Frank! Kannst du hier mal eben übernehmen?«

Ein gut aussehender asiatischer Typ in Surfer-Shorts und einem AC/DC-T-Shirt kommt hinter den Decks hervor und schlängelt sich durch den Gang. »Ich wusste ja, dass es dir nach zehn Minuten langweilig werden würde.«

»Nicht zehn Minuten. Ich habe fünfzehn Minuten durchgehalten«, widerspricht Jeane. »Frank, das hier ist Sunny. Ich kenne niemanden, der so viel Haar hat wie sie. Sunny, das hier ist Frank, der die geniale Idee hatte, einen Club im Shop von seinem Dad einzurichten. Es kam sogar im Fernsehen!«

»Nächste Woche kommt sogar noch ein Filmteam aus Tokio«, sagt Frank stolz, während er mir die Hand schüttelt und dann an mir vorbeischaut. »Gut, wer ist als Nächster dran?«

Jeane kommt hinter der Theke hervor. Ich hatte ganz vergessen, wie klein sie ist. Emmeline sagt, sie wäre unterentwickelt, weil sie in ihrem ganzen Leben noch kein Stück Gemüse gegessen hat. »Warum schleppst du eigentlich einen Besen mit dir rum?«

Ich fange an, Jeane die Geschichte des Besens zu erzählen, komme aber nur bis zum Grillparty-Teil der Story, als sie eine kleine Hand in die Höhe streckt. »Whatever! Vergiss, dass ich gefragt habe. Kommen wir lieber noch mal auf diesen Loser von Freund zurück. Was ist der Plan, wenn du ihn eingeholt hast?«

»Darüber bin ich mir noch nicht ganz im Klaren«, gebe ich zu, während wir uns an den Ständer mit den Lottoscheinen lehnen. »Hoffentlich fällt mir dann eine unglaublich erschütternde Standpauke ein, nach der er seine gesamte Existenz infrage stellen wird, oder er erklärt mir, dass es nur ein Riesenmissverständnis war, dass er mit so einer …, die letztlich nicht viel mehr als ihre Unterhose anhatte, rumgeknutscht hat, und dann werde ich ihm vergeben, weil ich vollkommen lächerlich bin.« Das war die Wahrheit. Kein Wunder, dass mein Magen sich wild von links nach rechts und wieder zurück warf. »Aber erst mal muss ich ihn finden.«

»Also ich kann dir nur helfen, wenn du mir versprichst, dich an die erste Möglichkeit zu halten und nicht an die, wo du dich auf den Rücken rollst und dich tot stellst«, sagt Jeane streng, hält dabei aber bereits ihr Handy in die Höhe.

Vielleicht habe ich mich in ihr getäuscht. Dass immer alle nach ihrer Pfeife tanzen müssen, stimmt allerdings schon. »Ich bin nicht wie du. Bei mir schaffen es die richtigen Worte nie von meinem Hirn bis zu meinem Mund.«

Jeane schüttelt den Kopf. »Deine Haare haben so viel Power. Du musst mehr so sein wie deine Haare. Wow! Das gibt einen super Blogpost. Haare als Vorbild, diskutiere!«

»Was im Leben passiert, dient nicht nur dazu, dass du darüber bloggen kannst, Jeane«, erkläre ich ihr, weil mein Scheitern *mein* Scheitern ist und nicht mit Trillionen von Menschen geteilt werden sollte, die jedes Wort von Jeane verschlingen.

»So gefällst du mir schon besser! Ich wusste doch, dass du wenigstens ein bisschen Format hast«, sagt sie. »Jetzt werde ich mal meinen treuen Informanten schreiben und eine Fahndung nach Mark einleiten. Ich wette, wir finden ihn, ganz gleich, wo er ist.«

»Oh! Würdest du das echt tun? Das wäre superlieb!«

»Jetzt übertreib mal nicht gleich, Sunny. Das kommt gar nicht gut rüber«, sagt sie, während sich ihr Daumen in unvorstellbarer Geschwindigkeit über das Display ihres Handys bewegt.

Es bleibt mir erspart, mir noch eine Bemerkung von Format ausdenken zu müssen, weil alle Leute plötzlich aufgehört haben zu tanzen und stattdessen begeistert klatschen und »woohoo, yeah!« rufen.

Ich blicke mich um und entdecke, oh mein Gott, Vic, der auf der Gefriertruhe … also, ich weiß nicht einmal so recht, was er da eigentlich macht. Ich glaube, er macht den Running Man. Und zwar auf Steroiden. Seine Beine wirken noch dürrer als sonst, vor allem, wenn er sich bei jedem dritten Schritt an den Knöchel fast. Und seine Arme. Krasser Scheiß! Die pumpen herum, als säße er in einem kleinen Ruderboot, das von Piraten verfolgt wird.

Dazu schürzt er ständig die Lippen und ich kann mich nicht entscheiden, ob Vic dadurch noch cooler wirkt als zuvor oder ob ihn das um mindestens 90 Millionen Cool Points abstürzen lässt. Nur eines weiß ich genau: Es ist unmöglich, noch länger sauer auf jemanden zu sein, der auf dem Deckel einer Gefriertruhe den Running Man macht.

Vic sieht mich grinsen, winkt und beendet seine Vorstellung mit einer eleganten kleinen Drehung, die jedem Mitglied einer Boyband zur Ehre gereichen würde, bevor er hinunterspringt. »Du bist dran«, ruft er. »Go, Sunny!«

»Nein, nein, nein!« Ich schüttele den Kopf. Ich tanze

nicht. Also ich tanze schon, aber nur auf richtigen Tanzflächen mit meinen Freunden. Dann tanze ich. Aber nicht hier. Nicht jetzt.

Nur dass jetzt alle auf mich schauen und in die Hände klatschen. Sie kennen mich gar nicht, aber sie stimmen alle ein, und plötzlich sind da fünfzig Fremde, denen an einem Samstagabend nichts Besseres einfällt, als in einem Mini-Markt abzufeiern, und die meinen Namen skandieren.

»Sunny! Sunny! Sunny! Sunny! Sunny!«

Ich blicke mich um, ob es irgendeine Möglichkeit gibt, in Richtung Tür zu fliehen, doch das geht natürlich nicht, weil alle im Kreis um mich herumstehen.

Mir bleibt also nichts anderes übrig. Ich muss es tun. Ich muss da durch. »Halt mal«, sage ich zu Jean-Luc und drücke ihm den Besen in die Hand.

Dann bewege ich mich langsam in die Mitte des Ladens.

»Sunny! Sunny! Sunny! Sunny! Sunny!«

Ich mache die Augen zu und hole tief Luft, bevor ich einen ungeschickten Shuffle vollführe, bei dem es mir gelingt, den Typen hinter mir zu treten. Ich erstarre vor Peinlichkeit.

»Komm schon, Sunny! Du schaffst das!« Mittlerweile hasse ich Vic wieder, doch dann wechselt die Musik, wird ein bisschen weniger basslastig und schwer und stattdessen ein wenig melodischer mit mehr Beat.

Nach einem weiteren Two-Step-Shuffle wird mir klar, dass ich jetzt voll auf meine Beine vertrauen und hoffen muss, dass sie mich nicht im Stich lassen.

Ich kicke mit den Beinen, die Arme fest an die Seiten gepresst, fast ein bisschen *Riverdance*-mäßig, aber immerhin sind schon ein paar aufmunternde Rufe zu hören, sobald klar ist, dass ich nicht vorhabe zu kneifen. Und ich schaffe das. Ich habe sieben Jahre lang getanzt: Stepptanz und Modern, Jazz und sogar ein bisschen Ballett, bis ich beschlossen habe, samstagmorgens lieber auszuschlafen.

Nun münden also sieben Jahre Training in genau diesen Augenblick. Ich hole noch einmal tief Luft, bevor ich anfange, mit den Fingern im Takt der Musik zu schnipsen, und okay, gut, auf einmal tanze ich hier Charleston. Nicht nur den Teil, wo man die Knie überkreuzt, sondern das volle Programm mit Kicks und den Armen und ein bisschen Cakewalk ist auch dabei. Erst fühlt es sich fast beängstigend an, aber dann irgendwann gar nicht mehr, sondern irgendwie lustig und befreiend, so vor den anderen zu tanzen, die mich mit »Wooh, yeah!« und »Go, girl!« anfeuern. Denn zusammen mit der Musik ist mein Körper zu den unglaublichsten Dingen fähig, solange es mir gelingt, mein Hirn ausgeschaltet zu lassen.

Wenn mich meine alte Tanzlehrerin Stacey so sehen könnte! Sie hat ganze Samstagvormittage damit verbracht, mir einzuhämmern: »Denk nicht so viel darüber nach! Beweg einfach deine Füße! Schneller, Sunny, schneller! Das heißt Foxtrott, nicht Schneckentrott!«

Jetzt bin ich Ginger Rogers. Ich bin Josephine Baker. Ich bin Baby in *Dirty Dancing*. Wie die weibliche Version von Quicksilver wirbele ich in Ultraschallgeschwindigkeit herum, bis ein mir unbekannter Junge plötzlich in den Kreis gleitet und sich perfekt in meine Schrittfolge fügt, sodass wir eine gefühlte Ewigkeit Seite an Seite tanzen, obwohl es vermutlich nur ein paar Minuten sind, bis ich mich geschlagen gebe und keuchend innehalten muss.

Der Kreis schließt sich um meinen Partner, während ich vornübergebeugt dastehe, die Hände auf die Knie gestützt, und warte, dass mein Herz aufhört zu hämmern.

Jemand drückt mir etwas Kaltes gegen den Rücken.

Es ist Jean-Luc mit einer Flasche Wasser, die so willkommen ist wie, tja, wie eben eine Flasche mit kaltem

Wasser in einer brütend heißen Sommernacht, wenn man in einem überfüllten Laden ohne Klimaanlage Charleston getanzt hat. »Als Nächstes du?«, stoße ich keuchend hervor. »Du kannst dir doch nicht von Vic die Schau stehlen lassen.«

Er schaudert. Schiebt die Unterlippe vor. Reißt die Augen auf. »Wie du gleich feststellen wirst, kann ich das sehr wohl. Außerdem tanze ich nur Walzer. Und in einem Laden, der Pop-Tarts verkauft, kann man keinen Walzer tanzen. *C'est une abomination!*«

»Ach, bestimmt kann man das«, sage ich und könnte schwören, dass Jean-Luc mir für den Bruchteil einer Sekunde zublinzelt, bevor er wieder einen düsteren Gesichtsausdruck mittlerer Stärke aufsetzt. »Wenn man es wirklich darauf anlegt.«

»Sunny! Wow, du hast es echt drauf!« Vic moonwalkt zu uns herüber und richtet die Fingerpistole auf mich. »Wir sollten irgendwann mal richtig tanzen gehen. Mit Big Band, du im Glitzerkleid und ich im Frack.«

»Ach, dann werde ich eine der Glücklichen sein, mit denen du tatsächlich in Kontakt bleibst?« Charleston zu tanzen und dabei die zweifelnde Stimme in meinem Kopf von der Musik übertönen zu lassen, hat mir einen Schuss direkt ins Herz verpasst, der mich abgehärtet hat.

»Das verletzt mich zutiefst, Sunny«, jammert Vic und drückt sich die Hände gegen die Brust. »Bis ins Mark.«

»Ich habe dir vergeben, dass du so mies warst, aber du bist noch auf Bewährung.«

Ich bin an allen möglichen Stellen verschwitzt, wo ich nicht verschwitzt sein möchte, und meine Haare sacken in sich zusammen, während ich das Wasser in einem langen, herrlichen Zug hinunterkippe. Sobald ich damit fertig bin, ruft Jeane mich mit einer Bewegung ihres Fingers zu sich. Sie wedelt mit ihrem Handy.

»Dein ätzender Freund wurde vor zwei Minuten in einem Hähnchengrill gespottet«, verkündet sie fröhlich. »Wenn ich du wäre, würde ich ihm Hot Sauce in seine blöde Betrügervisage kippen.«

»Kipp ihm lieber keine scharfe Soße in seine blöde Betrügervisage«, bemerkt Jean-Luc leise. »Am Ende wird er noch blind und dann kommen die *flics* und verhaften dich.«

Aus diesem Rat schließe ich, dass Jean-Luc nicht mit mir kommen wird, und das ist auch voll in Ordnung. Ich kann die scharfe Soße auch in Form von scharfen Worten über Mark auskippen und dann in den Nachtbus steigen, aber Vic nickt Jean-Luc zu und der nickt zurück und zieht die Augenbrauen in die Höhe und schon stehen sie neben mir, während ich die Hand nach Jeanes Handy ausstrecke, um die Nachricht zu lesen, in der steht, Mark sei mit ein paar fiesen Snobs im Chicken-Shop, Kingsland Road, neben dem komischem Sauna-Schuppen.

Ich habe eine äußerst vage Vorstellung davon, wo dieser Chicken-Shop ist. Meine Mum war irgendwann mal auf einer Party im Shoreditch House und war danach so besoffen, dass sie, Terry zufolge, bei einem zwielichtigen Sauna-Schuppen an die Tür gehämmert und um eine kurze Abreibung gebeten hat. Danach hat sie dann im Imbiss nebenan gefragt, wie viele Pommes sie für 'nen Fünfer kriegen könnte. Das hatte echt Niveau, Mum.

»Okay«, sage ich mit einer Stimme, die sich anhört, als würde ich hier gleich Arschtritte verteilen und mir Namen notieren. »Äh, also, öm, wäre es okay für dich, wenn ich dir meine Nummer gebe, falls du noch mehr Informationen kriegst?«

»Klar doch«, sagt Jeane. »Ich folge dir jetzt auch auf Twitter, auch wenn du mir aus was für Gründen auch immer *nicht* folgst.«

»Also, das ist nur, weil …«

»Ich mag dich, Sunny.« Bei Jeane hört sich das an wie ein päpstlicher Segen. »Ich hab gesehen, wie du tanzt, und da war mir klar, dass ich echt voll danebenlag bei dir. Und das ist ziemlich strange, weil ich eigentlich so gut wie nie danebenliege, was Leute betrifft.«

»Du fällst doch permanent irgendwelche Blitzurteile über Leute!«, sagt jemand hinter mir. Ich drehe mich um und sehe Michael Lee, der ebenfalls zwei Jahrgänge über mir in der Schule war und jetzt in Cambridge irgendwas Mega-Intellektuelles studiert und scheinbar *immer noch* mit Jeane zusammen ist. Als das mit den beiden anfing, war es monatelang DAS Thema in der Schule gewesen. »Und zwar anhand einer mehr als dünnen Beweislage.«

»Nur weil ich schnelle Urteile fälle, bedeutet das ja noch lange nicht, dass diese Urteile falsch sind«, erwidert Jeane und schnappt sich dabei das Handy, um ihre Nummer in meine Kontakte einzugeben, ohne mich überhaupt um Erlaubnis zu fragen.

»Jedenfalls öfter falsch als richtig.« Michael Lee lächelt mir vage zu à la wir-kennen-uns-doch-aber-ich-kann-mich-nicht-an-deinen-Namen-erinnern-und-damit-die-Situation-für-keinen-von-uns-beiden-peinlich-wird-lassen-wir-es-bei-einem-Lächeln. »Ich habe darüber Buch geführt, falls du es sehen willst.«

Während wir bereits den Laden verlassen, höre ich Jeane krähen: »Nein, hast du nicht. Oder? Hast du echt? Wehe, wenn.«

FÜNFZEHN MINUTEN SPÄTER

Wie sich herausstellt, gibt es drei Hähnchengrills an der Kingsland Road, in deren Nähe sich außerdem ein zwielichtiger Sauna-Schuppen befindet.

Überall ist die Hölle los. Samstagabend eben. Zwanzig vor eins. Bevor man nach Hause oder irgendwo anders hingeht, braucht man zwingend noch Hähnchen, dazu unbedingt Pommes und ein wirklich eiskaltes Getränk in einem Riesenbecher.

Als wir beim letzten Imbiss ankommen, der direkt neben einem zwielichtigen Sauna-Schuppen liegt, versuche ich, meine Kämpfermiene aufzusetzen. Ich plustere mein Haar auf und balle die Hände zu Fäusten. Aber es nützt nichts. Es ist Stunden her, seit ich ein Thunfisch-Majo-Baguette zum Mittagessen hatte, und seitdem nur noch zwei Törtchen und drei Mini-Quiches. In meinem Inneren herrscht ein Gefühl der Leere, das weniger mit meinem Herzen und meinem Stolz, sondern vielmehr mit der Tatsache zu tun hat, dass ich kurz vorm Verhungern bin. Mein Magen denkt buchstäblich, man hätte mir die Kehle durchgeschnitten.

Außerdem ist auch hier in diesem letzten Laden weit und breit kein Mark zu sehen. Letztlich ist der heutige Abend wie ein Gleichnis für unsere gesamte Beziehung. Das ist unser Ding: Ständig renne ich Mark hinterher, ohne es je zu schaffen, ganz zu ihm aufzuholen.

Aber wenn ich daran denke, dass ich heute schon auf Motorrollern mitgefahren bin, dreiste Jungs eingeschüchtert und Charleston getanzt habe, dann glaube ich, dass Mark meine besten Seiten noch gar nicht kennengelernt hat.

In jedem Fall brauche ich jetzt Hot Wings. Extrascharfe Hot Wings. Mit scharfer Soße. Die Godards sind entsetzt. »Das sind noch nicht mal Freilandhähnchen«, erklärt Vic mit empörter Stimme, während ich mich ganz hinten in der langen, ungeordneten, lauten Schlange anstelle. »Woher willst du wissen, ob es sich überhaupt um Hähnchen handelt?«

»Diese Hot Sauce … die ist doch voller, wie sagt man, Vic? *Produits chimiques?*«

»Chemie«, übersetzt Vic düster. »E-Nummern. Und dem Hähnchen werden Wasser und Hormone und Antibiotika und Gott weiß, was sonst noch, gespritzt.«

»Hört auf, mir meine leckeren Hot Wings schlechtzureden.« Verärgert recke ich die Schultern zurück. »Bestellt ihr auch was?«

»Mais non!«

»Niemals!«

»Also ich schon, dann könnt ihr … ja schon mal gehen und einen Platz suchen und mich meiner Fast-Food-Sünde überlassen.«

Es dauert eine Ewigkeit, bis ich dran bin. Eine Ewigkeit, bis ich endlich eine Schachtel mit glühend heißen, möglicherweise krebserregenden Hot Wings und Pommes samt einem 7UP in der Hand halte, das wirklich so groß ist wie mein Gesicht, denn ich halte es gegen meine Wange gedrückt, während ich mir einen Weg aus der Schlange heraus bahne und mich nach Vic und Jean-Luc umsehe.

Auf beiden Seiten des Ladens stehen Tische und Stühle. Dazwischen schlängelt sich die Schlange bis zur Tür hinaus. Es ist laut und chaotisch, alle brüllen und schubsen herum. Ein paar Girls in kurzen Kleidchen und High Heels stehen um eine Freundin herum und drücken ihr Taschentücher in die Hand. »Er ist ein Wichser«, höre ich eine von ihnen sagen, als ich mich vorbeiquetsche. »Konnte ihn noch nie leiden. Oh mein Gott, du hast echt was Besseres verdient.«

Jean-Luc und Vic haben einen Tisch gleich neben der Tür ergattert. Und nicht nur einen Tisch. Vic ist direkt in seinem persönlichen Himmel gelandet. Es sitzen bereits vier Mädels dort, und wenn ich sage Mädels, meine ich vier Superhero-Göttinnen, denn Vic steht auf einen bestimmten Typ, und das sind Mädchen mit Beinen wie

Models von Victoria's Secret. Mädels mit Biss und Style, und diese vier hier haben 'nen Arsch voll Biss und Style. Sie gehören zu der Sorte Mädchen, deren Make-up – mit scharfen Konturen und ebenso kräftigen wie eleganten Eyeliner-Schwüngen und Lipgloss – in der Hitze nicht zerschmilzt. Mädchen, die ganz selbstverständlich in Abendkleidern in einem Hähnchengrill herumsitzen können, so als wäre das die einzig angemessene Kleidung für einen Hähnchengrill.

»Ach, da bist du«, sagt Jean-Luc und schon richten sich alle Blicke auf mich mit meinen zusammengesunkenen Haaren und meiner feuchten Wange, an die ich eben noch das kühle Getränk gepresst habe, und ich spüre, dass meine Shorts schon wieder hochgerutscht sind, und das schwarz-weiß gestreifte T-Shirt, in dem ich den Abend begonnen habe, ist inzwischen eher schwarz und grau. »Du kannst meinen Stuhl haben.«

Unter gar keinen Umständen werde ich vor den Augen dieser vier Göttinnen Essen in mich hineinschaufeln. Und mir ganz sicher keine Hot Wings übers ganze Gesicht schmieren. Inzwischen bin ich mir noch nicht einmal mehr sicher, ob ich überhaupt in Gegenwart von Vic und Jean-Luc essen möchte.

»Oder du kannst auf meinem Schoß sitzen«, bietet Vic an, wobei er sich auf die Knie klopft und mit den Augenbrauen wackelt wie ein perverser Onkel.

Ich vergesse kurz die vier Göttinnen. »Hättest. Du. Wohl. Gern«, blaffe ich zurück und nehme den Stuhl, den Jean-Luc mir anbietet. »Danke.« Womit ich immer noch nicht so weit bin, tatsächlich die Schachtel mit den Hot Wings zu öffnen, aber ich kann warten. Dabei werden sie zwar matschig, aber ich habe schon Schlimmeres gegessen als matschige Hot Wings.

Zwei der Mädchen flüstern sich etwas zu, während sie

gebannt auf ein Handy starren, aber die gleich neben mir, deren platinblondes Haar so glatt und glänzend wirkt, dass ich mich frage, ob es echt ist, lächelt mich an. »Gut gemacht, gib's ihm«, sagt sie mit einer Stimme, die viel tiefer ist als erwartet. »Gotta treat the pretty boys like dirt, sonst trampeln die irgendwann auf dir rum. Check?«

Kapiert! Hallo? Nicht direkt meine Schuld, aber normalerweise bin ich um diese Uhrzeit längst im Bett und die Lichter sind so hell und alles ist so laut und deutlich und irgendwie surreal. Aber ich hätte es merken müssen. Emmeline und ich schauen ohne Ende *RuPaul's Drag Race*, wenn sie bei mir übernachtet. Diese Mädels hier sind Jungs in göttlicher Verkleidung. Drag Queens. Also wie Frauen, nur mit gewissen Extras.

Ich könnte antworten, dass ich's gecheckt habe, obwohl ich schon oft genug irgendwelche Jungs auf mir habe herumtrampeln lassen. Außerdem bin ich gerade dabei, mich in die Sunny zurückzuverwandeln, die nur mit offenem Mund dastehen und dümmlich lächeln kann. Weil ich nämlich eine Frau bin, ganz ohne gewisse Extras.

»Ach Süße, schau doch nicht so ängstlich. Keine von uns beißt«, sagt die Person gegenüber. Sie (sowohl Emmeline als auch RuPaul betonen, dass man aus Höflichkeit immer das weibliche Pronomen verwenden sollte, wenn die Person, von der die Rede ist, es vorzieht, sich als Frau zu identifizieren. Selbst wenn sie vielleicht einen Penis hat. Gender-Gerechtigkeit hat viele Regeln, die ich mir nie alle merken kann.) hat genau wie ich eine gemischte Hautfarbe und sie trägt ein Etuikleid mit silbernen Pailletten und hat eine riesige Beehive-Frisur. Das muss aber eine Perücke sein oder zumindest Extensions, weil ich genau weiß, dass man so was mit Haaren wie unseren nicht machen kann. Der Retro-Vibe ist auf jeden Fall überzeugend. »Was machst du eigentlich mit dem Besen?«

Ich fange besser gar nicht erst an. »Das ist eine lange Geschichte«, sage ich. »Eine sehr lange, sehr langweilige Geschichte.«

»Dann lassen wir das lieber. Und was ist jetzt, gibst du freiwillig was von deinen Pommes ab oder müssen wir uns drum streiten?«

»Hä? Was?« Ich schüttele den Kopf in dem Versuch, meine Hirnzellen wieder an ihren richtigen Platz zu befördern. »Ja klar, sorry.«

Ich öffne die Schachtel mit den Hot Wings und reiße dann die Papiertüte auf, um die Pommes herauszuschütteln. Ich wollte eigentlich mit keinem teilen, aber plötzlich fühle ich mich wieder so schüchtern. Ich hasse es, wenn das passiert.

Und ich hasse die Hände, die es auf mein Essen abgesehen haben, vor allem wenn zwei dieser Hände Franzosen gehören und direkt auf meine Hot Wings zusteuern. Vor lauter Empörung verdampft meine Schüchternheit wie Spucke auf einem heißen Glätteisen. Ich verpasse jeder Hand einen Klaps. »Finger weg von meinem hormongemästeten Chemie-Hähnchen, ihr scheinheiligen Heuchler«, schimpfe ich.

Jean-Luc beugt sich über mich. »Ich hab dir meinen Stuhl abgetreten«, erinnert er mich und versucht sich an einem gewinnenden Lächeln, so als hätte er es bei Vic abgeschaut, der mich mit der Urfassung ebendieses Lächelns bedenkt. »Wenn ich so einen Chicken Wing esse, dann reduziert das immerhin die Hormon- und Chemiebelastung für dich. Ich tue dir also einen Gefallen, *non*?«

»*Non!* Und du kannst das ebenfalls knicken, Vic.« Ich schnappe mir einen Hot Wing und wedele ihm damit vorwurfsvoll vor der Nase herum. Er windet sich bei dem Gedanken, etwas von der scharfen Soße könnte auf seinem Hemd landen, das es bislang geschafft hat, sich ein blendendes Weiß zu bewahren. »Du hast gesagt, du isst nur Freilandhähnchen.«

»Das habe ich nie behauptet. Ich habe dich nur freundschaftlich darauf hingewiesen, dass das Hähnchen hier kein Freiland ist.« Er schnüffelt bedauernd. »Es riecht schon ziemlich gut, dafür, dass es kein Freilandhähnchen ist.«

»Das ist bestimmt nur die Soße und die ganzen *produits chimiques* da drin«, sage ich und die, äh, Frau mit dem Beehive und ihre Freundinnen grinsen.

»Und schon ist sie wieder in Form«, sagt sie. »Ich bin Shirelle, das hier ist Ronette, Shangri-La und Vandella. Wir haben uns nach den vier besten Girl Groups aus den Sixties benannt.«

»Und was ist mit den Supremes oder den Chiffons?«, frage ich, weil es keine Girl Group aus den Sixties gibt, auf die meine Mum nicht total abfährt.

Vandella, die hoch auftoupierte braune Haare hat und bestimmt zwei Paar falsche Wimpern trägt, hält eine Hand mit Glitzernägeln in die Höhe. »Honey, ich bitte dich! Wer hat sich schon für die beiden anderen Supremes interessiert, wenn Diana Ross Frontfrau war?«

»Und dass wir keine Chiffon haben, liegt nur daran, dass wir dann drei Namen hätten, die mit einem Sch-Laut anfangen, und eine Ronette«, erklärt Shangri-La, die Platinblonde. »Das funktioniert einfach nicht.«

»Und dann gab es ja auch noch The Shaggs, aber Shagg wäre nicht gerade ein besonders prickelnder Name«, sage ich und alle erschauern und stimmen mir zu und ich beschließe, dass es mir keiner übel nehmen wird, wenn ich vor ihren Augen Hot Wings esse, und so greife ich zu, während Jean-Luc und Vic sich mit unseren neuen FreundInnen über Sängerinnen der Sixties unterhalten und wie viele tolle französische Girl Groups es damals gab und was für eine Schande es ist, dass der Rest der Welt sie nicht kennt.

»*Un sacrilège!!*«, ruft Jean-Luc in regelmäßigen Abständen. Dabei dippt er die ganze Zeit Pommes in die scharfe Soße und ich glaube, das Gewürz ist ihm zu Kopf gestiegen.

Mein Blick begegnet dem von Shirelle und wir kichern beide los. »So, meine Hübsche, was bist du eigentlich für eine Mischung? Ich habe einen irischen Dad und meine Mutter ist aus Trinidad. Beide katholisch. Wenn meine beiden Großmütter zusammenkommen, ist ständig vom Fegefeuer die Rede.« Sie verdreht die Augen. »Ich habe mich immer als Teufelsnonne verkleidet. Grandma Trinidad fand das zum Brüllen komisch. Grandmammy Irland nicht so sehr.«

»Mein Dad stammt aus Jamaika. Meine Urgroßeltern sind in den Fifties nach England gekommen. Aber auf der Seite meiner Mum sind es lauter stinknormale Mittelschicht-Leute aus Mittelengland. Meine Großmutter ist fast ausgerastet, als Mum im zweiten Jahr an der Uni schwanger wurde, und als sie dann noch erfuhr, dass mein Dad schwarz ist, musste sie eine Woche lang das Bett hüten.«

»Oh Gott, nimm's mir nicht übel, Sweetie, aber das klingt ziemlich ätzend.«

»Nee, eigentlich ist sie ganz okay. Sie wohnt irgendwo im tiefsten Surrey und ich glaube, sie hatte zuvor noch kein einziges Wort mit einem schwarzen Menschen gewechselt. Aber als sich dann herausstellte, dass mein Dad Jura studierte, und ich scheinbar ein sehr süßes Baby war, ist sie ziemlich schnell darüber hinweggekommen. Mit dem Afro kommt sie allerdings immer noch nicht klar, wobei das meiner schwarzen Grandma nicht anders geht.«

»Ich finde deinen Afro toll. Wenn ich das sehe, würde ich mir am liebsten auch die Haare wachsen lassen, aber da ist nicht Welt genug und Zeit«, seufzt Shirelle und erzählt mir dann, dass sie mit bürgerlichem Namen Paul heißt und sich früher als Teenie das Logo der New Kids On The Block als Muster ins Haar geschnitten hat.

»Wer sind die New Kids On The Block?«, frage ich und glaube, sie könnte anfangen zu weinen, weil sie so ein komisches gequältes Seufzen von sich gibt, doch dann reden wir weiter über unsere Haare.

Wir reden eine Ewigkeit über Haare. »Ich überlege, ob ich es mal mit einem flach gedrehten Dutt und einem Fake-Iro versuche, wenn die Schule wieder anfängt«, erkläre ich Shirelle und zeige ihr gerade ein paar Frisuren auf meinem Handy, als es brummt.

Hast du Mark gefunden? Wir sind in Soho. Komm doch ins Dive mit uns. Hast du was mitgekriegt? Es soll da wohl nen spontanen Duckie-Auftritt geben. Em xxx

Irgendwie hatte ich es geschafft, eine gute Viertelstunde lang überhaupt nicht mehr an Mark zu denken. Selbst Vic und Jean-Luc hatte ich vergessen, die sich ausführlich über *ihre* Haarpflege-Gewohnheiten auslassen. Shangri-La und Ronette wirken angewidert, weil es zu diesen Gewohnheiten gehört, sich so gut wie nie die Haare zu waschen.

Wir drei sind inzwischen ein Team. Wir haben Situationen gemeinsam durchgestanden. Oder vielmehr stehe ich die Situationen durch und Vic und Jean-Luc stehen mir bei. Ich kann sie jetzt nicht einfach sitzen lassen, um mit Emmeline abzuhängen und eventuell zu einem Auftritt von Duckie zu gehen.

Und was ist, wenn Mark immer noch in Shoreditch ist? Sofort verdrehe ich den Hals, um zu sehen, ob ich in dem chaotischen Gedrängel vor der Theke irgendwo einen blonden Haarschopf entdecken kann.

»Was ist los?«, fragt Vic. »Gibt es irgendwas Neues über diesen erbärmlichen Mark? Es ist nämlich so, dass Sunny von ihrem Freund hintergangen wurde«, erklärt er unseren FreundInnen. »Und wir sind unterwegs, um ihn zu jagen wie einen Hund. Denn genau das ist er.«

»Oh nein, Süße! Wer mit Hunden schläft, wacht immer mit Flöhen auf«, erklärt Shirelle und mein Gesicht fängt an zu glühen, als hätte es jemand mit Hot Sauce übergossen.

»Es geht gar nicht um Mark«, sage ich rasch, weil ich mich mit Shirelle prima über Frisuren unterhalten konnte, aber das Thema Sex doch lieber nicht mit ihr diskutieren möchte. »Das war von Emmeline. Sie ist in Soho und meint, dass es vielleicht einen spontanen Auftritt von Duckie gibt.« Ich versuche, nicht allzu wehmütig zu klingen. »Findet ihr Duckie gut?«

»Oh ja. Ich und Jane von Duckie sind ganz alte Freunde«, sagt Vic. Dabei lächelt er ein kleines Lächeln, das er meiner Meinung nach eher nicht in Gegenwart von anderen lächeln sollte, weil es irgendwie unanständig wirkt. »Ganz, ganz alte Freunde. Aber als Gentleman weiß ich natürlich Stillschweigen zu bewahren.«

»Jeder Idiot sieht, dass du kein Gentleman bist«, sagt Vandella und Jean-Luc schnaubt zustimmend.

Vic holt sein Handy heraus. »Ich schreibe Jane schnell. Mal hören, was eigentlich abgeht«, sagt er, als wäre es kein großes Ding, dass er so eng verbandelt war mit einem Mitglied einer wirklich angesagten Band, die schon im Fernsehen war und auf richtigen Festivals gespielt hat, und dass er sie einfach kontaktieren kann, wenn ihm danach ist.

»Als richtiger alter Freund von Jane von Duckie hast du also nicht so getan, als wärst du Jean-Luc, und bist abgehauen, ohne deine Handynummer zu hinterlassen?«, frage ich.

»Das ist jetzt aber nicht nett, Sunny. Nicht, wo ich euch vielleicht Eintritt zu einem Auftritt von Duckie verschaffen könnte.« Vic steht auf. »Okay, Leute, wir brauchen einen neuen Plan. Wir können deinen Mark nicht finden. Wer also dafür ist, dass wir zurück in die Stadt fahren, hebt die rechte Hand.«

»Ich dachte, wir wollten früh aufstehen, um Törtchen zu backen?«, bemerkt Jean-Luc schulterzuckend und hebt die rechte Hand. »Aber wir müssen ja nicht früh aufstehen, wenn wir erst gar nicht ins Bett gehen. D'accord, Sunny?«

Ich hebe die rechte Hand. »D'accord.« Ich stehe ebenfalls auf und schaue zu Shirelle hinab. »Hast du Lust?«

»Es ist lieb, dass du fragst, Darling, aber wir sind eigentlich auf dem Weg ins tiefste, dunkelste Hoxton zu einer kleinen Karaoke-Session.«

Shirelle und ich tauschen Handynummern aus. Ich lade sie sogar für Montag zu meiner Großmutter ein, weil bei Grandma während des Notting Hill Carnival immer open house ist. Allerdings weiß ich nicht, wie sie reagiert, wenn Shirelle da in voller Drag-Queen-Montur aufläuft. Wahrscheinlich wird sie ihr erzählen, dass sie nicht die Beine für einen so kurzen Rock hat.

Vic wirft den Mädels extravagante Kusshände zu, aber Jean-Luc stiehlt ihm die Show, als er sich mit einer eleganten Verbeugung und einem gespielten Salut verabschiedet. *»Mesdemoiselles«*, sagt er mit tiefer und schmachtender Stimme. »*Ce fût un plaisir.*«

Draußen ist es ebenso schwül und drückend wie drinnen. »Wir sollten den Bus nehmen«, sagt Vic entschieden. »Es muss einen Bus geben, der von hier nach Soho fährt. Hält der 38er nicht in Dalston?«

Wir schauen die Straße hinauf und hinunter auf der Suche nach einer Bushaltestelle. »Wir müssen die Kingsland

Road zurückgehen und den 38er vom Bahnhof aus nehmen«, sagt Jean-Luc nach einem Blick auf sein Handy.

Trotz der Stärkung mit Hot Wings und dem Äquivalent meines Körpergewichts an 7UP bin ich schon bei dem Gedanken erschöpft, die längste Straße von London zurückgehen zu müssen. »Wir könnten auch mit einem anderen Bus die Kingsland Road hinauffahren«, schlage ich vor, als bei Vic eine Nachricht eingeht.

»Keine Zeit! Keine Zeit! Duckie tritt schon in 45 Minuten auf. Einlassschluss in einer halben Stunde!« Seine Stimme wird immer schriller. Er muss ein echter Duckie-Fan sein oder vielleicht handelt es sich bei Jane von Duckie um die legendäre amazonenhafte, göttliche Superhero-Frau, die sich davongemacht hat und nach der er sich noch immer verzehrt. »Haben wir genug Kohle für ein Taxi?«

Haben wir, aber vor dem heruntergekommenen Minicab-Büro steht bereits eine gewaltige Warteschlange, und während wir noch diskutieren, ob es sicher ist, sich in ein heruntergekommenes Minicab zu setzen, rauscht unser Bus an uns vorbei.

Und da sehe ich sie. Die Gangstas. Die Bros von vorhin. Sie sind nicht nach Hause gegangen, sondern von ihren Rädern gestiegen, um durch die Fenster des Hähnchengrills zu schauen. Man könnte es als Rache bezeichnen, jedenfalls ist es das Fieseste, was ich je getan habe: Ich drehe mich zu Jean-Luc und Vic um und sage: »Kommt, wir schnappen uns ihre Bikes und holen damit den Bus ein!«

»Aber Sunny, wir können doch nicht. Es ist …«

»Komm schon!« Volldampf voraus rase ich los, schnappe mir eines der Räder, springe auf und fahre los, den Besen fest unter den Arm geklemmt. »Mir nach!«

Und sie folgen mir nach. Entweder müssen sie sich dem

Zorn der Gangstas stellen oder mich bei meiner One-Girl-Crime-Show begleiten.

Hinter mir ertönt ein Schrei: »Biiiiiiittttsssssschhhhhh!« Und ich richte mich auf den Pedalen auf, um noch schneller zu fahren und so dem Messer zwischen den Rippen zu entkommen.

Jean-Luc und Vic holen zu mir auf und ich lache so sehr, dass ich es kaum noch schaffe, meine Beine zu bewegen.

Vor uns entdecke ich den Bus, der immer näher rückt. Er fährt die nächste Haltestelle an und ich glaube schon, wir hätten es geschafft, aber sobald wir nahe genug sind, um den heißen Kuss der Auspuffgase zu spüren, fährt der Bus los.

»Du bist ein schlechter Einfluss«, keucht Vic, aber er lacht ebenfalls. Selbst Jean-Luc krümmt sich über seinen Lenker und wir halten kurz inne, um zu Atem zu kommen, doch schon ertönt wütendes Geheul hinter uns. Die Gangstas gewinnen an Grund.

»Los, los, LOS!«

Wir fahren los. Wir radeln wie die Bosse mitten auf der Straße und lassen uns von all den heruntergekommenen Minicab-Fahrern anhupen und verfluchen, die es auf verbotene U-Turns abgesehen haben. Als wir schließlich den Bus überholen, reiße ich den Arm, der gerade keinen Besendienst hat, hoch in die Luft und falle dabei fast vom Rad, aber wir haben es geschafft.

Wir springen von den Rädern und lassen sie einfach liegen, rennen dann die letzten Schritte zum Bus. Gemeinsam drängeln wir uns so weit hinein, dass der Fahrer genügend Platz hat, die Türen zu schließen, während unsere drei Verfolger herbeieilen.

Mein Herz macht Bocksprünge, als sie gegen die Tür trommeln. »Lassen Sie die nicht rein«, ruft Jean-Luc. »Das sind üble Typen.«

»Sorry, wir sind voll«, sagt der Fahrer.

Wild gestikulierend stehen die drei da, und während sie uns noch lautlos Obzönitäten hinterherschicken, fährt der Bus los und ich strecke ihnen die Zunge heraus.

EINE GESCHICHTE MEINER FRISUREN

Von null bis zwei – die Flaumjahre

Außer die Haare einigermaßen fusselfrei zu halten, gab es nicht viel zu tun.

Von zwei bis elf – die schmerzhaften Jahre

Meine Haare fangen an zu wachsen. Damals hatten sie die Farbe von verschimmeltem Heu, wie meine Großmutter es poetisch formulierte. Meine Mum hat zu der Zeit meine Haare oft gescheitelt und zu kleinen Afro-Puscheln zusammengefasst. Was meiner jamaikanischen Urgroßmutter gar nicht gefiel. Wenn wir jeden zweiten Sonntag zu ihr zum Essen kamen, hat sie missbilligend mit der Zunge geschnalzt und den Kopf geschüttelt.

»Was hast du mit dem armen Kind gemacht?«, fragte sie dann und meine Mum antwortete, alle anderen schwarzen Mädchen in der Schule hätten so eine Frisur.

Nach dem Essen musste ich dann bei Gramma in der Küche stehen, während sie meine Haare auskämmte, was schmerzhaft war. Anschließend kam ihre Freundin Pat von nebenan und sie haben meine Haare zu eng am Kopf anliegenden Cornrows geflochten. Richtig feste Cornrows, ebenfalls ziemlich schmerzhaft. Auf dem Nachhauseweg sagte Mum dann, Gramma hätte nicht das Recht, einfach so über meine Frisur zu bestimmen, aber es dauerte dennoch immer eine Woche voller Wutanfälle, bis sie die Zöpfe wieder löste, weil sie insgeheim Angst vor Gramma hatte.

Elf bis vierzehn – die entspannten Jahre

Gramma geht zurück nach Jamaika und meine Großmutter väterlicherseits beschließt, dass sie ab jetzt die Verantwortung für meine Frisur übernimmt. Was bedeutet, dass sie meine Haare mit demselben Relaxer glättet, den sie auch bei meinen Cousinen verwendet, obwohl meine Haare weniger dicht und lockig sind. Es folgen drei Jahre, in denen meine Haare brechen und sie behauptet, ich würde sie zu oft waschen, bis ich die Schnauze voll habe. Jetzt sind drastische Maßnahmen angesagt.

Vierzehneinhalb – der Tag des Weavings

Voll auf dem Beyoncé-Trip, bitte und bettele ich um ein Weaving, aber Grandma meint, das würde in meinen Haaren nicht halten, und Mum meint, ich wäre zu jung dafür. In einem seither nie wieder da gewesenen Akt der Auflehnung spare ich mein Taschengeld und die Schwester der Freundin von Alex' älterem Bruder sagt, dass sie mir ein Weaving macht, aber meine Haare sind durch den extrastarken Relaxer meiner Grandma so kaputt, dass sie die Tressen mit Heißkleber befestigen muss. Das wiederum ist so schwer, dass meine Haare teilweise mitsamt den Haarwurzeln herausgezogen werden, und meine Mum fängt an zu heulen, als sie das Ergebnis sieht. In einer Gemeinschaftsaktion mit meiner Grandma schnippelt sie mir die Tressen aus dem Haar. Danach habe ich beinahe eine Glatze. Es ist nie besonders passend, beinahe glatzköpfig zu sein, aber mit vierzehn ist der denkbar schlechteste Zeitpunkt dafür.

Das waren dunkle Zeiten.

Vierzehn bis Viertel vor siebzehn – die Afro-Jahre

Als Dads älterer Bruder, mein Onkel Dee, heiratet, nimmt mich seine Frau Yolanda (die wir Yolly nennen) mitsamt meinem kahlen Dickkopf unter ihre Fittiche. Wie sich herausstellt, hatte Yolly eine ähnlich schlechte Erfahrung mit einem blonden Weaving hinter sich. Sobald meine Haare wieder anfangen zu wachsen, ist Yolly die Erste, die mir sagt, wie schön meine Haare sind (vor allem, wenn die Spitzen im Sommer goldblond werden) und dass ich darüber nachdenken sollte, sie einfach natürlich zu tragen. Sie ist außerdem der erste Mensch in meinem Leben, der meine Haare nicht als Problem betrachtet, für das man eine Lösung finden muss.

Und so habe ich inzwischen einen wunderschönen großen Afro. Zwar muss ich die eine oder andere Bemerkung und schiefe Blicke von Mädels mit Weaves über mich ergehen und mir von meinen beiden Großmüttern erklären lassen, meine Frisur würde falsche Signale aussenden, aber es gibt immer Leute, die was zu meckern haben.

Ich liebe meine Haare.

1.45 UHR

SOHO

Gerüchten zufolge stammt der Name von einem Jagdruf und bis zur Mitte des 16. Jahrhunderts gab es in Soho jede Menge Schafe und Kühe, die hier auf den Weiden grasten.

Als Henry VIII. gerade mal nicht mit einer seiner Frauen beschäftigt war, ließ er das Land in einen königlichen Park verwandeln, und später bauten lauter vornehme Adelige dort Häuser. Aber im 19. Jahrhundert verkam Soho zu einer zwielichtigen Gegend, in der sich Prostituierte und Theaterleute herumtrieben. Im frühen 20. Jahrhundert tauchten dann die Intellektuellen, Künstler und Schriftsteller auf, um sich in den vielen Kneipen und Restaurants zu besaufen.

In den Fünfzigern kamen die Beatniks und überall machten Coffee Bars auf, in denen sich die Jugend traf, um Beat Lyrik und Skiffle zu hören. Der berühmte Marquee Club wurde 1958 eröffnet, wo dann 1962 die Rolling Stones spielten, aber in erster Linie war Soho noch immer wegen seiner Sexshops, Stripclubs und Bordelle berüchtigt.

Heute ist Soho die Heimat einer lebendigen Schwulenszene, besonders um die Old Compton Street herum. Und in China-

town, wo die Straßenschilder zweisprachig in Chinesisch und Englisch sind, findet sich das quirlige Zentrum der chinesischen Gemeinde. In zwei Worten: chinesische Dampfbrötchen. In drei Worten: leckere chinesische Dampfbrötchen.

Der Bus ist so voll, dass wir nur anhalten, um Leute aussteigen zu lassen, bis wir die Haltestelle Dalston Junction erreichen, wo wir uns aus dem Bus schälen wie Erbsen, die aus der Schote kullern. Gerade noch rechtzeitig, als wie von Zauberhand ein 38er-Bus auftaucht.

Auf dem Oberdeck ist genügend Platz, sodass wir uns zu dritt auf eine Bank quetschen können. »Eine Rose zwischen zwei Dornen«, sagt Vic und ich sage: »Könnt ihr was mit euren Ellbogen machen, bevor ihr mir am Ende die Lunge durchbohrt?«

»Mach doch selbst was mit deinen Ellbogen«, erwidert Jean-Luc und dann schubsen wir uns alle drei herum, bis wir eine bequemere Haltung gefunden haben. Ich verliere und schreibe mit fest an den Körper gepressten Ellbogen Emmeline eine Nachricht.

Duckie-Gig läuft!!! Kein Scherz! Wiederhole: Duckie läuft. KitKat Club in der Romilly Street. Geh da hin und stell dich schon mal an. ASAP. Sunny xoxo.

Ich krame in meiner Tasche und hole Puder, Wimperntusche und Lipgloss hervor und die Jungs bringen ihre Frisuren in Ordnung. Dann lasse ich mir von Vic Elnett auf die Hände sprühen, damit ich ebenfalls meine Frisur in Ordnung bringen kann, und die Mädchen vor uns bitten um einen Spritzer. Sie sind aus Kanada und zum ersten Mal im Ausland. Jean-Luc unterhält sich auf Französisch mit ihnen, wobei ihm immer wieder der eine oder andere englische Begriff dazwischenrutscht: »Hampstead Heath«,

»Underground«, »Dickhead«. Vorne im Bus sitzt eine Truppe auf Junggesellinnenabschied, die alle Ansteck-Schleier und diese »L«-Schilder für Fahranfänger tragen. Sie kreischen und kichern, und sobald ein Mann die Treppe hinauf- oder hinabgeht, pfeifen sie ihm hinterher und rufen: »Huhu, Schnucki! Wohin gehst du, Schnucki?«

Und als jemand auf den hinteren Plätzen »Happy« von Pharrell Williams auf dem Handy abspielt, singt bald der ganze Bus mit, und die wenigen, die nur stöhnend die Augen verdrehen, verdienen es nicht, diesen perfekten Augenblick mitzuerleben. Dann schalten wir noch einen Gang hoch und fangen an, »Uptown Funk« zu singen. Ein älterer Mann im Anzug steht auf, als wollte er gleich alle anmeckern, doch stattdessen dirigiert er uns, sodass jede Seite im Bus eine andere Harmonie singt. Und dann startet Vic – natürlich, wer sonst? – eine La-Ola-Welle und schon geht bei dieser Fahrt auf dem Oberdeck des 38er-Busses die beste Samstagabendparty ab, die ich je erlebt habe, und dabei sind wir ja noch nicht mal bei dem Duckie-Auftritt angekommen.

Fünf Minuten bevor die Duckie-Liste geschlossen wird, steigen wir an der Shaftesbury Avenue aus. Hier geht es zu wie zur Rushhour. Die Leute sind auf dem Heimweg von der Party, andere sind unterwegs zur nächsten Party, zur nächsten Bar, zum nächsten Abenteuer.

Wir rasen die Dean Street hinunter, schlängeln uns zwischen Rikschas und schwarzen Londoner Taxis hindurch, dann auf die Romilly Street, vorbei an dem Lokal, in dem früher diese schicke Champagnerbar von Kettner war, wo Terrys Mum ihren 65. Geburtstag gefeiert hat und …

»Weißt du, wo dieser Club ist?«, frage ich und Vic dreht sich im Kreis.

»Nein, eigentlich nicht. Aber die Straße ist winzig. Es muss hier irgendwo sein.«

»Sunny!«

Am anderen Ende der Straße winkt jemand wie wild und Emmelines blonde Haare reflektieren das helle Licht der Straßenlaterne.

Seitdem wir den Imbiss verlassen haben, sind wir nur noch gerannt, aber ein letzter wilder Sprint bringt mich zu Emmeline und Charlie und ein paar von den anderen Roller-Derby-Girls und dann fallen wir uns in die Arme und springen auf und ab und rufen: »Oh mein Gott! Gleich sehen wir Duckie!«.

Wir poltern eine lange Metalltreppe hinunter und reihen uns am Ende einer kurzen Warteschlange ein. »Sie lassen nur fünfzig Leute rein, aber das sollte schon klappen«, sagt Emmeline. »Warum schleppst du eigentlich einen Besen mit dir rum?«

»Den hat Archie mir gegeben.« Mehr brauche ich nicht zu sagen.

»Oh, Archie …«, seufzt Emmeline, bevor sie einen besorgten Blick über die Leute vor uns in der Schlange gleiten lässt. »Ich hoffe, wir kommen da rein.«

»Ich kenne Jane«, sagt Vic wieder mit diesem winzigen, geheimnisvollen Lächeln. »Das klappt schon. Jedenfalls für mich. Was mit euch ist, weiß ich natürlich nicht.«

»Obwohl ich ja einfach behaupten könnte, ich wäre du, und dann käme ich rein«, bemerkt Jean-Luc.

»Mein Gott, du gibst wohl nie auf, was?«

»Kommt drauf an, wie viele Mädchen du so mies behandelt hast.«

»Ihr kennt alle Vic und Jean-Luc, oder?«, sage ich, denn wenn die beiden erst wieder damit anfangen, dann dauert es nicht mehr lang und sie liegen sich wieder in den Haaren und der Typ an der Tür schaut sowieso schon in unsere Richtung.

Irgendwie kennen sich alle schon, aber jetzt folgt eine

offizielle Vorstellungsrunde und Vic küsst alle auf die Wange und Jean-Luc küsst alle auf beide Wangen. Als Vic bei Emmeline anlangt, glänzen seine Augen.

»Sunny hat mir schon so viel von dir erzählt.« Seine Stimme ist so dunkel und süß wie der Espresso, den wir vorhin getrunken haben. »Aber sie hat nie gesagt, wie schön du bist.«

Jean-Luc und ich kichern. Charlie schaut ihre Freundinnen an, als könne sie nicht fassen, wie man eine derart schmalztriefende Aussage mit ernster Miene vorbringen kann, und Emmeline blickt Vic unverwandt an. Ich kenne diesen Blick. Es ist der Blick, mit dem sie mich immer dann ansieht, wenn ich mich dumm benehme. Ein Blick, der normalerweise noch von der Bemerkung begleitet wird: »Lass gut sein, Sunny. Mit solchem Quatsch gebe ich mich gar nicht erst ab.«

Aber heute Abend sagt sie stattdessen: »Ich bin lesbisch. Ich bin sogar sehr, sehr lesbisch, gib dir gar keine Mühe, es läuft sowieso nichts. Niemals.«

Vic lächelt matt. Er dreht sich zu Jean-Luc um, bekommt aber statt moralischer Unterstützung nur einen Schubs. »Na dann.« Er zuckt die Schultern. »Einen Versuch war es wert. Ist eine von euch Ladys keine Lesbe?«

»Wir sind alle voll lesbisch«, sagt Charlie, obwohl ich definitiv weiß, dass Lucy, die direkt hinter ihr steht, vor ein paar Wochen mal was mit dem besten Freund von Charlies Bruder hatte, doch selbst sie schüttelt den Kopf.

»Genau, voll lesbisch.« Dann verschränkt sie die Arme und blickt Jean-Luc an. »Obwohl mich dein besser aussehender Bruder hier vielleicht noch vom Gegenteil überzeugen könnte.«

»Er sieht nicht besser aus als ich!«

»Ich bin nicht sein Bruder!«

»Fangt bitte nicht an«, flehe ich. »Das geht schon den

ganzen Abend so«, füge ich zu Emmeline gewandt hinzu und erzähle ihr von den Streitereien zwischen Vic und Jean-Luc, während die beiden darauf beharren, ich würde übertreiben, bis wir bei der Tür angelangt sind … und bei dem Typen, der an der Tür steht.

Er war die ganze Zeit total freundlich, hat gelächelt oder sogar gelacht, wenn er Bruchstücke unserer Unterhaltung aufgeschnappt hat, und er trägt ein Duckie-T-Shirt, ist also einer von uns, er ist cool. »Rein mit euch«, sagt er und fängt an zu zählen. Charlie, Lucy, Preeta, Emmeline, Jean-Luc, Vic und … »Sorry, das war's. Wir sind jetzt bei fünfzig. Mehr darf ich nicht reinlassen. Alles, was darüber ist, widerspricht der Feuerschutzverordnung.«

Ich stehe draußen mit einer Handvoll Leuten, die sich noch nach unserer Ankunft in die Schlange eingereiht haben.

»Ach, komm schon, wir gehören alle zusammen«, protestiert Emmeline. »Lass sie rein. Auf eine mehr kommt es doch nicht an.«

»Genau, eine Person mehr macht auch keinen Unterschied, wenn es brennt«, sagt Preeta. »Und überhaupt, Sunny ist total dünn, genau wie Vic und Jean-Luc, deswegen kann man die drei zusammen eigentlich nur wie zwei Personen zählen.«

Er hält die Hände in die Höhe. »Nix zu machen. Wenn die Polizei kommt und durchzählt, machen die den Laden dicht.« Er windet sich. »Das sind nicht meine Regeln. Das sind behördliche Vorschriften.«

Auch die Leute hinter mir sind nicht besonders glücklich. Sie murren, bewegen sich aber rückwärts, als wüssten sie genau, dass sie keine Chance mehr haben. Und so stehe ich alleine da und starre einsam und verlassen zu meinen Freunden auf der anderen Seite der Tür hinüber. »Bitte. Gib dir einen Ruck.« Das soll flehend und herzerweichend klingen, kommt aber nur als weinerliches Näseln rüber.

»Ich kann nicht. Tut mir echt leid.«

»Dann geh du rein, Sunny, und ich warte hier draußen«, sagt Emmeline und ich sehe, wie Charlies Miene in sich zusammenfällt, als würde ihr überhaupt nichts mehr Spaß machen, nicht einmal ein spontaner Auftritt von Duckie, wenn Emmeline nicht dabei ist.

»Tu das nicht. Du stehst doch noch viel mehr auf Duckie als ich«, erkläre ich Emmeline. »Wenn du es wagst, auch nur einen Schritt durch diese Tür zu machen, werde ich dir das nie verzeihen.«

»*C'est bon*. Ich trete zurück«, sagt Jean-Luc. Zwar bin ich mir nicht einmal sicher, ob Jean-Luc vor dem heutigen Abend schon einmal von Duckie gehört hat, aber es ist trotzdem nicht fair, dass nun er hier draußen abhängen soll, wo ich doch ohnehin schon seine gesamten Samstagabendpläne über den Haufen geworfen habe.

Und auch Lucy macht jetzt ein enttäuschtes Gesicht bei der Aussicht auf die verpasste Gelegenheit, Jean-Luc davon zu überzeugen, dass sie doch nicht so voll lesbisch ist. Obwohl sie ehrlich gesagt nicht ganz sein Typ ist. Ich weiß nicht so genau, was Jean-Lucs Typ ist, aber eine, die was mit dem besten Kumpel von Charlies Bruder anfängt, der von allem, was er isst, echt lahme Bilder ins Netz stellen muss, selbst wenn es sich nur um eine Tüte Monster Munch handelt, kann keine besonders hohen Erwartungen haben. Und Jean-Luc hat schon eine verdient, die gewisse Erwartungen hat. »Sunny! *Allez! Allez!* Wie sagt man bei euch. Trag deinen Arsch hier rüber.«

Jean-Luc schnippt mit dem Finger nach mir, doch ich bleibe, wo ich bin. »Nein, ist schon in Ordnung. Alles gut.« Nichts ist gut, aber ich bemühe mich um gute Miene. »Wirklich, alles okay. Außerdem könnte ich jederzeit die

Nachricht kriegen, dass Mark wieder in Camden ist oder so, mitsamt dieser Schlampe und ihren Hotpants, und dann muss ich sowieso weg.«

Der Typ in dem Duckie-T-Shirt scheint kurz davor, den letzten Lebenswillen zu verlieren. Oder hoffentlich den Willen, mir weiterhin den Zutritt zu Duckie zu verwehren. Emmeline tippt ihm auf die Schulter. »Hast du das gehört? Sie hat einen echt miesen Abend, weil ihr Freund nämlich mit einer Schlampe in Hotpants rumknutscht ...«

»Ach, Emmeline, sag doch nicht Schlampe«, wirft Charlie ernsthaft ein. »Das ist so frauenverachtend.«

»Aber sie ist nun mal eine Mega-Schlampe«, beharrt Emmeline. »Zeig ihm das Bild, Sunny.«

Ich will das Bild nie mehr sehen, aber ich entsperre mein Handy und Mr Feuerschutz seufzt, kommt aber näher, sodass er es sehen kann, als ich mein Handy hochhalte. »Das ist mein Freund vor vier Stunden, wie er eine Schlampe in Hotpants küsst. Mein Freund. Und eine Schlampe. Und ich bin schon quer durch halb London geeiert, um ihn zu finden, aber umsonst, und jetzt lässt du mich nicht mal rein, um Duckie zu hören. Ich habe mir heute Abend geschworen, dass ich mich von keinem Mann mehr herumkommandieren lasse, und schon stehst du wieder hier und willst mich herumkommandieren. Warum? Gott, wie ich dieses ganze patriarchalische System hasse!«

»Aber ich bin Feminist. Ich bin kein Teil des Problems, ich bin Teil der Lösung.« Er lässt die Schultern sinken. »Das ist total ungerecht. Nichts von alldem ist meine Schuld, und ich drehe mich jetzt einfach um, und wenn du dich dann heimlich reinschleichst, wenn ich nicht hinschaue, obwohl ich es dir verboten habe, dann ist das eine Sache zwischen dir und deinem Gott.«

Und dann dreht er sich um und ich schlüpfe durch die Tür. Ich bin mir nicht so sicher, ob ich an Gott glaube, aber falls doch, ist es ein unglaublich gütiger Gott und der wäre ganz und gar einverstanden damit, dass ich mich entgegen der behördlichen Auflagen in ein Duckie-Konzert schleiche.

»Danke! Vielen Dank!«, rufe ich über die Schulter zurück und höre, wie sich die Tür hinter mir mit einem deutlichen und endgültigen Klicken schließt.

Der KitKat Club ist nicht größer als unser Wohnzimmer zu Hause. Auf der einen Seite gibt es eine Bar, die eigentlich nichts anderes ist als ein Tisch mit einem Mülleimer voller Eis und Bierflaschen, und auf der anderen Seite des Raumes soll eine erhöhte Ebene als Bühne dienen. Der Club ist gedrängt voll mit verschwitzen Leuten. Im Falle eines Feuers würde es sich in null Komma nichts ausbreiten und wir würden extraknusprig gegrillt werden, behördliche Vorschriften hin oder her.

Aber was für ein wunderbare Art zu verbrennen. Während die anderen immer noch wechselweise die Augen zur Decke verdrehen und jammern: »Gott, wie ich dieses ganze patriarchalische System hasse!«, weil mein feministischer Schlachtruf scheinbar bestes Comedy-Material ist, ertönt plötzlich ein schriller Rückkopplungslaut aus den Boxen und wir sehen vier Gestalten auf die Bühne eilen.

»Hello, Pop Kids!«, ruft Molly Montgomery, die Sängerin von Duckie, die genau so ist, wie Emmeline und ich am liebsten werden wollen, wenn wir mal groß sind. »Sollen wir ganz bis zum Anschlag aufdrehen?«

Alle 51 kreischen wir unsere Zustimmung zu diesem Plan. Dann hebt die Schlagzeugerin ihre Sticks und lässt sie in einem 4/4-Beat auf die Snare Drum krachen, der genau zum wilden Pochen meines Herzens passt, und dann tritt Jane ans Mikro und die Scheinwerfer erfassen die glitzernde meeresgrüne Oberfläche ihrer Gitarre, der sie ein herrliches Geräusch entlockt.

»Oh! Mein! Gott!« Wenn es für Emmeline und mich

eine Titelmelodie gäbe, dann wäre es »Girls Together Only«, und sobald wir die Eingangsakkorde hören, nehmen wir uns bei den Händen und rennen im vollem Lauf in Richtung Bühne.

Aber da alle anderen denselben Gedanken hatten, schaffen wir es nicht bis nach vorne, sondern bleiben inmitten eines Haufens von tanzenden und singenden Duckie-Girls stecken. Emmeline hält noch immer meine Hand und mit der anderen halte ich noch immer meinen Besen fest. Lachend und kreischend drehen wir uns um uns selbst, bis wir anhalten müssen, weil mir schwindelig wird, und Emmeline ruft, dass sie sich gleich in die Hosen pinkelt, wenn sie so weitermacht.

Es ist nur ein kurzes Set und scheint in fünf Minuten vorbeizufliegen. Allzu bald spielt die Band zum Schluss ihre Coverversion von »I Can Do Without You« aus *My Fair Lady* und alle zusammen stimmen in den jubelnden Aufschrei ein: »If they can do without you, Duckie, so can I!«

Molly streicht sich die klitschnassen Haare aus dem Gesicht. Dabei wirkt sie überhaupt nicht verschwitzt, sondern leuchtet, als wäre sie ganz und gar aus Mondstein. »Okay, das war's, Leute. Mehr Zeit haben wir nicht. In schätzungsweise 16 Stunden spielen wir in Reading und Jane braucht unbedingt ihren Schönheitsschlaf«, sagt sie.

Jane schnappt sich das Mikro. »Und Molly ist so eine Oma, dass sie am nächsten Tag unausstehlich ist, wenn sie nicht mindestens acht Stunden Schlaf bekommt.«

Arm in Arm verlassen sie die Bühne und tun dabei so, als würden sie sich schlagen. Wenn Emmeline und ich irgendwann richtig erwachsen sind, wollen wir auch immer noch so befreundet sein, aber jetzt muss ich mich erst einmal vorbeugen und meine Knie umklammern, weil ich Seitenstechen vor lauter Lachen habe, und Emmeline stützt sich mit den Armen auf meinen Rücken und ringt um Atem.

»Alles okay mit dir?«, fragt sie, als sie wieder Luft bekommt, und zieht mich hoch. »Also, mal ehrlich, wie geht es dir wirklich?«

»Ich bin irgendwie sauer und traurig, und dann wieder sauer auf mich selbst, dass ich traurig bin, sobald ich an Mark denke, und deswegen habe ich so gut wie aufgehört, an Mark zu denken, und sobald mir das gelungen war, hatte ich auf einmal Spaß«, erkläre ich ihr. Es ist mindestens eine Dreiviertelstunde her, seit ich zuletzt auf mein Handy geschaut habe. Ich hole es aus der Tasche, aber da ist nichts. Keine Nachricht von Mark und sein Schweigen schreit mir tausend Worte ins Gesicht, denen ich keinen Sinn entlocken kann. Es gibt auch keine neuen Berichte, dass Mark irgendwo gesehen wurde. Nur ein paar besorgte Fragen: »Na, alles gut bei dir?«

»Mist, jetzt habe ich aufs Handy geschaut und bin gleich wieder sauer und traurig und wieder sauer. Lass uns also am besten das Thema wechseln, ja?«

»Also ich will ja deinen Schmerz keinesfalls ignorieren, aber ich müsste echt mal aufs Klo«, sagt Emmeline.

Wie es scheint, warten die 49 anderen Leute im KitKat ebenfalls in der Kloschlange. Emmeline sagt, sie würde tausend Tode sterben, und muss die Beine überkreuzen, während wir warten. Vor lauter Anstrengung, ihre Blase zu kontrollieren, fängt sie auch noch an zu schielen, und um sie abzulenken, erzähle ich ihr von den Gangstas und davon, wie ich ganz alleine mit Jeane klarkommen musste und danach Charleston getanzt und Shirelle kennengelernt und schließlich noch die Räder der Gangstas geklaut habe.

»Das hast du alles getan?«, fragt Emmeline. Sie ist inzwischen in der Klokabine und ich merke ihrer Stimme an, wie sie sich abmüht, die abgeschnittenen Jeans über ihre verschwitzten Beine zu zerren. »Das passt eigentlich gar nicht zu dir.«

»Ja, ich weiß!« Ich zupfe an meinen Haaren, die ein wenig in sich zusammenfallen. »Wer hätte gedacht, dass ich so krass sein kann, was?«

»Ich finde, du solltest deine Energie weiter so kanalisieren, wie du das heute Abend getan hast.« Emmeline schließt die Kabinentür auf und ihre Wangen sind gerötet vor lauter Anstrengung, die das Pinkeln so mit sich bringt. »Echt jetzt, ich hatte schon gefürchtet, du würdest heulend zu Hause sitzen, und stattdessen hast du jede Menge Abenteuer erlebt.«

»Ja, hab ich irgendwie, oder?«

»Und wir müssen mal ein ernstes Wort über dich und diese Frenchies reden. Normalerweise bist du Jungs gegenüber ganz anders.« Emmeline fängt beim Händewaschen meinen Blick im Spiegel auf. »Wenn du so entschieden mit Mark umspringen würdest wie mit Vic und Jean-Luc, dann würde er dich nicht wie ein Stück Dreck behandeln.«

»Er hat mich nur heute Abend wie ein Stück Dreck behandelt«, protestiere ich.

»Na ja, so toll behandelt er dich sonst auch nicht gerade.« Emmeline verdreht die Augen. »Mann ey! An deinem Geburtstag ist er zu einem Polo-Spiel gegangen. Ich meine, wer interessiert sich überhaupt für Polo, aber dann auch noch am Geburtstag seiner Freundin?«

»Aber das liegt daran, dass sein Großvater irgendein hohes Tier in der Polo-Welt ist«, erkläre ich in etwa so, wie Mark es mir erklärt hat.

»Es ist eine Familientradition, Sunny«, hatte er gesagt. »Beim ersten Spiel der neuen Saison machen wir immer ein großes Picknick. Das wäre so, als wäre ich Weihnachten nicht dabei. Ich würde riskieren, von meinen Großeltern enterbt zu werden.«

So gesehen hatte ich keine Wahl, als es zu akzeptieren und ihm zu verzeihen, aber jetzt frage ich mich, ob er mich damals angelogen hat – ob er vielleicht ein vornehmeres, standesgemäßeres Mädchen zum Polo mitgenommen und auch mit ihr rumgeknutscht hat.

Das macht mich schon wieder sauer. Und meine Handflächen jucken. »Oh nein. Den musst du am ausgestreckten Arm verhungern lassen«, sagt ein Mädchen in der Kloschlange, obwohl ich schon von ganz alleine zu diesem Schluss gekommen bin. »Fang nie was mit einem Jungen an, der a) zu Polo-Spielen geht und b) dich an deinem Geburtstag sitzen lässt.«

»Ein absolutes K.o.-Kriterium«, sagt ein anderes Mädchen. »Kommt er aus einer vornehmen Familie oder so?«

»Nein«, sage ich ganz automatisch trotz der ganzen Polo-Nummer.

»Ja«, sagt Emmeline. Sie wendet sich an unser Publikum. »Aber er tut immer so, als wäre das nicht der Fall, und spricht dann mit diesem bescheuerten Möchtegern-Cockney-Akzent.«

»Seine Familie ist doch gar nicht so vornehm«, widerspreche ich, obwohl das eigentlich nicht stimmt, aber wenn jetzt Marks Fehler immer offensichtlicher werden, wirft das kein besonders gutes Licht auf mich. »Seine Mum ist vornehm, aber sein Dad nicht.«

»Trotzdem ist er ein Wichser«, sagt Emmeline und ich kann ihr nicht wirklich widersprechen, und dann erzählt eines der anderen Mädchen, dass sie mal mit einem Jungen zusammen war, der es während ihrer Geburtstagsparty *auf ihrem eigenen Bett* mit einer Anderen getrieben hat.

Dann sagt das andere Mädchen, ihr Ex-Freund hätte sich hundert Pfund von ihr geliehen und am nächsten Tag per SMS mit ihr Schluss gemacht und wäre dann ins Ausland gegangen.

»Jungs sind den Ärger nicht wert, den man mit ihnen hat«, sage ich. »Es wäre viel einfacher, wenn sie mehr wie Mädchen wären.«

Alle vier sinnieren wir ein Weilchen über das Böse im Jungen an sich nach, doch dann geht die Tür auf und eine Gruppe von Mädchen drängelt herein. Es sind zwar nur drei, aber das Klo ist so klein, dass sich drei wie eine Menschenmenge anfühlen.

»Wer von euch ist Sunny?«, will eine finster dreinblickende Blondine wissen.

Erste Überlebensregel: Wenn jemand mit finsterem Blick nach dir fragt, halt die Klappe. Ich schaue Emmeline an und sie hatte offenbar denselben Gedanken, denn sie macht eine Geste, als würde sie ihre Lippen mit einem Reißverschluss verschließen. »Sunny? Kennen wir nicht«, sagt sie.

»Das ist doch die da«, sagt eine Freundin der finster dreinblickenden Blondine und zeigt auf mich und dann kippt die finster dreinblickende Blondine ihr Glas über mir aus.

Es geschieht alles in Zeitlupe. Ich stehe da und sehe diesen Bogen von Bier in meine Richtung kommen, und weil es in Wirklichkeit eben nicht in Zeitlupe, sondern mit normaler Geschwindigkeit geschieht, trifft es mich voll im Gesicht. Mitten auf die Augen. Auf die Haare. Ich kann es hustend und prustend im Mund spüren und mein schwarz-weiß gestreiftes T-Shirt ist voller klebriger brauner Flecke.

»Was?«

»What the fuck?«

»Was sollte das denn?«

Emmeline und die beiden anderen Mädchen, mit denen wir geredet haben, reagieren empört und wütend, aber ich stehe nur prustend da und gebe mir Mühe, nicht in Tränen auszubrechen, und frage mich, was um alles in der Welt ich getan haben könnte, dass jemand, den ich noch nicht einmal kenne, mir ein Bier ins Gesicht schüttet.

»Wenn hier jemand eine Schlampe in Shorts ist, dann ist sie das«, sagt die finster dreinblickende Blondine und in der Sekunde fährt Emmeline ihr in ihr finster dreinblickendes Gesicht.

»Sie ist keine Schlampe und du bist gleich tot, wenn du nicht aufpasst.« Das Mädchen schluckt sichtbar und weicht einen Schritt zurück. Manchmal vergesse ich ganz, wie groß und aggro und einschüchternd Emmeline auf Leute wirkt, die sie nicht schon seit ihrem siebten Lebensjahr kennen. »Was ist eigentlich dein Problem, Bitch?«

Unsere zwei neuen Freundinnen haben sich verzogen und jetzt stehen Emmeline und ich alleine diesen drei Mädels gegenüber. Die beiden anderen stehen rechts und links von ihrer finster dreinblickenden Freundin und mustern Emmeline, als würden sie sich fragen, ob sie es mit ihr aufnehmen können. Könnten sie nicht. Emmeline würde sie *vernichten*.

»Ich weiß nicht mal, wer du bist.« Ich habe meine Stimme wiedergefunden. Sie klingt sehr dünn. »Was gibt dir das Recht …«

Die finstere Blondine schafft es, sich von Emmeline zu lösen und sich hinter ihren Freundinnen zu verschanzen, die mit verschränkten Armen und angriffslustigen Blicken dastehen. »Tabitha ist meine beste Freundin und das gibt mir das Recht, mich mit einer miesen Schlampe anzulegen, die es wagt, überall rumzuposaunen, Tab sei eine Schlampe, nur weil sie Shorts trägt. Hallo-o? Es ist Hochsommer! Vor allem, wenn ebendiese miese Schlampe es auf Tabs Freund abgesehen hat.«

»Ich kenne keine Tabitha.« Ich zupfe an meinem feuchten T-Shirt herum. »Vielleicht solltest du dir das nächste Mal erst einen Ausweis zeigen lassen, bevor du jemandem Bier ins Gesicht schüttest.«

»Du bist Sunny. Ich weiß ganz genau, wer du bist, weil wir nämlich vorhin auf der Suche nach Mark in Camden waren und da war diese Martha und die hat Andeutungen gemacht, du hättest es auf Mark abgesehen.« Finstergesicht verdreht die Augen, als hätte sie noch nie so etwas Lächerliches gehört. »Als Tab kurz auf dem Klo war, hat diese Martha uns sogar auf dem Handy ein Bild von Mark und dir bei einer Grillparty gezeigt. Als würde es irgendetwas beweisen, dass du und er zur selben Zeit am selben Ort wart.« Sie hält inne, um Luft zu holen. »Außerdem haben ein paar von meinen Freundinnen draußen gewartet, weil sie nicht reingekommen sind, und die haben gehört, wie du Tab als Schlampe bezeichnet hast. Wiederholt. Dabei bist *du* doch die Schlampe, die es auf den Freund einer anderen abgesehen hat. Und genau das gibt mir das Recht, dir Bier ins Gesicht zu kippen, *Bitch*!«

Jetzt bin ich wieder sauer. Aber eigentlich nicht wirklich traurig. Ich trete einen Schritt auf sie zu und bestimmt ist meiner biergetränkten Miene die Mordlust anzusehen. »Ist das so, Bitch? Wenn du hier Streit anfangen willst, dann bring ich das zu Ende.« Ich strecke die Arme aus und bewege die Finger. »Komm nur her, wenn du glaubst, du bist hart genug«, soll diese althergebrachte Geste bedeuten. »Komm schon. Trau dich. Schlag zu, *Bitch*.«

Ihr Blick zuckt in Richtung Tür, doch der Weg dorthin führt direkt durch mich hindurch. Sie leckt sich über die Lippen. Sie hat Angst, was mich nicht überrascht, weil ich mir gerade selbst Angst mache. Diese Wut! Ich weiß nicht, wo die auf einmal herkommt. Vielleicht war sie schon immer da, leise vor sich hin summend und in meinen Adern brodelnd, und ich habe sie nur im Zaum gehalten, weil ich kein *angry black girl* sein wollte.

»Ich mach dich so fertig«, sagt sie, aber sie ist zu schickimicki, um das richtig rüberzubringen, und ich beschließe, dass ich ihr eine scheuern könnte. Nur einmal. Weil sie es verdient hat, und zwar so was von. Und weil ich es leid bin, mich wie Dreck behandeln zu lassen, nur weil Leute glauben, ich hätte nicht die Eier und das Rückgrat, mich zu wehren. Ich hebe die Hand … ich werde es tun …

»Gut. Okay. Hier macht jetzt mal keiner irgendjemanden fertig.« Emmeline drängelt sich zwischen mich und das finster dreinblickende blonde Bitchface. »Und Schluss mit Schlampen und Bitches. Time-out, Leute. Time-out, verdammt noch mal. Wie heißt du überhaupt?«

Widerstrebend antwortet das Mädchen, ihr Name sei Flick. Was haben diese Schickimicki-Tussen nur für bescheuerte Namen! Ich schnaube verächtlich, genau wie Jean-Luc, und Emmeline sagt, ich solle mir jetzt das Gesicht waschen.

Ich muss mein Gesicht mit angefeuchtetem Klopapier abrubbeln, bis es nicht mehr klebt, und damit löst sich auch der letzte Rest meines Make-ups, sodass sich meine Haut ganz rau und gespannt anfühlt. So als hätte ich stundenlang geheult, was ja nicht der Fall ist, es fühlt sich nur so an.

»Ist eigentlich einer gestorben und hat dich zum Chef der ganzen Welt ernannt?«, sage ich zu Emmeline.

»Allerdings. Du bist so was von aggro drauf«, pflichtet Flick mir bei, aber ich bin nicht bereit, mich mit ihr zu verbünden, nur weil meine beste Freundin uns herumkommandiert. Und so starre ich sie an und versuche, nicht zu blinzeln, bis Emmeline mir einen Schubs gibt.

»Die Sache ist nämlich die, dass Martha, die wirklich mal aufhören sollte, ihre Nase in die Angelegenheiten anderer Leute zu stecken, überhaupt keine Andeutungen machen muss. Mark *ist* nämlich der Freund von Sunny und nicht der von deiner Freundin Tabitha«, erläutert Emmeline vernünftig, obwohl das alles nichts mehr mit Vernunft zu tun hat. »Ihr seid seit letztem Weihnachten zusammen, oder?«

»Also eigentlich schon seit der Bonfire Night Anfang November.« Denn an dem Abend haben wir uns zum ersten Mal geküsst. Im Schein von Wunderkerzen, bengalischen Lichtern und Feuerkreiseln. Und danach waren meine Lippen wund und mein Hals tat weh vom Holzrauch des Lagerfeuers. Aber vor allem erinnere ich mich an das Küssen und daran, dass Mark mir die Wollhandschuhe heruntergezogen hat, um auf dem Nachhauseweg meine Hand halten zu können. An der letzten Straßenecke hatten wir uns noch einmal geküsst, und dann hatten wir uns fest verabredet, sodass ich nicht meine gesamte Freizeit damit verbringen musste, irgendwo herumzuhängen, wo Mark möglicherweise auftauchen konnte.

Komisch, dass mir dieser Plan damals gar nicht so falsch oder verzweifelt vorkam – immerhin hatte es ja funktioniert, aber jetzt mag ich gar nicht daran denken, wie jämmerlich mein Verhalten war.

»Wirklich?« Flicks Tonfall zufolge glaubt sie kein Wort. »Weil Tab nämlich seit Ostern fest mit ihm zusammen ist, und kennengelernt haben sie sich noch viel früher. Und ich denke mir das nicht aus!«, ereifert sie sich, als ich nur die Augen verdrehe. »Es steht sogar auf seiner Facebook-Seite, dass er in einer Beziehung mit ihr ist.«

»Tja, das ist aber seltsam, weil nämlich auf seiner Facebook-Seite steht, dass er in einer Beziehung mit mir ist.«

Ich hole mein Handy aus der Tasche und sie das ihre und ihre Freundinnen und Emmeline scharen sich um uns und ich denke, oh Gott, wenn Mark heute Abend seinen Beziehungsstatus geändert hat, weil er weiß, dass ich ihm auf die Schliche gekommen bin, und diese Schlampe samt ihrer finsteren Freundin Flick und den anderen Schickimicki-Mädels mich alle für eine arme Irre halten, die Mark hinterherläuft, dann fange ich an zu heulen. Ich schließe mich im Klo ein und komme nie wieder raus.

Ich warte, dass Facebook lädt. Ich kann kaum schlucken – mein Mund ist plötzlich wie ausgetrocknet und ich glaube, ich bringe kein Wort heraus, während ich die vertraute blaue Kopfzeile anstarre. Mit zitternden Fingern rufe ich Marks Profil auf, was gar nicht so einfach ist, da die ganze Feuchtigkeit aus meinem Mund in Richtung meiner Fingerspitzen gewandert ist, was wiederum die Bedienung des Touchscreens nicht gerade erleichtert.

Vor Erleichterung sacken mir fast die Beine weg. »Da!«, sage ich und halte Flick mein Handy unter die Nase. »In einer Beziehung mit Sunshine Williams. Zufrieden?«

»Nein, ich bin nicht zufrieden«, sagt sie und streckt mir dann ihr Handy entgegen. »Das ist gar nicht Marks Facebook-Seite. *Das* hier ist Marks Facebook-Seite.«

Wundersamerweise fange ich nicht an zu heulen. Am liebsten würde ich laut loslachen, aber heraus kommt nur ein komisches Geräusch wie ein ersticktes Röcheln. Meine schlimmsten Befürchtungen, vor denen ich den ganzen Abend lang davongelaufen bin, sind alle eingetroffen und jetzt bin ich wieder traurig. So traurig. So fucking traurig. Und außerdem muss ich, glaube ich, gleich kotzen.

Meine Gesichtszüge sacken in sich zusammen und Flick legt den Arm um mich und dann sagen ihre beiden Freundinnen, dass sie Mark sowieso noch nie leiden konnten.

»Irgendetwas ist komisch an Mark, oder? Etwas stimmt nicht. Er war immer schon ein bisschen schwer zu fassen, dabei kennen wir ihn schon seit der Grundschule.«

»Oh Gott«, sage ich und meine Augen brennen. Die Worte bleiben mir im Hals stecken. »Wie bescheuert bin ich eigentlich? Die ganze Zeit …«

Emmeline schiebt Flick beiseite, schließlich ist sie meine beste Freundin und hat dadurch als Erste das Recht, mich in den Arm zu nehmen. Und die Situation ist wirklich so ernst, dass selbst Emmeline, die eigentlich keine In-den-Arm-Nehmerin ist, mich in den Arm nimmt. »Wage es ja nicht, dir die Schuld zu geben, Sunny.«

»Genau! Du bist nicht bescheuert. Er ist es. Mark ist bescheuert!«, sagt Flick. Sie schaut auf mein biergetränktes T-Shirt. »Hör mal, also, es tut mir echt total leid, dass ich dir das Bier ins Gesicht gekippt habe. Ich wollte nur meine beste Freundin verteidigen.«

»Schon gut«, sage ich, weil das auch wirklich gut ist. Nur die Sache mit Mark wird erst dann gut sein, wenn ich sie in Ordnung gebracht habe. »Und es tut mir leid, dass ich deine Freundin als Schlampe bezeichnet habe. Mein Gott, dieses Wort sollte ich wirklich nicht mehr benutzen.«

»Ich werde Tab schreiben«, beschließt Flick. »Und ihr sagen, was abgeht. Sie ist nämlich jetzt gerade bei Mark, obwohl sie eigentlich der totale Duckie-Fan ist. Aber weil Mark meinte, das wäre nur Mädels-Geschrei, hat sie einen Rückzieher gemacht.«

Flick wechselt einen genervten Blick mit ihren beiden Freundinnen, Chessie und Santa. »Tab ist so eine Spaßbremse geworden, seitdem sie mit Mark zusammen ist.«

»Dazu sage ich jetzt nichts. Kein einziges Wort«, bemerkt Emmeline, aber dann schaut auch sie genervt. »Es ist nur, dass du, sobald Mark dabei ist, nicht einen Bruchteil, kein Fünkchen, keinen Hauch so gut drauf bist wie ohne ihn. Er saugt allen Spaß aus dir raus.«

»Genau. Er ist so ein Spaßsauger«, haucht Flick und dann sagt sie, dass sie mir am Stand mit den Fanartikeln ein T-Shirt kauft, damit ich nicht den Rest der Nacht in einem biergetränkten Oberteil verbringen muss.

Gemeinsam verlassen wir das Damenklo, und obwohl

Duckie schon lange nicht mehr spielt, steppt auf der Tanzfläche weiter der Bär, während der DJ alles auflegt, was laut, schnell und schrill ist.

Schon nach fünf Sekunden steht fest, dass es keinen Stand mit Fanartikeln gibt.

»Ich hab noch ein Unterhemd an und könnte dir auf jeden Fall mein Top geben«, bietet Flick an und meint es ehrlich. (Seitdem sie nicht mehr finster dreinblickt, ist sie total offen und ehrlich.) »Das wäre echt kein Ding.«

Flick trägt ein kleines, gerafftes schwarzes Top, für das sie vermutlich in einem hippen Laden viel Geld bezahlt hat. Außerdem ist sie sehr zierlich und elfengleich, wie jemand, der sich nur von Wachteleiern und Kaviar ernährt. Ich bin mir nicht einmal sicher, ob mein Kopf durch den Halsausschnitt passen würde, geschweige denn der Rest meines Körpers. »Nein, das ist schon in Ordnung«, sage ich, obwohl mir nach einem Blick auf mein ruiniertes T-Shirt schon wieder nach Heulen zumute ist.

Das ist alles so sinnlos. Und als ich sehe, dass jetzt auch noch Jeane auf uns zumarschiert kommt, könnte ich erst recht losheulen.

»Da seid ihr ja!«, ruft sie, als wäre sie schon seit Stunden auf der Suche nach uns. »Tolle Frisur, Emmeline. Seit wann hast du einen Pony? Flick, Santa, Chessie, wie ich sehe, feiert ihr noch immer diesen *Punk-meets-Downton-Abbey-Look*.«

Jeane kennt nicht nur alle Leute, sondern hat auch sehr ausgeprägte Ansichten über deren Kleidungsstil. »Und Sunny, die Frau der Stunde! Mal ehrlich, wie lange braucht ihr eigentlich, um zu pinkeln? Was habt ihr alle da drin gemacht? Und du schleppst ja immer noch deinen Besen mit dir rum.«

»Tja, wir waren beschäftigt. Wie sich herausgestellt hat, ist Mark nämlich …«

»Ach, whatevs! Ich ertrage es nicht, auch nur noch ein Wort über ihn zu hören. Der Typ ist so megalangweilig. Worüber konntest du dich mit ihm eigentlich unterhalten?«

Jeane wartet meine Antwort gar nicht erst ab (nur fürs Protokoll: Mark und ich hatten jede Menge Gesprächsstoff, wenngleich es in den letzten Wochen vor allem darum ging, wann ich bereit sein würde, mit ihm zu schlafen). Stattdessen packt sie meine Hand und zerrt mich quer durch den Club, die anderen folgen im Schlepptau. Sie ist zwar klein, aber ziemlich kräftig, wie ein zähes, kleines Grubenpony. Sie hält mein Handgelenk mit eisernem Griff umklammert, während sie mich zu der improvisierten Bar und zu einer kleinen Nische mit einem Sofa zerrt, wo Jean-Luc, Vic und zwei Mädchen auf ein iPad starren.

»Schau mal, Sunny! Du gehst gerade viral.« Vic streift mich mit einem flüchtigen Blick, bevor er bei einer anderen, in seinen Augen weitaus gefälligeren Person hängen bleibt. »Du siehst noch schöner aus als vorhin, Emmeline. Bist du immer noch lesbisch?«

»Ich bin sogar noch lesbischer«, verkündet Emmeline mit einer solchen Freude, dass die Worte nur so hervorsprudeln. »Ich glaube, mein Lesben-Level war noch nie so hoch wie heute.«

Aber das lenkt nur vom eigentlichen Thema ab. »Egal. Was bin ich?«

»Du bist viral!«

Man reicht mir das iPad mit angehaltenem YouTube-Video. Ein verwischtes, unscharfes Bild auf dem Display. Ich drücke mit einem Finger auf den Pfeil und aus dem verwischten Bild wird ein Mädchen, das im Gang eines Mini-Markts tanzt, die Beine in die Luft wirft und kickt, mit den Füßen steppt und gleitet und dabei locker die Arme schwingt. Sogar Jazz Hands fehlen nicht, aber wenn man Charleston tanzt, sind Jazz Hands nicht nur erlaubt, sondern geradezu Pflicht.

»Wow, Sunny, so hast du im Ballettunterricht nie getanzt«, sagt Emmeline. »Du hast es auf Stufe drei doch nur mit Müh und Not durch die Stepp-Prüfung geschafft.«

Es ist, als würde ich einem Mädchen zusehen, das aussieht wie ich, angezogen ist wie ich, aber im Gegensatz zu mir das Selbstvertrauen hat, in die Luft zu springen und genau da zu landen, wo es ihr verdammt noch mal passt, um dann mit einem breiten Grinsen auf dem Gesicht weiterzutanzen.

Dieses Mädchen hat es echt drauf.

Niemand würde es wagen, so ein Mädchen mies zu behandeln.

Und dieses Mädchen bin ich und ich bin es leid, mies behandelt zu werden.

Heute bin ich es, die sagt, wo es langgeht.

Heute gehe ich aufs Ganze, und zwar gnadenlos.

Heute geht es miesen, betrügerischen, falschen Freunden an den Kragen.

»Harte Moves«, sagt Flick. »Ich wusste gar nicht, dass du tanzt.«

»Tu ich auch nicht …« Ich kann noch immer nicht den Blick von dieser anderen Sunny wenden, und erst als sie aufhört zu tanzen und wieder in der Menge verschwindet, hebe ich die Augen und starre Jeane an, die sich sofort hinter Jean-Luc versteckt. »Und wer hat dir erlaubt, das zu filmen, Jeane? Denn ich war das verdammt sicher nicht.«

Jeane lugt hinter Jean-Lucs Schulter hervor. Er wackelt mit besagter Schulter. »Ich hab das nicht gefilmt. Das war Frank.«

»Aber es ist auf deinem YouTube-Kanal. Ich habe keine Einverständniserklärung unterschrieben.«

»Ich liefere der Öffentlichkeit nur das, was sie sehen

will«, sagte Jeane. »Das Ding ist jetzt seit einer Stunde online und hat schon über tausend Views.«

Ich weiß nicht, wie ich das finden soll. Ich glaube, mir wird ein bisschen übel, wenn mich tausend Leute ansehen, die ich nicht einmal kenne. Die sehen, wie meine Oberschenkel beim Quickstepp wabbeln. Die irgendwelche Urteile über mich abgeben.

Ich scrolle zu den Kommentaren hinunter. »Geile Sau!« – »Uah, was für eine Angeberin!« – »Verdammt! Baby ist zurück!« Ich muss dieses Video sofort sperren.

Aber Jeane weigert sich strikt. Sie lässt einen lauten Redeschwall mit jeder Menge dramatischer Gesten vom Stapel von wegen Public Domain und dass im Medienzeitalter jeder damit rechnen müsse, sein Bild überall im Netz wiederzufinden. Außerdem wären doch insgeheim alle nur darauf aus, berühmt zu werden. »Das Gesetz ist auf meiner Seite«, schließt Jeane. »Und was hast du überhaupt gegen deine Tanznummer auf YouTube einzuwenden? Die ist doch einfach nur total genial.«

»Total genial«, haucht Flick mir ins Ohr.

So viel zu meinen Vorsätzen, mir nichts mehr gefallen zu lassen. »Dann stell wenigstens die Kommentare ab.«

»Lebensregel Nr. 1, Sunny: Man darf nie die untere Hälfte des Internets lesen«, bemerkt Jeane großspurig.

»Ich will nicht, dass irgendwelche Perverslinge ihre perversen Bemerkungen über mich abgeben. Deaktivere die Kommentare jetzt auf der Stelle«, knurre ich und dabei schnappt etwas in meiner Kehle um. »Ich bin nicht irgendein mädchenförmiges Etwas, mit dem die Leute machen können, was immer sie wollen, ohne Rücksicht auf meine Gefühle.«

»Ich nehme an, du redest wieder von diesem Mark«, seufzt Jeane. »Schon gut, ich deaktiviere die Kommentare.« Sie schnappt sich ihr iPad zurück, als würde sie mir zutrauen, dass ich es aus großer Höhe fallen lasse. »Jetzt glücklich?«

Nein. Gar nicht glücklich. Kein bisschen. Die ganze Begeisterung über das Duckie-Konzert war in dem Augenblick verschwunden, als das Bier in meinem Gesicht landete, und alles, was sich seither ereignet hat, nun, das ist einfach …

»Ach, Sunny, *tu es si triste. Qu'est ce qui s'est passé?*« Ich stehe nahe genug bei Jean-Luc, dass er die Hand ausstrecken und mein Kinn vorsichtig mit einem Finger anheben kann. »Du siehst aus, als hättest du geweint. Das hat aber nichts mit dem Video zu tun, *non?*«

»*Non*«, pflichte ich ihm bei. Meine Augen brennen schon wieder und ich versuche, sie so weit wie möglich aufzureißen, aber auch das funktioniert nicht.

Emmeline lässt sich widerstrebend zu noch einer seitlichen Umarmung hinreißen. »Der Typ ist keine einzige Träne wert, Sunny.«

»Ich weiß.« Ich werfe den Kopf zurück und schaffe es, die drohenden Tränen zurückzudrängen. »Ich heule nicht mehr rum wegen diesem Loser. Er ist derjenige, der heulen wird, wenn ich mit ihm fertig bin. Und dann trinke ich seine Tränen und raube ihm all seine Macht.«

Sie starrt mich an. »Alles okay mit dir, Sunny?«

»Never better«, erkläre ich und lächele und blecke dabei die Zähne, sodass Emmeline zurückweicht und Flick mich verängstigt ansieht. Mich hat noch nie jemand verängstigt angesehen, außer damals, als ich das bereits erwähnte Norovirus hatte und man mich von der Schule nach Hause geschickt hatte und ich kurz davor war, aus beiden Enden zu explodieren, und Mum ihren Haustürschlüssel nicht finden konnte. Good times, man.

»Es tut mir echt leid, dass ich mein Bier über dich gekippt habe«, sagt Flick, um dann noch einmal für Jeane und ihre beiden Begleiterinnen die Highlights der Geschichte zusammenzufassen.

Derweil gibt Vic mir einen Schluck von seinem Wasser und erklärt, dass er, Vic, niemals ein Mädchen betrügen würde. »Es kann schon sein, dass ich mich nicht zuverlässig wieder melde, aber ich betrüge nicht«, sagt er und ich hüstele, während Jean-Luc mal wieder sein verächtliches Schnauben von sich gibt und Flick sich *immer noch* über die doppelten Facebook-Seiten aufregt und sprudelt: »Ich hab Tab geschrieben, weil anrufen wollte ich sie nicht, falls sie immer noch bei Mark ist, aber sie hat nicht geantwortet und ich glaube, wir müssen da irgendwann intervenieren. Ach so, Mollie, du hast nicht zufällig ein Duckie-T-Shirt übrig? Ich bezahl das, aber Sunnys Top sieht ziemlich ätzend aus und, mein Gott, es wär mir ja sooo oberpeinlich, in eurer Gegenwart ein ätzendes T-Shirt anzuhaben. Ich bin *so* ein Fan. So ein *Mega*-Fan.«

Ich hatte gerade angesetzt, Vic darüber zu informieren, dass ich ab jetzt eine Null-Toleranz-Regel einführen werde gegenüber Jungen, die sich Mädchen gegenüber mies verhalten, aber das kann warten. Ich fahre so schnell herum, dass mir fast schwindelig wird, um mir die beiden Mädels einmal richtig anzusehen, mit denen Vic und Jean-Luc und Jeane zusammengesessen haben.

Ich schaue zu Emmeline hinüber, ob sie es ebenfalls bemerkt hat, und sie hat, denn ihr bleibt der Mund offen stehen und auf ihrem Gesicht ist dieser vollkommen verblödete Ausdruck wie sonst nur, wenn sie eine geschlagene Stunde lang im Internet Videos von verkleideten Kätzchen angeschaut hat. »Ich trau mich nicht hinzuschauen«, flüstert sie, dabei traut Emmeline sich eigentlich alles. Immerhin spielt sie Roller-Derby!

»Mach mal den Mund zu«, flüstere ich zurück und kann einfach nicht glauben, dass das hier wirklich passiert.

Aber so ist es. Es passiert wirklich. Da sind Molly und Jane von Duckie und sie tragen beide Kleider aus einem silbernen Stoff, der mit kleinen roten Weltraumraketen übersät ist. Mollys braune Haare sind zu Zöpfen geflochten und zu zwei Prinzessin-Leila-Schnecken über ihren Ohren zusammengerollt und Jane hat platinblonde Haare, viel platiner und blonder als die von Emmeline, in einem strubbeligen Pixie Cut. Sie sehen toll aus. Und außerdem ein bisschen erschöpft, weil Flick immer noch in diesem ausdruckslosen, ernsthaften Schickimicki-Tonfall auf sie einredet. Oh Mann, kann die Frau reden!

»... und dann war ich voll genervt, weil ich nur wegen Mummys Geburtstag nach Paris fahren sollte, aber als ich rausgefunden hab, dass Duckie in so einem Club in Saint-Germain-des-Prés spielt, hab ich einfach das Geburtstags-Dinner geschwänzt, um euren Auftritt zu sehen. Sie war stocksauer, aber es war ja kein wichtiger Geburtstag. Sie ist nur 47 oder 48 oder so geworden, also whatever. Okay, wo war ich stehen geblieben? Ach so, Mark. Die arme Sunny. Als meine Schwester mit ihrem Freund Schluss gemacht hat, hat Mummy sie zu einem Trauertherapeuten geschickt. Ich könnte dir seine Telefonnummer besorgen.«

Flick macht eine kurze Atempause und ich muss sie zum Schweigen bringen, sonst sind wir alle dazu verdammt, uns noch mehr Schickimicki-Fangirl-Gelaber anzuhören. Abgesehen davon werde ich noch in vielen Jahren an dieses Zusammentreffen zurückdenken, und wenn ich eine grauhaarige alte Dame bin, möchte ich nicht zu meinen Enkelkindern sagen müssen: »Hab ich euch eigentlich schon erzählt, wie ich damals Jane und Molly von Duckie getroffen habe und alle haben die ganze Zeit nur darüber geredet, dass mich mein bis dahin erster und einziger Freund betrogen hat?«

»Mark kann mich mal«, sage ich rasch, weil Flick schon

wieder den Mund aufmacht, als würde sie erneut Anlauf nehmen. »Ich bin es leid zu denken, dass ich es nicht wert bin und dass es okay ist, wenn andere das ebenfalls denken. Damit ist jetzt Schluss. Ich kann das, ich bin stark und ich glaube an mich.« Dann halte ich den Mund, denn Emmeline macht so eine komische Flatterbewegung mit den Augen, als wüsste sie genau, dass sie mich jetzt auf der Stelle stoppen muss, damit ich nicht endlos weiterquatsche.

Aber zu spät. »Das hat schon RuPaul gesagt. Wie zum Teufel soll man andere Menschen lieben, wenn man sich nicht einmal selbst lieben kann?«

Emmeline nimmt meine Hand. »Oh Gott«, fleht sie mich an. »Erst Flick und jetzt du. Hör bitte mit dem Gelaber auf.«

»Kann ich hier ein ›Amen‹ kriegen?«, fragt Molly Montgomery von Duckie in einer wirklich miesen Imitation von RuPaul und sofort heben Jane, Emmeline und ich die Hände und rufen »Amen!«, wir haben gar keine andere Wahl.

Und falls jemand eine Idee hat, wie man seine absolute Lieblingssängerin Nr. 1 auf bessere Weise kennenlernen könnte, dann her damit!

»Du bist definitiv besser dran ohne diesen Mark«, bemerkt Molly und schenkt mir ein breites Grinsen. »Und falls du überlegst, wie du schnell über ihn hinwegkommst, dann kann ich dir nur empfehlen, richtig krasse Songs über ätzende Jungs zu schreiben, das hat eine besonders kathartische Wirkung.«

»Genau! Arsch reimt sich auf alle möglichen praktischen Dinge«, fügt Jane hinzu. »Einmal haben wir es auf ›Marsch‹ gereimt.«

»Oder man hängt einfach noch ein Loch hintendran«, schlage ich vor. »Sorry, bin grad ziemlich aggro drauf.«

»Frau sollte sich nie dafür entschuldigen müssen, wenn

sie zu ihren Gefühlen steht, Sunny«, sagt Jeane und die muss es wissen, weil sie sich in ihrem ganzen Leben noch nie für etwas entschuldigt hat. »Auch wenn es um deine Gefühle gegenüber Mark geht.«

Mir bleibt die Suche nach einer schlagfertigen Antwort erspart, die mich vor Jane und Molly nicht total bescheuert dastehen lässt, weil auf Flicks Handy eine Nachricht von Tab eingeht.

»Massenweise Emojis.« Sie blinzelt auf ihr Display. »Drei wütende Gesichter. Pistole. Bombe. Hammer. Ich glaube, sie hat es nicht so gut aufgenommen.«

Wieder brummt Flicks Handy. »Noch mal Tab«, murmelt sie und blickt aufs Display. »Oh. Oh! Oh krass, der traut sich was! Sie sagt, Mark hätte erst alles abgestritten und dann mit ihr Schluss gemacht.«

Sie hält ihr Handy in die Höhe und ich kneife die Augen zusammen und sehe das Wort. Schluss. Sieben Buchstaben, die mich direkt in den Solarplexus treffen, falls mein Solarplexus sich mitten in meinem Bauch befindet, wovon ich ziemlich sicher ausgehe.

Ich habe den ganzen Abend lang in dieser Tabitha nur eine anonyme Schlampe in Shorts gesehen, während wir in Wahrheit Schwestern im Geiste sind. Vereint durch Verrat. Verbunden, weil wir beide die Berührung von Marks Händen und Lippen kennen und geglaubt haben, wir seien für ihn das einzige Mädchen auf der ganzen Welt.

»Nicht im Ernst!«, stöhne ich. »Wehe, wenn er das wirklich getan hat. Er hat nicht das Recht, mit ihr Schluss zu machen. Wenn er *sie* betrogen hat. *Uns* betrogen hat. Wir sind diejenigen, die hier Schluss machen können. Das ist ja das Mindeste an Anstand. Oh Gott, ich werde mit diesem Mistkerl so was von Schluss machen, das hat er noch nicht erlebt. Mark ist erledigt!«

»Gib's ihm!« Jane klatscht in die Hände. »Finde diesen sogenannten Mark. Es soll ihm noch leidtun, dass er je geboren wurde.«

»Also wir wollten uns eigentlich alle in einem Club in Mayfair treffen«, sagt Flick und mustert mich dabei wie einen Gegenstand, der sich an der SB-Kasse nicht scannen lässt. »Ich fahre lieber mal voraus, um die Wogen zu glätten. Dann kann ich Tab sagen, dass du cool bist und voll dabei, wenn es darum geht, Mark bereuen zu lassen, dass er je geboren wurde. Es ist nur, dass dieser Club nur für Mitglieder ist.«

»Nur für Mitglieder? Scheiß auf die Mitglieder!« Ich stemme die Hände in die Hüften. »Die sollten mich lieber reinlassen, sonst werde ich dafür sorgen, dass die sich ebenfalls wünschen, sie wären nie geboren worden.«

Ich habe keine Ahnung, wer »die« sind, aber sollte jemand versuchen, mich an einer direkten Konfrontation mit Mark zu hindern, würde es demjenigen auf jeden Fall leidtun.

»So ist es richtig, zu genau diesen Gefühlen musst du stehen«, sagt Jeane und Vic verspricht, den Club notfalls mit mir zu stürmen, und Jean-Luc sagt, er würde die Leute ablenken, indem er ganz laut und wild gestikulierend Französisch mit ihnen redet, und Molly sagt, wir können im Duckie-Transporter mitfahren, aber dann müssten wir jetzt gleich los.

Nur Emmeline scheint ganz untypischerweise gar nicht so erpicht darauf, Mark seine gerechte Strafe zukommen zu lassen, obwohl sie diejenige ist, die Mark von Anfang an nicht leiden konnte. »Ach? Du willst dir Mark also noch heute Nacht vorknöpfen? Also quasi jetzt gleich?«, fragt sie stirnrunzelnd. »Ich hatte nämlich die leise Hoffnung, wir könnten jetzt nach Hause fahren und ihn erst morgen stellen. Es ist nämlich schon fast drei Uhr früh und ich bin müde und hab keine Socken an und meine Fersen sind total wund gescheuert.«

Sie klingt ziemlich jämmerlich. Eigentlich klingt sie eher so wie ich, als hätten wir à la *Freaky Friday* durch einen kosmischen Zufall die Körper getauscht.

»Komm schon, Em! Wo bleibt denn dein Kampfgeist?« Ich ergreife eine ihrer schlaffen Hände, um sie aufzumuntern, aber es ist, als hielte ich einen toten Fisch. »Ich hab Blasenpflaster und du kannst schlafen, wenn du tot bist.«

Emmeline seufzt. »Okay, aber falls plötzlich ein Nachtbus nach Crouch End vor mir auftauchen sollte, bin ich weg.«

WAS ZUM TEUFEL FANGE ICH EIGENTLICH MIT MEINEM SAMSTAGABEND AN?

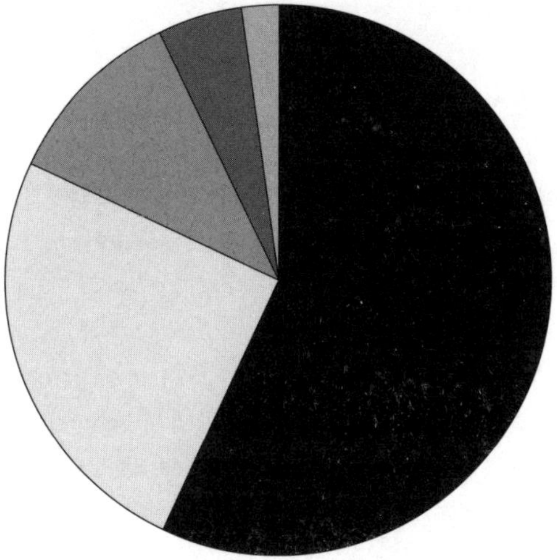

- Zu 57 % channele ich Inigo Montoya aus *The Princess Bride.*
- Zu 25 % stehe ich zu meinen Gefühlen.
- Zu 11 % bin ich Duckie-Fan.
- Zu 5 % bin ich mit Besenmanagement beschäftigt.
- Zu 2 % muss ich, ehrlich gesagt, ziemlich dringend aufs Klo.

2.53 UHR

MAYFAIR

Eine der reichsten Gegenden von London und beim englischen Monopoly das teuerste Feld, auf dem man landen kann. Der Name Mayfair stammt von May Fair, dem zweiwöchigen Jahrmarkt, der vom späten 17. Jahrhundert an jedes Jahr im Mai in dieser Gegend stattfand.

Das Land befand sich größtenteils im Besitz der überirdisch reichen Grosvenor-Familie, die es auch bewirtschaftete und der dann das Fürstentum Westminster zugesprochen wurde, was schön für sie war. Mayfair wurde rasch zum angesagtesten Stadtteil von London. Hier residierte auch der für seine extravaganten Halstücher berühmte König der Dandys, Beau Brummell, der gerne im Fenster von White's, seinem Herrenclub, saß und sich über die Outfits seiner Freunde mokierte, die dort vorübergingen. Fast wie eine Art Klatschreporter der Regency-Ära.

Berühmte Bewohner von Mayfair waren unter anderem mehrere Premierminister einschließlich Winston Churchill, der Komponist Georg Friedrich Händel und die beiden größten Ms in der Geschichte der Ms: Madonna und Ihre Majestät die Queen, die in einem Haus an der Bruton Street geboren wurde.

Es ist so genial, dass ich es kaum begreifen kann. Ich trage tatsächlich ein T-Shirt von Molly Montgomery. Ein T-Shirt, das Molly Montgomery gehört und das sie getragen hat. Es ist gelb und in großen Blockbuchstaben steht darauf: A CITY BUILT ON ROCK 'N' ROLL IS STRUCTURALLY UNSOUND.

Und als wäre das nicht genug, mehr als genug, hat Molly mir außerdem ihre Adresse in Brighton gegeben, damit ich ihr das T-Shirt zurückschicken kann. »Du bist bestimmt kein Stalker«, meinte sie, was nur zeigt, wie wenig sie über mich weiß.

Jetzt sitze ich zusammen mit allen vier Duckie-Mitgliedern sowie Emmeline, Charlie, Vic und Jean-Luc hinten in den Tourbus von Duckie gequetscht. Preeta und Lucy haben sich entschuldigt und den Nachtbus nach Hause genommen, Emmeline und Charlie haben ihnen sehnsüchtig hinterhergeschaut. Flick und ihre Freundinnen wollten eigentlich mit uns kommen, aber als Jane die Türen des Transporters aufmachte und uns ein Geruch von abgestandenem Bier und Käsefüßen entgegenschlug, haben sie einen Rückzieher gemacht. »Also, da ist ja sowieso nicht so viel Platz, da nehmen wir doch lieber ein nettes Taxi«, meinte Flick, hat aber beim Leben ihres Ponys Melisande versprochen, mir gleich zu schreiben, sobald sie mit Tabitha gesprochen und Marks Aufenthaltsort in Erfahrung gebracht hat.

Nachdem wir erst einmal den Piccadilly Circus hinter uns gelassen haben, dauert es nicht mehr sehr lange, sich durch die winzigen, gewundenen Sträßchen zu schlängeln, die parallel zu Piccadilly verlaufen, und die ganze Zeit halte ich die Hände zu Fäusten geballt und überlege, was ich mit Mark anstellen werde. Vermutlich werde ich ihn als Erstes anblaffen: »He! Ich muss mit dir reden!«, und danach werde ich einfach locker improvisieren. Vielleicht werde ich ihm auch ganz locker einen Arschtritt verpassen, obwohl Emmeline sagt, dass Gewalt als Antwort nur beim Roller-Derby zulässig ist.

Im Augenblick sieht Emmeline allerdings so aus, als wäre sie dabei, diesen Ansatz noch einmal zu überdenken. Ihr Blick verspricht Tod durch unvorstellbare Schmerzen, als Vic auf sie und Charlie deutet und fragt: »Was ist eigentlich mit euch beiden? Habt ihr was miteinander oder ist das nur eine vorübergehende Phase?«

»Okay, also erstens ist sexuelle Identität ein sich wandelndes Konzept und kein Fixpunkt auf einer Kurve und zweitens geht dich das einen Scheißdreck an«, sagt Charlie. Sie deutet auf Vic und Jean-Luc. »Und was ist überhaupt mit euch beiden? Habt ihr was miteinander oder ist das nur eine vorübergehende Phase?«

»Wir sind Cousins«, sagt Vic, während Jean-Luc seufzend den Kopf schüttelt und sich vermutlich fragt, warum er jemals aus Paris weggegangen ist. »Und wenn wir schwul wären, dann wäre er nicht mein Typ. Zu launisch, zu dürr, nicht schön genug.«

»Schöner als du«, nuschelt Jean-Luc vor sich hin, obwohl ich mir nicht sicher bin, ob das den Tatsachen entspricht. Wenn es eine Skala für gutes Aussehen gäbe, würde Vic vermutlich mehr Punkte bekommen als Jean-Luc. Wenn Vic lächelt, leuchten seine Augen und sein ganzes Gesicht strahlt so etwas Liebenswertes und Herzliches aus. Jean-Luc lächelt fast nie.

Morgen müssen Emmeline und ich uns einmal hinsetzen und besprechen, welcher von den beiden Godards objektiv gesehen der schärfere ist.

»Wenn du so gut aussiehst, wie kommt es dann, dass du noch kein einziges Mädchen aufgerissen hast, seitdem du in St Pancras angespült wurdest?« Vic wackelt mit dem Finger vor Jean-Lucs Nase herum. »Oder machen dich nur deine Windbeutel heiß?«

»*Casse-toi!*«, sagt Jean-Luc weitgehend ungerührt. Dann lächelt er. Nein, es ist wirklich nicht so schön wie Vics Lächeln, aber es hat so etwas Hintergründiges an sich, was viel spannender wirkt. »Ah, Jane, ich wollte dich noch fragen, wie lange warst du eigentlich mit Vic zusammen?«

»Du wolltest was?« Jane sitzt auf dem Beifahrersitz, dreht sich aber zu uns um. »Ich und Vic? Ist das vielleicht ein Übersetzungsfehler?«

»Vic sagt …« Vic hält Jean-Luc den Mund zu, sodass er nicht weitersprechen kann.

»Achte nicht auf ihn. Sein Englisch ist nicht besonders gut.«

Jane verzieht das Gesicht. »Ich würde sagen, sein Englisch ist hervorragend.«

»Echt, Jane, er ist nicht ganz dicht im Kopf. Da gab's so viel Inzucht auf der Seite der Familie, deswegen … Autsch! Nimm die Hände aus meinem Gesicht!«

Selbst hier in einem fahrenden Auto müssen sich Vic und Jean-Luc schlägern. »Also ich find das eigentlich ziemlich heiß«, flüstert Charlie Emmeline zu. »Mit den Anzügen und so.«

»Hmmm. Ich weiß. Und mit den Frisuren und den französischen Flüchen. Zumindest glaube ich, dass es Flüche sind.«

»Also, Jane, Vic behauptet, dass du und er euch schon seit mehr als einer Ewigkeit kennt …«, melde ich mich von den billigen Plätzen zu Wort, und damit meine ich, dass ich direkt neben dem Radkasten sitze und mir ein Gigbag mit einer Gitarre in die Nieren drückt. »… aber dass ein Gentleman Stillschweigen bewahrt, selbst wenn er überhaupt kein Gentleman ist.«

Jane bleckt die Zähne. »Stimmt, wir beide haben uns schon vor einer Ewigkeit kennengelernt, und zwar als ich meine Hochzeitstorte bei ihm in Auftrag gegeben habe.

Tolle Torte, aber später hat er sich beim Hochzeitsempfang an meine Tante Cheryl rangemacht.« Sie wirft den Kopf in den Nacken und der Laut, der aus ihrem Mund kommt, lässt sich nur mit dem Wort *Wiehern* beschreiben. Vielleicht zwei Worte: ein *wieherndes Lachen*. »Aber mein Onkel Ron fand das gar nicht so lustig, stimmt's, Vic?«

Vic gelingt es, Jean-Lucs Hand beiseitezuschlagen. »Ich kann nichts dafür. *Ma chère* Cheryl sicht wirklich verdammt gut aus für eine Frau ihres Alters.«

»Du Omagrapscher«, murmelt Emmeline und plötzlich halten alle die Luft an, weil Emmeline den Nagel auf den Kopf getroffen hat, dann fängt Molly an zu lachen und ich muss noch immer kichern, als wir gegenüber dem Ritz abgesetzt werden.

Solange ich denken kann, hat mir meine Großmutter versprochen, dass sie mit mir mal zum Afternoon Tea ins Ritz geht. Dass wir uns mit Vintage-Klamotten und allem Drum und Dran aufbrezeln, aber wann immer sie mal in der Stadt ist, verbringen wir nur Stunden bei John Lewis und ähnlichen Kaufhäusern, damit sie langweiliges Zeug wie Stickgarn und Mottenpapier kaufen kann, und es kommt nie dazu.

Auch heute Abend wird es nicht dazu kommen. Wir versammeln uns an der nächsten Straßenecke und alle schauen mich erwartungsvoll an.

»Und was ist jetzt der Plan?«, fragt Charlie. »Hängen wir hier einfach so ab und warten auf eine Nachricht von Flick?«

Genau das war der Plan, aber wenn Charlie das so sagt, hört es sich irgendwie bekloppt an. Außerdem bin ich nicht in der Stimmung für Abhängen. Ich bin in der Stimmung für Action. Ich will etwas tun und nicht ziellos an Straßenecken herumgammeln.

»Was ist das für ein komischer Tanz?«, fragt Vic und erst

da wird mir klar, dass ich von einem Fuß auf den anderen schwanke und, oh Gott, dabei das Gesicht verziehe und leise vor mich hin keuche, als wäre ich eine von den Schwangeren aus *Babystation* und kurz vor der Entbindung. Ich tanze den …

»Das ist der Pipi-Tanz«, ruft Emmeline, die wirklich etwas diskreter sein könnte, auch wenn sie recht hat. Emmeline hat meinen Pipi-Tanz schon öfter gesehen. Schon sehr, sehr oft.

Ich achte nicht auf Emmeline und schaue mich entlang Piccadilly um in der Hoffnung, irgendwo einen Burger King oder McDonald's zu entdecken, der noch geöffnet hat, sodass ich das Billigste auf der Karte bestellen und dann loslaufen kann, um mich aus meiner Qual zu erlösen. Ja, es entwickelt sich immer mehr zur Qual.

»Was ist ein Pipi-Tanz?«, fragt Jean-Luc. »Ist das was Englisches?«

»Ich muss mal Pipi, kapiert?« Mir bleibt keine Zeit, es irgendwie zu umschreiben, ich müsse mir die Nase pudern oder mir kaltes Wasser ins Gesicht spritzen. Ich muss aufs Klo, und zwar sofort. Oder noch besser gestern. »Oh Gott, ich muss so doll!«

Im Eiltempo gehe ich die Straße entlang. Ich spüre, wie der Inhalt meiner Blase hin und her schaukelt. Sehr unangenehm.

»Aber warum bist du denn nicht früher gegangen? Du warst doch ewig auf dem Klo«, fragt Charlie vorwurfsvoll, als sie und die anderen zu mir aufholen. »Was hast du denn da drinnen gemacht?«

»In erster Linie hab ich mich mit Bier übergießen lassen.«

»Es überrascht mich nicht, dass du aufs Klo musst«, sagt Vic. »Die Limo in diesem Hähnchengrill hatte wirklich Übergröße.«

»Genau, danke für die Erinnerung.«

Wir entfernen uns immer weiter vom Piccadilly Circus, während ich verzweifelt nach diesen goldenen Leuchtbogen Ausschau halte; ein Hoffnungsschimmer für meine arme Blase.

»Warum gibt es nie einen McDonald's, wenn man einen braucht?«

»Es gibt einen, aber wir gehen in die falsche Richtung. Der ist in der Nähe der U-Bahn.« Jean-Luc schaut auf sein Handy. »Oh, *tant pis*, die haben schon geschlossen.«

Ich muss das Undenkbare tun. Ich schaue mich nach einer kleinen Seitengasse um. Oder besser noch nach einer kleinen Seitengasse einer Seitengasse, um dort wie ein Besoffener auf die Straße zu pinkeln. Aber kann man nicht für Urinieren in der Öffentlichkeit verhaftet werden? Außerdem habe ich mit Jean-Luc und Vic zwar schon einiges erlebt, aber *so* gut kenne ich sie nun auch wieder nicht und sie sind immer wie aus dem Ei gepellt und ich will nicht, dass sie mich für so eine halten, die ohne Weiteres auf die Straße pinkelt, wann immer ihr danach ist.

Ich merke, dass Emmeline denselben Gedanken hat, weil sie sich ebenfalls umsieht und dann zu mir sagt: »Sollen wir zwei mal einen kleinen Spaziergang machen, Sun? Vielleicht finden wir ja, du weißt schon, ein öffentliche Toilette, von der keiner weiß.« Sie macht Anführungszeichen in die Luft um »öffentliche Toilette« und so weiß ich, dass sie in Wahrheit meint, dass wir einfach irgendeinen geeigneten Ort für mich finden und dass Emmeline mich während meiner schändlichen Eskapaden abschirmen wird und wir danach nie wieder ein Wort darüber verlieren werden.

Aber Charlie schüttelt den Kopf. »Also um diese Zeit werdet ihr keine öffentliche Toilette mehr finden. Die sind alle geschlossen.«

Ich weiß, dass Emmeline Charlie gernhat, aber sie geht

mir langsam echt auf die Nerven mit dieser negativen Art. Ich schließe die Augen und spanne jeden Muskel an, den ich habe. Oh Gott, entweder muss ich jetzt sofort in eine Seitengasse pinkeln oder ich mache mir in die Hosen. Was ist das kleinere Übel? Ich kann mich nicht entscheiden.

»Aber wir sind doch gleich hier beim Ritz. Die haben bestimmt ein Klo für eine Lady in Not.« Vic nimmt meine Hand und will mich über die Straße führen.

»Die lassen uns doch nie im Leben ins Ritz rein!«, sagt Emmeline, die Mühe hat, mit uns Schritt zu halten. »Schau uns doch an.«

»Unser Geld ist genauso viel wert wie das von allen anderen«, verkündet Vic. »Ich habe zwar nicht vor, mir ein Zimmer zu nehmen, aber vielleicht könnten wir ein Glas Wasser bestellen.«

»Oder eine kleine Tasse Kaffee?«, schlägt Jean-Luc hoffnungsvoll vor.

»Bitte hört auf, über Flüssigkeiten zu reden«, flehe ich, während wir uns immer weiter dem eindrucksvollen Gebäude nähern, das so strahlend hell erleuchtet ist, dass an der Tür ein diskretes Schild mit der Aufschrift »Kein Gesindel« angebracht sein sollte.

»Hältst du es noch ein kleines bisschen aus?«, fragt Vic.

Ich kann kaum sprechen. »Hoffentlich, sonst sterbe ich vor Schande.«

»Kein Grund, sich zu schämen«, sagt Vic, weil wir schon geklärt haben, dass er jenseits aller Peinlichkeit ist. Er weiß nicht einmal mehr, was das Wort bedeutet. »Einmal standen wir wegen einer Massenkarambolage stundenlang auf der M6 und ich musste in einen leeren Milchkarton pinkeln.«

»Der war nicht leer«, erinnert sich Jean-Luc mit leichtem Widerwillen und ich würde lachen, wenn sich nicht alle meine Muskeln in maximaler Anspannung befänden, während wir durch einen der Bögen gehen, weil das Ritz nämlich so edel ist, dass es seine Gäste mit einem eigenen überdachten Gehweg bis direkt vor den Eingang vor den Elementen schützt. Durch das Glas sehe ich einen gewaltigen Kristallleuchter, der in der dunklen Nacht glitzert. Meine Augen folgen dem Verlauf des dicken, rotgoldenen Teppichs, der zu einem kreisförmigen Foyer führt. Vielleicht ist es gar kein Foyer. Selbst die heruntergekommensten Kinos haben ein Foyer. Dies hier ist viel größer und prächtiger. Ein Vestibül vielleicht. Oder eine Rotunde. Wie immer man es nennt, es ist jedenfalls, als würde man in das Innere eines Fabergé-Eis oder in eine Spieldose schauen. Fast rechne ich damit, dass sich eine unglaublich zarte Ballerina in der Mitte dreht anstelle eines Marmortisches mit vergoldeten Kanten, auf dem eine gewaltige Vase mit weißen Blumen steht.

Ein Mann im Nadelstreifenanzug kommt über den Teppich auf uns zu.

Normalerweise stehen draußen elegante Türsteher, aber selbst das Ritz schließt um diese nächtliche Stunde seine Pforten und der Mann, der sich uns mit fragender Miene nähert, wird nur einen Blick auf unsere verlotterte Erscheinung werfen – selbst Vics Hemd hat mittlerweile seine schneeweiße Farbe eingebüßt – und uns sagen, wir sollten uns verpissen. Nur dass er vermutlich höflichere Worte finden wird.

Ich unterdrücke ein Zittern, während er die Tür aufschließt, und sobald sie sich öffnet, steht mein Entschluss fest. Ich werde die vergoldete Feste des Ritz stürmen. Bis er mich eingeholt hat, kann ich bestimmt schon die Damentoilette gefunden und mich in einer Kabine eingeschlossen haben.

Die Tür geht gerade weit genug auf, dass ich mich hindurchquetschen kann. Ich mache einen Schritt nach vorn und das war's! Ich renne los! Ich schiebe mich an dem Mann vorbei und alles verschwimmt zu einer rotgoldenen Wolke, während ich durch die Hotelhalle rase. Ich weiß nicht, wohin, aber ich sehe einen Wegweiser zu einem Restaurant, und wo ein Restaurant ist, da müssen auch öffentliche Toiletten sein. Das ist gesetzlich vorgeschrieben. Sowohl meine beiden Großmütter als auch Terrys Mum haben das mir und unzähligen Cafébesitzern oft genug erklärt und ich hoppele mit zusammengeklemmten Knien den Flur entlang in dem vagen Bewusstsein, dass hinter mir Leute sind, und komme schließlich zu einer Tür ... und Gott sei Dank.

Ich werfe mich durch die Tür und dann in eine Kabine. Ich nehme mir nicht die Zeit, den Riegel vorzuschieben, sondern fummele an dem Knopf und am Reißverschluss meiner Shorts herum und zerre sie nach unten, während ich von einem Fuß auf den anderen hüpfe.

Dann lasse ich mich aufs Klo fallen. Ah! Welch ein Glück. Welch ein himmlisches Glücksgefühl.

ZWEI MINUTEN SPÄTER

Wie hätte ich ahnen können, als ich vor so vielen Stunden den mühsamen Marsch zum Crystal Palace angetreten habe, dass ich irgendwann im Verlauf der Nacht schließlich im Ritz Pipi machen würde?

»Pipi in The Ritz«, singe ich fast unhörbar zur Melodie von »Putting on The Ritz«, aber da ist keiner, mit dem ich diesen Witz teilen könnte. Wenn ich je in der Lage sein sollte, Terry von dieser Nacht zu erzählen – vielleicht in vielen Jahren einmal, wenn mir weder Hausarrest noch der Entzug des WLAN-Passworts drohen –, dann wird er sich kaputtlachen.

Und es ist zum Kaputtlachen. Ich habe eben im Ritz

Pipi gemacht und jetzt befinde ich mich in einem zartrosa Powder Room, wie sie hier die Damentoilette nennen, wo eine ganze Wand von einem ziemlich irritierenden Gemälde eingenommen wird. Darauf sind ein von Farnkraut umrahmter Teich mit Seerosen und eine Frau zu sehen, die durch die Farne späht, während sie auf der anderen Seite von einem Mann beobachtet wird wie von einem perversen Voyeur. Je länger ich es ansehe, desto weniger Sinn ergibt es.

Außerdem habe ich Wichtigeres zu tun, beispielsweise die Beschäftigung mit der Frage, wer oder was draußen vor der Tür auf mich wartet. Kann es sein, dass man mich wegen Hausfriedensbruchs verhaften wird? Ob ich wohl mit einer Verwarnung davonkomme? Am besten denke ich gar nicht darüber nach, und so creme ich mir stattdessen ausgiebig mit extrateurer Handlotion nicht nur die Hände, sondern auch noch die Arme und Beine ein. Unter dem Wandgemälde ist ein plüschiges pinkes Sofa und ich überlege, ob ich mich daraufsetzen soll. Dann überlege ich, ob ich mich darauf legen soll. Dann überlege ich, ob ich mich darauf zum Schlafen einkuscheln soll, denn nachdem ich nun nicht mehr so dringend pinkeln muss, fühle ich mich ziemlich müde.

Es klopft an der Tür. »Miss! Miss! Ich muss Sie bitten, jetzt da rauszukommen.«

Noch ein großzügiger Spritzer Handlotion, dann schlüpfe ich nach draußen, wo ein Wachmann vor der Tür steht.

Ich bemühe mich, nicht zu vergessen, dass niemand über mich zu bestimmen hat. Ich bin eine Kämpferin. Heute Nacht habe ich in dieser Stadt zu bestimmen. »Oh Gott, bitte lassen Sie mich nicht verhaften«, piepse ich. »Ich bin normalerweise ein anständiger Mensch, wirklich, aber es waren einfach weit, weit mehr als mildernde Umstände.«

Ich könnte schwören, dass er mir unter seiner Schirmmütze hervor zublinzelt, doch sein Gesicht bleibt ausdruckslos. »Ich muss Sie jetzt bitten, die Räumlichkeiten zu verlassen, Miss«, sagt er im selben neutralen Tonfall, und solange ich nicht verhaftet werde, lasse ich mich liebend gerne zum Eingang zurückbegleiten, wo Jean-Luc offenbar mit einem anderen Wachmann und dem Mann im Nadelstreifenanzug herumdiskutiert.

»*Mais c'est une question de vie ou de mort*«, sagt er und wirft dabei die Hände in die Luft. »*Mon amie est bouleversé. Qui sait ce qu'elle pourrait faire? Elle a un historique de maladie mentale!*«

»Bitte entschuldigen Sie. Entschuldigen Sie vielmals«, rufe ich. »Ich weiß wirklich nicht, was in mich gefahren war. Ich verspreche, das kommt nicht wieder vor.«

»Ja, falls doch, werde ich Ihnen lebenslanges Hausverbot in allen Ritz-Hotels weltweit erteilen müssen«, sagt der Nadelstreifenmann, aber er wirkt gar nicht so verärgert, sondern scheucht uns nur zur Tür hinaus und schließt hinter uns ab.

»High five«, sagt Charlie und sieht mich voller Respekt an, als hätte ich gerade nicht nur das Ritz gestürmt, sondern auf dem Weg nach draußen auch noch eine unbezahlbare Antiquität geklaut. »High five, Mann. Ich kann's nicht fassen, dass du das getan hast.«

Wir geben uns High five. Alle außer Jean-Luc, der den Kopf schüttelt. »Non. Ich mag High five nicht.«

»Ist jetzt alles okay mit dir?«, fragt Emmeline.

Ich nicke. »Alles bestens. Lass uns nicht weiter darüber reden. Nie mehr. Ich schau jetzt erst mal nach, ob Flick mir geschrieben hat.«

Zuerst überqueren wir Piccadilly. Die Straße ist jetzt ganz verlassen, eine Geisterstraße quer durch die Stadt. Kaum zu glauben, dass hier schon in wenigen Stunden wieder das Leben pulsieren wird und die Menschen in Autos und Bussen und Taxis vom Piccadilly Circus zur Hyde Park Corner fahren werden. Dass Touristen und Leute beim Sonntags-Shopping hier über die Bürgersteige schlendern und in die Schaufenster schauen und alberne Hüte von Souvenirständen kaufen werden. Jetzt ist alles ganz still und ruhig mit Ausnahme von Charlie: »Flick schreibt dir bestimmt nicht. Solche Perlhühner wie die halten doch immer zusammen.«

Sie ist *so* negativ. Langsam bin ich der Meinung, dass sie vielleicht lieber nicht mit Emmeline zusammenkommen sollte, wenn sie nicht bereit ist, sich auf den Lifestyle von Emmelines bester Freundin einzustellen, und sowieso hat Charlie überhaupt keine Ahnung, denn als ich gerade mein Handy aus den Tiefen meiner Tasche wühle, brummt es.

»Ha!«, sage ich. »Siehst du! Frauensolidarität wiegt eben mehr als Snobismus. Und … oh! Das ist von Mark.«

Der Anblick seines Namens auf dem Display genügt schon, um mein Inneres in Aufruhr zu versetzen, aber ich bin eine Kämpferin, die sich vor so einer Kleinigkeit wie einer Textnachricht nicht fürchtet.

Alle drängeln sich um mich und mein Handy.

Nicht sauer sein, Baby! Bitte nicht. Diese Tab ist ballaballa. UND IHRE FREUNDINNEN AUCH. Glaub ihnen kein Wort.

»Örx, der Typ ist echt übel«, murmelt Emmeline.

»Jetzt hat er mit dieser Tab Schluss gemacht und will sich rückversichern, dass er immer noch dich in Reserve hat«, bemerkt Vic. »Pass auf, dass er keinen Verdacht schöpft.«

Hey! Hab Flick kennengelernt. Hat mir ziemlich schräges Zeug über dich erzählt.

Mark schreibt sofort zurück. Mal ganz was Neues.

Glaubst du ihr etwa??

Tu ich nicht! Du hast ja gesagt, dass da nix lief. Ich vertrau dir. Ich liebe dich, das weißt du. Wo bist du?

Auf dem Heimweg. Oder hast du vielleicht immer noch Lust…? Im buchstäblichen und im übertragenen Sinne.

Jetzt wäre es mir doch ganz recht, wenn nicht alle um mich herumstehen und diesen kleinen Austausch mitverfolgen würden. Emmeline schnappt sich das Handy, damit sie die Nachrichten ungläubig anglotzen kann. »Unglaublich. Der denkt wirklich, er kann dich noch flachlegen. Komm schon, mach einfach Schluss mit ihm, dann können wir alle nach Hause gehen.«

»Ich mache nicht am Handy mit ihm Schluss. Wir waren uns einig, wie schäbig das ist.«

»Nein, wir waren uns einig, dass es schäbig wäre, wenn *er* das täte. Sag einfach, dass du alles weißt, und droh ihm noch ein bisschen und dann Schluss«, Emmeline schlenkert halbherzig mit den Armen. »Ich bin sooo müde.«

»Sooo spät ist es doch gar nicht«, sage ich, obwohl das nicht stimmt. Ich war noch nie so lange auf, aber jetzt bin ich high vor lauter Adrenalin und berechtigter Wut. Ich schnappe mir das Handy von Emmeline zurück.

Ich werde mich gewiss nicht mehr von Mark flachlegen lassen, aber fürs Erste muss ich ihn noch bei der Stange halten, damit ich ihm direkt in die Augen sehen kann, wenn ich ihm den Todesstoß versetze und mit ihm Schluss mache. Allerdings will ich auch nicht übereifrig erscheinen und das Rating von Marks Zuverlässigkeit hinsichtlich seines Aufenthaltsortes lässt ohnehin schwer zu wünschen übrig.

Klar war da nix, aber trotzdem unschön, dich mit 'ner anderen zu sehen. Fahre jetzt heim. Du auch? Sollen wir uns im Bus treffen?

»*Mon Dieu!* Da wäre es ja direkt spannender gewesen, Rezepte mit Maronencreme auszuprobieren«, höre ich Jean-Luc sagen, aber ich schenke ihm keine Beachtung, da Mark umgehend antwortet.

Ich muss in die andere Richtung. Bin heut Nacht bei meinem Pa. Grandma hat morgen Geburtstag. Du könntest bei mir schlafen, dann kann ichs heute Nacht wiedergutmachen…

Im Hintergrund quengelt Emmeline herum, Jean-Luc murmelt auf Französisch vor sich hin, Charlie verlangt geradeheraus nach ihrem Bett und nur Vic hat etwas Hilfreiches beizutragen.

»Sag, dass er dich vielleicht überreden könnte«, rät er mir. »Wenn er glaubt, dass du echt scharf auf ihn bist, verrät er dir vielleicht, wo er ist, und dann können wir dahin und ihn so richtig zur Sau machen.«

»Wobei du ihn doch sowieso nicht richtig zur Sau machen würdest, Sunny«, sagt Emmeline und klappt plötzlich die Beine weg, sodass sie auf dem Gehweg sitzt, doch das ist noch nicht genug, denn sie legt sich auch noch hin und quengelt wieder. »Ich will nach Hause! Mir tut alles weh und ich hab dir ja gesagt, dass ich Blasen habe, weil ich keine Socken trage, und du hast mir Pflaster versprochen und mir nie welche gegeben und ich will nach Hause.«

Ich weiß, wie es ihr geht, und habe Mitgefühl, aber ich bin wild entschlossen und krame in meiner Tasche herum. »Du willst Pflaster? Hier! Bitte sehr, die Pflaster. Aber jetzt bin ich schon so weit gekommen und werde nicht nach Hause gehen, bevor ich nicht Mark zur Rede gestellt habe. Und zwar persönlich. Das wird ihm eine Lehre sein!«

»*Mais non*. Wozu genau wird ihm das eine Lehre sein? Kommt, wir gehen jetzt alle nach Hause!« Jean-Luc versucht mich fortzuziehen, obwohl ich mit aller Kraft die Hacken in den Boden ramme. Er ist verblüffend stark. Das muss daran liegen, dass er ständig Eischnee schlägt und Zucker schaumig rührt und Kaffeebohnen mahlt. Einen kurzen Augenblick lang würde ich am liebsten in seine Arme sinken, weil ich selbst verdammt müde bin und auch mir die Füße wehtun, obwohl man von mir keine Klagen hört.

Aber nur für einen kurzen Augenblick. Dann stehe ich aus eigenen Kräften. »Ich werde Mark zeigen, dass man mich nicht links liegen lassen kann. So kann er nicht mit mir umspringen. Man kann doch nicht mit jemandem zusammen sein und Sachen sagen und Sachen tun und am Ende ist alles nur eine große Lüge. So als wäre es nie geschehen. Ich dachte, es hätte etwas zu bedeuten, und dabei hat er mich die ganze Zeit nur verarscht. Begreift ihr nicht, wie ich mich dabei fühle?«

Ich kapier's einfach nicht. Habe es noch nie kapiert. So wie bei meinen Eltern. Meine Mum und mein Dad. Wobei sie eigentlich nie »meine Eltern« waren, weil ich mich nicht daran erinnern kann, wie sie zusammen waren. Es war immer meine Mum *ode*r mein Dad.

Aber sie waren vier Jahre lang zusammen. Haben zusammengelebt. Haben so viele Monate und Wochen und Tage und Stunden und Minuten gemeinsam verbracht. Haben sich ihre Geheimnisse erzählt. Sich gegenseitig weinen gesehen (obwohl ich mir nicht vorstellen kann, dass mein Dad je geweint hat). Haben sich umeinander gekümmert, wenn einer krank war. All die Dinge, die dazugehören, wenn man ein Paar ist. Und dann war es einfach vorbei und es gab nie wieder eine einzige Minute, in der es nur um sie beide ging.

Sie reden immer nur über mich. Über die Gebühren, wenn ich studieren will, und wer an der Reihe ist, zu Geburtstagen oder wichtigen Feiertagen das Vergnügen meiner Gesellschaft zu haben. Das mit den Geheimnissen und dem Sich-umeinander-Kümmern hat einfach aufgehört. Und was ist mit den ganzen Gefühlen passiert, die sie füreinander hatten? Wo sind die hin?

Und genau deswegen werde ich Mark aufspüren, weil diese Geschichte nach meinen Regeln beendet werden muss, wenn er beschämt und geknickt vor mir steht, weil er endlich einsieht, was er getan hat und wie sehr er damit meine Gefühle verletzt hat.

Emmeline kapiert es einfach nicht, als ich es ihr erkläre. »Mann ey, das ist doch lächerlich«, blafft sie.

»Meine Gefühle sind nicht lächerlich.«

Sie verdreht die Augen und krallt sich in den Gehweg, auf dem sie sich noch immer rekelt. »Mein Gott, kannst du irgendwann mal aufhören mit deinen Gefühlen? Es hat keinen Sinn, dass wir alle hierbleiben. Und selbst wenn Mark bereit ist, sich mit dir zu treffen, dann fängst du doch sowieso nur an zu heulen. Wie immer.«

»Tu ich nicht! Du findest doch, ich müsste entschlossener sein. Und jetzt habe ich einen Entschluss gefasst und bleibe dabei. Ich bleibe wach, bis ich Mark gefunden habe, und dann werde ich ihm gehörig die Meinung sagen.«

»Das ist ein schlechter Entschluss«, keift Emmeline und rappelt sich hoch. »Du hast doch keine Ahnung, wo er steckt, oder? Du hast keinen Plan und ich fasse es nicht, dass wir immer noch darüber diskutieren.«

Ich bin schon zu weit gekommen, um jetzt einen Rückzieher zu machen. Emmeline und ich stehen Kopf an Kopf, beide schwer atmend. »Danke jedenfalls für deine Unterstützung, Em! Es ist gut zu wissen, welche Freunde man wirklich hat.«

»Ich bin deine Freundin, du Dussel. Ich versuche ja, dich zu unterstützen, aber du machst es einem echt nicht leicht. Wenn das hier die neue, bessere Sunny ist, dann muss ich dir sagen, dass sie ganz schön auf dem Egotrip ist!«

»Ich bin auf keinem Egotrip.«

»Bist du doch und ich geh jetzt nach Hause. Mir reicht's! Charlie! Komm mit! Wir gehen!«

»Bitte, dann geh doch!«, rufe ich Emmeline hinterher, als diese davonstürmt. Obwohl sie eigentlich gar nicht stürmt, sondern eher hoppelt. Charlie folgt ihr, bleibt aber noch einmal stehen, um mich vorwurfsvoll anzusehen. »Mir doch egal!«

Aber es ist mir nicht egal, weil es Emmeline ist, meine beste Freundin. Und obwohl ich keineswegs auf dem Egotrip bin, habe ich vielleicht etwas zu wenig beachtet, wie müde Emmeline ist. Schlafmangel macht sie immer sehr gereizt. Einmal in der dritten Klasse hat sie sich bei einer Übernachtungsparty auf dem Klo eingeschlossen und wollte nicht wieder rauskommen, weil alle zu laut waren und Hannah-Montana-DVDs geschaut haben, während Emmeline schlafen wollte.

»Soll ich ihr hinterhergehen?«, frage ich Vic, der nur die Schultern zuckt. Emmeline kommt nicht sehr schnell voran und ich könnte sie leicht einholen. »Ich sollte ihr wirklich hinterhergehen ... Oh! Es brummt! Das ist Mark.«

Er hat mir einen Snap geschickt. »Woah! Was ist *das* denn?«

Es ist ein Foto von Mark, der die Hand vorne in seine Hose wandern lässt. Dazu die Unterschrift: »Willst du's dir nicht doch noch mal überlegen?«

Jean-Luc lässt sich zu einem »*Oh là là!*« hinreißen und

Vic kichert und meint: »So tief würde ja selbst ich nicht sinken«, bevor das Bild verschwindet.

Stattdessen erscheint eine Nachricht von Flick.

Sorry, dass es so lang gedauert hat. Tab dreht total durch. Mark & Kumpels sind in Chelsea. Club heißt Plebs. Ich hinterlasse deinen Namen an der Tür.

Sie hat sogar noch einen Link zu Google Maps hinzugefügt.

Mir bleibt keine Zeit, Emmeline hinterherzulaufen. Ich spüre schon, wie der Adrenalinstoß zu wirken beginnt. Mein ist die Rache!

»Okay. Es geht also los?«, fragt Vic.

»Es geht *so* was von los.«

Jean-Luc ist sich da nicht so sicher. »Chelsea ist meilenweit weg«, stöhnt er. »Und es könnte ein, äh …« Er schnippt mit den Fingern. Nicht knackig klickend, sondern eher auf eine Weise, die nahelegt, dass selbst seine Finger ein bisschen müde sind. »Das könnte ein *double bluff* sein.«

»Du meinst ein Doppeltrick«, sagt Vic. »Für wie vertrauenswürdig hältst du Flick?«

»Keine Ahnung«, sage ich und schon nagt wieder der Zweifel an mir.

Es könnte ein Doppeltrick sein, aber vielleicht auch nicht. Es gibt nur einen Weg, das herauszufinden.

»Wir fahren nach Chelsea«, sage ich bestimmt und ignoriere Jean-Lucs unterdrücktes Stöhnen und die Art, in der sich seine Lippen ganz anders als die von Vic verziehen. Es gibt ein französisches Wort dafür. Ein *moue*. Genau. Jean-Luc zieht einen Schmollmund, einen Flunsch. Selbst Vic wirkt ein bisschen kampfesmüde, aber er reckt die Schultern und lächelt strahlend, und ich habe so langsam die Befürchtung, dass ich nie wieder nach Hause gehen kann.

Und überhaupt, Chelsea ist keineswegs meilenweit entfernt. Wir steigen bei Green Park in die Tube, fahren eine Haltestelle bis Victoria, steigen in die Circle Line um, wieder eine Haltestelle, und schon sind wir am Sloane Square. Nichts einfacher als das.

Nur dass die Circle Line nicht mehr fährt, was einfach lächerlich ist. Was soll es bringen, wenn die U-Bahn die ganze Nacht hindurch fährt, aber entscheidende Teile wie die Circle Line davon ausgenommen sind? Also müssen wir mit der Piccadilly Line bis Knightsbridge fahren und dann von da aus weitersehen. Der Name Night Tube ist wirklich unangebracht. Das sind falsche Werbeversprechen. Stattdessen sollte es »ein kleiner Teil der Tube, der die ganze Nacht durch fährt« heißen.

»Ich wünschte, wir hätten dich nie in Clapham North eingeholt«, grummelt Jean-Luc auf dem Weg zum Bahnsteig.

Ich war noch nie so spät unterwegs, dass ich mit der Night Tube fahren musste, und es fühlt sich komisch an. Es ist so ruhig. Es sind kaum Leute unterwegs, als wären alle Stationen nur von Geistern bewohnt, die die Züge in den frühen Morgenstunden über die summenden Gleise gleiten lassen. Es ist, als sollten wir eigentlich gar nicht hier sein unter dem harten Neonlicht, in dem unsere Haut so fahl wirkt, unsere Augen so groß und alles irgendwie surreal.

Oder vielleicht bin ich einfach schon so lange wach, dass mir das ganze Leben wie ein Trip erscheint.

Als wir uns hinsetzen, um auf den Zug zu warten, nehmen mich die Godards in ihre Mitte. »Aber wir *haben* Sunny nun mal in Clapham North eingeholt und jetzt erleben wir lauter Abenteuer«, sagt Vic und ich schenke ihm ein dankbares Lächeln, weil Jean-Luc die reinste Gewittermiene hat, seitdem wir in Green Park die erste Rolltreppe hinuntergefahren sind. Und zwar Gewitter mit Donner, bedrohlich dunklen Wolken und Hagel. »Und wir hätten dich auf keinen Fall alleine lassen können. Stell dir vor, dir wäre etwas passiert. Das hätte kein kostenloser Kaffee und Gratis-Gebäck der Welt bei *la belle Hélène* wiedergutmachen können.«

Ich winde mich ein bisschen. Mein Ausgang bis Mitternacht ist geplatzt und liegt tot auf dem Boden. Dann entspanne ich mich. Mum und Terry werden es ja nie erfahren. Es sei denn … »Ihr werdet meiner Mum nichts von heute Nacht erzählen, oder? Ich meine, letztlich könnte sie euch der Mittäterschaft bezichtigen.«

»Ich würde uns eher als willige Komplizen bezeichnen«, sagt Vic. »Obwohl es ja nicht so schwer sein sollte, einen einzigen Jungen aufzutreiben.« Vic stützt seine spitzen Ellbogen auf seine knochigen Knie, um dann das Kinn in die Hände zu stützen. Es sieht sehr unbequem aus. »Ist er immer so schwer zu finden?«

Ich denke an all die Situationen, in denen ich auf einen Anruf von Mark gewartet habe. Wie oft ich an den unterschiedlichsten markanten Punkten im Norden Londons gestanden habe: dem Uhrturm von Crouch End, vor Kenwood House im Park von Hampstead Heath, an der U-Bahn-Station Camden Town, weil er mal wieder zu spät kam. Nie war er zur rechten Zeit am verabredeten Ort.

Ich könnte auch an die schönen Augenblicke denken, von denen es auch viele gab, aber da war immer dieses endlose Warten auf Mark und das endlose Wiederholen dessen, was ich zum ihm sagen würde, wenn er endlich auftauchte. Doch sobald ich mich an dem ersten unsicher gestotterten Satz versuchte, sagte er auf diese ungeheuer bekümmerte Weise »Baby« und ließ kurz dieses Lächeln aufblitzen und nahm meine Hand, und dann war ich immer nur dankbar, dass er sich überhaupt dazu herabgelassen hatte aufzutauchen.

In mancher Hinsicht war Mark ein bisschen wie Emmeline. Es ist nicht leicht, sich mit Leuten zu umgeben, deren Stern immer ein bisschen heller leuchtet als der eigene.

Aber jetzt hat Marks Stern auf jeden Fall ausgeleuchtet.

»Sorry, dass ich euch in diese verrückte Jagd hineingezogen habe. War ich sehr nervig?«

Jean-Luc und Vic müssen noch nicht einmal darüber nachdenken. »Ja«, sagen sie unisono, um gleich darauf auch noch gleichzeitig aufzustehen, als der Zug aus dem Tunnel rattert.

»Meganervig, Sunny. Nur gut, dass du so witzig bist und so genial Charleston tanzen kannst, sonst hätten wir dich einfach in Camden gelassen«, sagt Vic, als wir uns im Zug hinsetzen, ich wieder in der Mitte. »Und noch dazu hübsch, wobei ich natürlich nie eine Frau nur nach ihrem Aussehen beurteilen würde, das wäre ganz und gar unpassend.«

»Echt schade, dass wir *dich* nicht einfach in Camden gelassen haben, Vic.« Jean-Luc greift über mich hinweg, um Vic in die Rippen zu boxen.

Auf dem ganzen Weg bis nach Knightsbridge zanken sie sich leise auf Französisch und sind noch immer dabei, als wir die Station verlassen. Die ständige Vorwärtsbewegung und das Aus- und Umsteigen in der U-Bahn haben mich wunderbar abgelenkt, aber als wir jetzt in einen Bus steigen, der die Sloane Street entlangfährt, bin ich wieder hypernervös. Es müsste ein neues Wort dafür geben, wie ich mich fühle.

Wenn ich Mark gleich im Anschluss an den Auftritt von Duckie gefunden hätte, als meine Blase noch voll und alles ein bisschen dringend war, dann wäre ich vernichtend gewesen. Mark wäre vernichtet worden. Aber die Details dieser Vernichtung sind ein bisschen verschwommen und verschwimmen noch mehr, als wir an der King's Road aus dem Bus aussteigen und uns nur noch wenige Augenblicke von dieser Bar namens Plebs trennen. Wo ich Mark zur Rede stellen will und dafür Worte finden muss, die auch *sein* Innerstes in einen harten, knubbeligen Knoten verwandeln werden. Die sein Herz treffen. Die ihm eindringlich vor Augen führen, wie er andere Menschen behandelt, und ihn erkennen lassen, dass ihm nicht gefällt, was er da sieht.

Ich bin mir nicht sicher, wic Worte all das bewirken sollen. Aber ich muss es wenigstens versuchen, sonst waren die vergangenen Stunden alle umsonst.

Aber zuerst muss ich Mark finden – und dann werden der blaue Punkt und der rote Pfeil auf Google Maps aufeinandertreffen und wir sind da.

LONDON CALLING

Eine Playlist (zusammengestellt von Sunny, Terry und *la belle Hélène*)

Waterloo Sunset – The Kinks
Girl VII – Saint Etienne
A Rainy Night in Soho – The Pogues
Warwick Avenue – Duffy
The Underground Train – Lord Kitchener
London Pride – Noël Coward
Hey Young London – Bananarama
Mayfair – Nick Drake
London Town – Laura Marling
Bar Italia – Pulp
Galang – M.I.A.
Maybe It's Because I'm a Londoner – Hubert Gregg
Hometown Glory – Adele
LDN – Lily Allen
West End Girls – Pet Shop Boys
London Calling – The Clash

3.45 UHR

CHELSEA

Im Jahr 1536 erwarb Henry VIII. das Herrenhaus von Chelsea als guten Ort, wo er seine Ehefrau Anne of Cleves hinstecken konnte, auf die er nicht so besonders scharf war.

Mit Chelsea ging es von da an immer weiter bergauf. Die berühmte King's Road war zunächst eine Privatstraße von Charles II.*, die den Palast von St James mit Fulham verband. In der zweiten Hälfte des 19. Jahrhunderts war Chelsea dann aber in erster Linie als Künstlerkolonie bekannt. Whistler, Sargent, Rosetti haben allesamt im Bezirk SW3 mit Farbe rumgekleckst.*

In den Sixties war Chelsea beliebt, als dort Boutiquen wie Granny Takes a Trip *oder* Mary Quant's Bazaar *zu finden waren und die Straßen voller Mädchen in Miniröcken und langhaariger Männer waren. In den Siebzigern zogen die Punks nach und in den Achtzigern gewannen dann wieder die Debütantinnen und Adligen die Oberhand, die schon immer in Chelsea gewohnt hatten. Sie waren als sogenannte Sloane Rangers bekannt, am besten vertreten durch Lady Di, bevor sie Prinzessin wurde.*

Heutzutage ist Chelsea vor allem wegen der Realityshow Made in Chelsea *bekannt, obwohl es eine anerkannte Tatsache ist, dass das beste Produkt aller Zeiten aus Chelsea die Chelsea Buns sind. Leckerste Rosinenschnecken.*

Plebs.

So steht es in grellweißen Neonbuchstaben geschrieben. Eine Bar, in der es von Leuten brummt. Durchs Fenster erkenne ich Mädchen, die sich mit glänzenden Beinen kunstvoll auf Ledersofas drapiert haben, und Typen mit zurückgegelten Haaren und einem geöffneten Hemdknopf zu viel.

Es muss eine Falle sein. Nie im Leben würden Mark oder selbst seine nobelsten Freunde aus seinem alten Leben hier abhängen. Die sind vielleicht reich, aber die Leute hier sind jenseits von reich. Eher von der Sorte, die zum bestandenen Führerschein einen Ferrari geschenkt kriegen und die anstelle von Taschengeld schwarze American-Express-Kreditkarten dabeihaben.

»Ich glaube, das ist eine Falle«, sage ich.

»Vermutlich ja«, bemerkt Jean-Luc nicht gerade hilfreich. »Ich traue Leuten nicht, die so glänzend aussehen.«

»Ach, alles wird gut.« Vic marschiert zum Eingang, wo der Türsteher, der einen weitaus edleren Anzug trägt als er, ihm einfach die Tür öffnet und Vic hineinspazieren lässt.

Durch meine Adern fließ kein französisches Blut. Keine Spur von *je ne sais quoi* oder *savoir faire* oder sonst irgendwas, und so latsche ich zur Tür und piepse: »Mein Name ist auf der Liste: Sunny.« Ich deute auf Jean-Luc, der sich mittlerweile so zusammenduckt, dass sein Hals gar nicht mehr zu sehen ist. Er sieht aus wie eine dünne Schildkröte mit ganz vielen Haaren. »Er gehört zu mir.«

Der Türsteher mustert mich abschätzig, doch dann zeigt ihm ein Blick auf sein iPad (normale Klemmbretter reichen in SW3 scheinbar nicht), dass mein Name auf der Liste steht, weil er uns gleich die Tür öffnet.

Sofort schlägt mir der Krach entgegen. Es ist, als würde ich gegen eine Lärmwand laufen. Rufe, Kreischen, Lachen im Takt von klirrenden Gläsern. An seinem Pult hoch über der Menge legt ein DJ auf, was er vermutlich als »smooth grooves« bezeichnen würde.

Vic ist verschwunden, keine Ahnung wohin, aber Jean-Luc und ich drehen eine kurze Runde. Das ist gar nicht so leicht, weil es jede Menge kleine Nischen gibt, die vom Hauptraum der Bar abgehen und die alle für private Gruppen reserviert sind. Die Leute in diesen Separees glotzen uns an, als hätten wir gerade gefurzt und sie könnten es von ihren Plätzen aus riechen. Ich versuche, Flick zu schreiben, aber die Wegbeschreibung mit Google Maps hat mittlerweile den letzten Rest meines Akkus vernichtet.

Zurück im Hauptraum, wird mir bewusst, dass ich die einzige Farbige hier bin. Und abgesehen davon auch die Einzige in einem verknitterten T-Shirt mit einem Rock-'n'-Roll-Spruch drauf. Die Einzige mit schäbigen Adidas Turnschuhen, deren weiße Gummisohlen graue Schmutzränder haben, von den vielen Malen, die ich vom Regen überrascht nach Hause waten musste.

Aber vor allem bin ich die einzige Farbige hier.

»Wie wär's mit einem Drink?« Vic ist zurück. »Wer ist dran?«

Den beiden einen auszugeben, ist das Mindeste, was ich tun kann. »Ich bin dran. Vorausgesetzt, ich werde hier bedient.«

»Das klappt schon.« Ich frage mich, ob es mit Ausnahme der Mädels, die er aufgerissen und dann abserviert hat, irgendetwas gibt, das Vic aus der Ruhe bringen kann. »Bring mir einfach das billigste Bier, das sie hier haben.«

»Und was willst du?«, frage ich Jean-Luc.

Jean-Luc schnieft. »Ich glaube, auch ein Bier.«

Es dauert eine Ewigkeit, bis ich bedient werde, und ich habe den leisen Verdacht, es könnte damit zu tun haben, dass ich die einzige Farbige in diesem Laden bin.

Aber das ist nicht der Grund, warum mich der Barmann so schief anschaut. Es hat auch nichts damit zu tun, dass ich noch unter achtzehn bin, weil er nicht einmal fragt. Er sagt mir nur, dass zwei Flaschen vom billigsten Bier 21 Pfund und 38 Pence kosten, und als mir dabei fast die Augen rausfallen und ich kreische: »Verdammt, WIE viel?«, sagt er, dass die 1,38 Pfund das Bedienungsgeld sind. 1,38 Pfund, um zwei Flaschen Bier aus einem Kühlschrank zu holen und die Deckel zu öffnen.

Und sein Blick wird noch schiefer, als ich um ein Glas Wasser bitte. »Leitungswasser«, sage ich, obwohl ich immer tausend Tode sterbe, wenn ich mit meiner Mum unterwegs bin und sie in einem Restaurant Leitungswasser bestellt. Sie macht nämlich immer so ein großes Ding daraus und ich kapier nicht, was es für einen Unterschied macht, wenn man für zwei Pfund eine Flasche Sprudelwasser bestellen würde, aber jetzt sage ich selbst »Leitungswasser« und meine es verdammt ernst.

»Wir haben kein Leitungswasser auf der Karte«, sagt er. Normalerweise hätte es mir jetzt die Sprache verschlagen und ich wäre nicht in der Lage gewesen, Blickkontakt aufzunehmen, denn der Barmann ist echt fit. So wie der aussieht, könnte er als Model für extraenge T-Shirts und Sonnenbrillen und Haarprodukte arbeiten, wenn er gerade mal kein Barmann wäre. Und es liegt nicht einmal daran, dass mir plötzlich wieder einfällt, dass ich eine Kämpferin bin und mir von niemandem was sagen lasse.

Nein, ich nehme all meinen Mut zusammen und fahre die krasse Nummer, weil er mir soeben die beiden teuersten Biere der Welt verkauft hat, und so schaue ich ihm direkt in seine schönen, seelenvollen Augen, die einem so schiefe Blicke zuwerfen können, und sage: »Sie dürfen mir das nicht verweigern, Sie sind gesetzlich verpflichtet, mir Leitungswasser zu geben. Ich könnte an Dehydrierung sterben und mein Dad ist Rechtsanwalt.«

Danach serviert er mir ein Leitungswasser samt einem verkniffenen Lächeln. Er garniert es sogar noch mit Eis und einem Schnitzer Limette und vorsichtig balanciere ich meine wertvolle Fracht zurück zu Vic und Jean-Luc, die inzwischen mit übereinandergeschlagenen Beinen und auseinanderzeigenden spitzen Schuhspitzen auf einem Sofa sitzen. Jean-Luc macht ein Gesicht, als wünschte er, ich hätte ihm zu seinem Bier gleich noch ein paar Rasierklingen serviert.

Er nimmt es mir ohne ein Wort des Dankes ab. Dann sitzt er da und starrt die Flasche an, als erwarte er, dass sie irgendeine Yoda-mäßige Weisheit mit ihm teilt. »Ah, Jean-Luc, mein Junge, die Macht ist nicht stark in dir.«

Vic sieht sich begierig um. »So viele schöne Frauen hier. Ich weiß gar nicht, wo ich anfangen soll.«

Für mich gibt es keinen Sitzplatz mehr, weil es ein Zweisitzersofa ist, falls man das Ding überhaupt als Sofa bezeichnen darf, denn es ist weiß und aus Leder und so minimalistisch, dass es nicht einmal Armlehnen hat, auf die ich mich hocken könnte. Also lehne ich mich mit meinen dreckigen Turnschuhen gegen die Wand, nippe an meinem Leitungswasser, bin farbig und froh, dass Mark nicht hier ist. Das hier ist nicht so, wie ich mir den Abschluss der Geschichte vorgestellt habe.

»Wisst ihr was? Sollen wir einfach nach Hause gehen, wenn ihr zwei euer Bier ausgetrunken habt?«

Jean-Lucs Augen verengen sich zu schmalen Schlitzen. »Wir haben uns also ganz umsonst bis nach Chelsea geschleppt?«

Ich lehne mich noch stärker gegen die Wand, die mich aber nicht als Ganzes verschluckt, was eigentlich hilfreich wäre. »Äh, ja. Sieht fast so aus. Sorry.«

»Wollen wir schon gehen?« Vic wirkt plötzlich nicht mehr ganz so munter. »Aber wir sind doch gerade erst gekommen! Was für eine Verschwendung! Lasst uns doch noch ein bisschen hierbleiben oder wenigstens, bis ich dieses blonde Mädchen da drüben, die im Jumpsuit, vom Rest ihrer Herde getrennt habe.«

»Ich hoffe, du nennst ihr wenigstens deinen richtigen Namen«, sagt Jean-Luc und wuchtet sich hoch. »Dieses Bier schmeckt grauenvoll. Das Mädchen da drüben steckt ihrem Freund die ganze Zeit die Zunge ins Ohr, aber schaut dabei immer mich an. *C'est l'endroit le plus horrible du monde. Allons-y!*«

Er versucht, nach draußen zu staksen, aber ein Typ in weißer Jeans, Lederslippern und einem hellgelben Hemd, das so weit aufgeknöpft ist, dass man viel zu viel von seinem Brusthaar sieht, steht ihm im Weg. Die beiden veranstalten einen seltsamen Tanz von links nach rechts, bis Jean-Luc sich schließlich vorbeugt und etwas zu dem Typen sagt, der sogleich zurückweicht und unterwürfig die Hände hebt.

»Die Sache mit Jean-Luc ist die, Sunny, dass er cool ist, bis er ganz plötzlich nicht mehr so cool ist«, sagt Vic und nimmt einen lässigen Schluck von seinem Bier. »Diese heftigen Stimmungsschwankungen! Ich rede ihm ständig zu, dass er mal seinen Blutzuckerspiegel untersuchen lassen soll.«

»Das muntert ihn bestimmt ungeheuer auf.« Auch meine Stimmung droht zu kippen. Ich bin schon die ganze Nacht wach, habe jede Menge große Gefühle durchlebt, aber jetzt geht es bergab. Ich bin pleite. Mir tun die Füße weh. Es kommt mir so vor, als könnte ich diesen Dreck nie wieder loswerden, und bei dem Gedanken, dass ich nach vier Uhr früh mit öffentlichen Verkehrsmitteln von Chelsea bis Crouch End nach Hause fahren muss, und das in Begleitung eines missgelaunten Franzosen (aufgrund der schmachtenden Blicke, die das Jumpsuit-Mädchen Vic zuwirft, habe ich nämlich so eine Ahnung, dass er nicht mit uns in den Londoner Norden zurückfahren wird), würde ich mich am liebsten auf den Boden schmeißen und heulen. »Ich fasse es nicht, dass wir ganz umsonst so weit herumgefahren sind.«

Vic nimmt noch einen letzten Schluck von seinem Bier und steht auf. »Ich würde nicht sagen, dass die Fahrt vollkommen umsonst war. Du bist also bereit für den Heimweg? Ich glaube, es wird Zeit, dass ich mich auf meine Beute stürze.«

Ich kann Vics Gesicht nicht sehen, da er von mir abgewandt ist, aber die Blonde im Jumpsuit kann es und ihr gefällt offenbar, was sie sieht, denn sie leckt sich die Lippen und wirft die Haare zurück und ich unterbreche nur ungern, aber was sein muss, muss sein und so.

»Moment noch. Lass mich noch einen letzten Kontrollgang machen.« Tief drinnen weiß ich genau, dass Mark nicht hier ist, aber mein Innerstes ist derart erschöpft und kaputt, dass es vielleicht nicht ganz verlässlich ist.

Ich drängele mich noch einmal durch die ganze Bar und werfe einen Blick in die ganzen privaten Räume. Dabei halte ich jedes Mal die Luft an, wenn ich einen Jungen mit einer wippenden blonden Mähne sehe. Mir ist ganz schwindelig, weil so viele Jungs mit wippender blonder Mähne hier sind, aber keiner davon ist Mark.

Bis plötzlich doch einer Mark ist.

Ich bin ganz hinten im Raum, als ich ihn plötzlich in Richtung Tür gehen sehe. Nur eine wippende blonde Mähne in der Menge, doch als er sich umdreht und jemandem außerhalb meiner Sichtweite zuwinkt, macht mein Herz plötzlich einen Slam Dunk gegen meinen Brustkorb.

Mark sagt »los« und ich renne los.

Wobei er ja gar nicht weiß, dass ich hier bin, aber ich renne trotzdem los, setze im Hürdenlauf über einen Hocker, der mir im Weg ist, packe Vic, der gerade zum Sprung auf das Mädchen im Jumpsuit ansetzt, am Ärmel und ziehe ihn hinter mir her. Er ist nicht sehr glücklich darüber.

»Was machst du da, Sunny?«

»Er ist hier!«, sage ich und lasse Mark nicht aus den Augen, der inzwischen aus der Tür schlüpft. »Er macht sich vom Acker.«

Wir stürmen hinter ihm her, sammeln unterwegs noch Jean-Luc auf, der bei der Garderobe herumhängt und wartet, bis ich mir seine Hand schnappe und ihn hinter mir her zur Tür hinauszerre, während Vic ihm etwas auf Französisch zuruft.

Zu spät! Als wir nach draußen kommen, sehen wir gerade noch, wie Mark hinten in ein Taxi steigt und im Fahren die Tür hinter sich zuschlägt.

Ich zögere nicht. Es ist ganz klar, was ich zu tun habe. Ein weiteres Taxi lädt gerade noch mehr Nobelkids ab und einer von ihnen ist so freundlich, mir die Tür aufzuhalten, während ich hineinspringe, noch immer mit einem Godard an jeder Hand, sodass sie keine Wahl haben, als mit mir zu springen. Und dann sage ich die vier Worte, von denen ich bisher immer dachte, sie kämen nur im Film vor: »Folgen Sie diesem Taxi!«

FÜNF MINUTEN SPÄTER

Wir sind in einem Taxi. Einem echten schwarzen Londoner Taxi. Mir blieb keine andere Wahl.

Obwohl die schwarzen Taxis ruinös teuer sind. Sagt jedenfalls meine Mum, aber ich glaube, das liegt daran, dass Dad immer mit den schwarzen Taxis fährt und es nur ein Seitenhieb gegen ihn ist. Wann immer er in der Vergangenheit die Kosten für meinen spanischen Schüleraustausch oder meinen Ballettunterricht hinterfragt hat oder warum ich ein neues Paar Schuhe für die Schule brauchte, obwohl ich doch gerade erst welche bekommen hatte (weil ich die so gerne haben wollte und deswegen behauptet habe, sie würden passen, obwohl sie zu klein waren, und dann waren meine Füße komplett voller Blasen und eine davon hat sich infiziert, daher neue Schuhe, und infizierte Blasen waren wirklich Strafe genug), dann hat meine Mum immer säuerlich bemerkt: »Aha! Und das von dem Mann, der ständig mit schwarzen Taxis rumfährt, als wären es Busse.«

Jetzt sitze ich in einem und es ist wunderbar. Sehr gemütlich. Jede Menge Beinfreiheit, sodass Jean-Luc und Vic, die auf den Klappsitzen mir gegenüber hocken, die Beine ausstrecken können, und der Taxifahrer, Stan, sagt, dass er jetzt seit 27 Jahren Taxi fährt und immer schon mal von einem Passagier den Satz »Folgen Sie diesem Taxi!« hören wollte.

Die Straßen huschen als schattenhafte Schemen von Platanen und großen stuckverzierten Häusern vorüber und Vic deutet auf einen Pub, aus dem er einmal hinausgeworfen wurde, als er nach einem Sieg von Frankreich im Rugby auf einem Tisch stehend die Marseillaise gesungen hat, doch Jean-Luc sackt in seinem Sitz zusammen, bis sein Kinn auf seiner Brust ruht.

»Wenn einer nicht gefunden werden will, dann kann man ihn auch nicht finden«, sagt er schließlich. »Wir sollten nach Hause fahren. Dieser Mark …« Er zieht die Nase hoch. Das muss eine Pariser Angewohnheit sein, dieses

Schniefen sagt so viel. »Warum musst du ihn verfolgen? Er verfolgt dich doch auch nicht.«

»Mein Gott, das ist ein bisschen hart«, sagt Vic und Jean-Luc schüttelt den Kopf.

»Nein, ich meine … diese ganze Energie, Sunny, die ganze Mühe, das ist er doch gar nicht wert. Er ist ein … *c'est un salaud*. Du bist zu gut für ihn und zu gut, ihm hinterherzujagen, *non*?«

»Aber ich jage ihm ja nicht hinterher, weil ich ihn zurückhaben will. Ich jage ihn, damit ich ihm sagen kann, was genau ich von ihm halte. Ich lasse es immer zu, dass Leute sich über mich hinwegsetzen, mich niederdrücken, bis nichts mehr von mir übrig ist. Selbst wenn ich das Gefühl habe zu schreien, hört mich keiner, und deswegen will ich nicht warten, bis ich Mark zufällig irgendwo sehe. Das könnte noch Tage dauern und bis dahin wird es lächerlich wirken, wenn ich es nicht einfach ruhen lassen kann, aber ich bin nicht lächerlich. Ich bin es leid, dass Leute das von mir denken. Kapierst du das nicht?«

Jean-Luc schnieft noch einmal pariserisch. »Ha! Ich habe noch nie jemanden getroffen, der weniger lächerlich ist als du.« Irgendwie klingt es bei ihm, als wäre das kein Kompliment. Als wäre ich so bestimmerisch wie Jeane. Oder so angriffslustig wie Emmeline. I wish.

»So einen verrückten Samstagabend hatte ich schon seit Ewigkeiten nicht mehr. Oder vielleicht noch nie«, bemerkt Vic fröhlich. »So cool. Wie eine Schnitzeljagd, nur ohne Preis am Ende …«

Ich hebe eine Hand. »Der Preis wird meine Befreiung sein!«

Beide verziehen gleichzeitig das Gesicht, offenbar gleichermaßen unbeeindruckt von meiner Befreiung, was eigentlich seltsam ist, immerhin sind sie Franzosen. Das einzige bisschen Französisch, was ich auswendig rezitieren kann, ist nämlich: *Liberté, égalité, fraternité ou mort*«. Das ist der Wahlspruch der Franzosen. Ich weiß das, weil ich es einmal in einer Quizshow gehört habe. »Mir wäre Bargeld lieber anstelle von Befreiung«, sagt Vic.

»Oder Alkohol. Oder Schokolade.«

»Wenn ich mich einmal in meinem Leben durchsetze, ist das ein fantastischer Preis. Wenn mir das gegenüber Mark gelingt, dann schaffe ich das auch bei jedem anderen.« Das stimmt. Sobald Mark wieder mit dieser »Baby«-Nummer anfängt und von Mal zu Mal vorwurfsvoller klingt, knicke ich irgendwann ein. Dann berührt er mich am Arm und setzt diesen Blick auf; sieht mich an, als wäre die Sonne nur meinetwegen aufgegangen und er nur meinetwegen morgens aus dem Bett aufgestanden, und schon vergesse ich alles, was ich mir geschworen habe. Ich bin noch immer sauer auf ihn, aber wenn er so dasteht, so goldglänzend und ganz auf mich fixiert, dann kriege ich Panik und habe Angst, er könnte mir entgleiten.

Vielleicht ist Mark deswegen so flüchtig, so schwer zu finden – weil er sich selbst zum Preis stilisiert hat. Wie ein Pokal. Aber wenn Mark ein Pokal ist, dann einer von der Sorte, die gut aussieht, solange jemand anders damit auf dem Siegertreppchen steht und ihn in die Höhe hält, dass sich die Sonne darin spiegelt.

Und wenn man dann schließlich selbst diesen Pokal in den Händen hält, freut man sich zunächst, dass man gewonnen hat, und ist geblendet von seinem Glanz. Es dauert eine Weile, bis man merkt, dass der Pokal gar nicht aus einem kostbaren Material besteht, sondern aus billigem Metall, das bald matt wird, und die Worte, von denen man dachte, sie wären eingraviert, waren nur aufgedruckt und fangen schon an zu verblassen. Das Ding, um das man derart gekämpft hat, ist billig und schäbig und wird schnell kaputtgehen.

»Wirklich? Wirst du dann auch in der Lage sein, dich gegenüber *la belle Hélène* durchzusetzen?« Wieder macht Jean-Luc ein skeptisches Gesicht. »*C'est impossible.*«

»Vollkommen unmöglich. Was sie alles von uns verlangt! Sie hat seit Monaten für keinen einzigen Kaffee bezahlt«, erklärt Vic. »Sie macht uns noch arm!«

Das hört sich genau nach meiner Mum an. Offenbar ist hartes Auftreten schon in meinem genetischen Code vorprogrammiert. Man muss sich nur mal die Frauen auf beiden Seiten der Familie ansehen. Vielleicht war diese Eigenschaft bislang nur ein ruhendes Gen.

Plötzlich hält Jean-Luc sein Gesicht direkt vor meines, und zwar so nah, dass sich unsere Wimpern streifen würden, wenn wir beide gleichzeitig blinzeln. So nah, dass sich unsere Lippen berühren würden, wenn wir beide einen Schmollmund machen. Er riecht noch immer nach süßem Backwerk. »Sunny, ich flehe dich an. Das hier ist doch Blödsinn. Lass uns nach Hause fahren.«

Nach Hause klingt irgendwie verlockend, aber … »Ich bin eine Kämpferin und Kämpferinnen fahren nicht nach Hause!«

Jean-Luc zieht sich auf seinen Sitz zurück und ich bin sicher, dass er in seiner Muttersprache vor sich hin schimpfen würde, wenn er nicht vollkommen mit seiner finsteren Miene beschäftigt wäre.

Ich habe ohnehin Besseres zu tun. Beispielsweise muss ich das Taxi vor uns im Blick behalten. Stan informiert uns hilfreicherweise, dass der andere Fahrer, der alte Gauner, jede Menge Umwege fährt, während ich auf das Taxameter starre und mich frage, warum es mit jedem Wimpernschlag wieder um 30 Pence nach oben geht. Kein Wunder, dass mein Dad wegen einem Paar neuer Schuhe für die Schule rumzickt. Er muss kurz vor dem Bankrott stehen, wenn er ständig mit dem Taxi unterwegs ist.

»Sieht so aus, als würden unsere Freunde da vorne anhalten«, sagt Stan, als das Taxi, das wir verfolgen, vor einem riesigen Haus stehen bleibt und eine ganze Truppe von Jungs, allesamt mit tief hängenden Hosen und blonden Haaren, aussteigen lässt. Genau das würde ich auch gerne tun, doch zuerst müssen wir den Fahrpreis begleichen. Die Fahrt hat nur fünf Minuten gedauert, kostet aber fast dreizehn Pfund. Ich fummele in meinem Geldbeutel herum und könnte heulen, aber Vic schiebt meine Hand beiseite und reicht dem Fahrer einen Zwanziger. »Mach fünfzehn, Alter«, sagt er. »Und du kannst mir irgendwann mal einen Drink spendieren, Sunny, dann sind wir quitt.«

Vic hilft mir aus dem Taxi und wir befinden uns in einer breiten, von Bäumen gesäumten Wohnstraße, gebaut in den Zeiten, als die Häuser noch vier Stockwerke hatten, weil es Dienstboten gab, die sich im Kellergeschoss abrackerten und oben unter dem Dach schliefen, und eine weit geschwungene Auffahrt brauchten, damit die Pferdekutschen wenden konnten.

Wir stehen vor einem dieser riesigen, vierstöckigen Häuser. Drinnen tobt eine Party und stört die Ruhe des verschlafenen Sonntagmorgens. Laute Musik und Leute quellen bis auf die Straße hinaus, Zigarettenkippen und Flaschen zieren die Blumenbeete und die Tür steht weit offen. Normalerweise würde ich nie auf eine Party gehen, zu der ich nicht eingeladen bin, aber die Jungs aus dem Taxi sind bereits durch die offen stehende Tür verschwunden und wurden von der Menge verschluckt. Und es ist ja nicht so, als stünde jemand dort, der Namen von einer Liste abhakt.

»Sollen wir?« Ich deute mit dem Kopf in Richtung der Tür.

»Aber hallo!« Vic reibt sich die Hände und lässt den Blick über einen Trupp Mädels gleiten, die auf der Gartenmauer sitzen. »Das muss man dir lassen, Sunny, du weißt echt, wo man schöne Frauen findet.«

Er bietet mir seinen Arm, den ich ergreife, aber wir haben noch keinen einzigen Schritt getan, als es hinter uns zu einer kleinen Explosion kommt.

»*Non! Non! Non!* Es reicht.« Ich drehe mich um und sehe Jean-Luc, der sich an einen Laternenpfahl klammert, als wäre es das Einzige, was ihn noch aufrecht hält. »Ihr könnt doch nicht einfach so in dem Haus verschwinden. Da könnte was passieren. Vielleicht begegnet ihr einem – äh – *meurtrier avec une hache* …«

»Ich wage zu bezweifeln, dass es dort drinnen irgendwelche Axtmörder gibt. Nur jede Menge besoffene Schnösel«, sagt Vic. »Und irgendeine glückliche junge Dame, die noch das Vergnügen meiner Gesellschaft haben wird.«

»Und Mark ist auch da drin«, erinnere ich Jean-Luc, der mittlerweile den Laternenpfahl umklammert, als wäre der sein einziger Freund auf der ganzen Welt, und dazu wie unter Schmerzen stöhnt. »Es dauert bestimmt nicht lang. Ich geh da rein, finde Mark, zerstöre sein ganzes Glaubenssystem, indem ich ihn mithilfe meiner ebenso treffenden wie unerbittlichen Charakteranalyse auseinandernehme und hoffentlich sogar zum Weinen bringe, und dann gehen wir nach Hause. Mehr als eine halbe Stunde brauche ich nicht.«

Es klingt ganz einfach, wenn ich es so sage. Nichts einfacher als das. Ich mache mich bereit, zum wievielten? – zum neunten Mal in dieser Nacht. Aber Jean-Luc ist alles andere als bereit. Er sieht aus, als hätte man ihm soeben einen Eimer kaltes Wasser über den Kopf gekippt. »Pffft! Ich glaub dir kein Wort.«

Das tut weh. »Oh, Jean-Luc, sei doch nicht so!«

»Ich geh nach Hause«, wiederholt er störrisch. »Ich kann nicht mehr. *Assez!*«

»Mir doch egal. Geh doch, du Spielverderber«, sagt Vic und scheucht ihn mit den Händen fort. »Los. Verschwinde. Du hast doch diese App, die ich dir aufs Handy geladen habe. Da kannst du sehen, welchen Bus du nehmen musst.«

»*Mon Dieu*! Diese Apps!« Jean-Luc scheint kurz vor einem Totalzusammenbruch zu stehen. Er stößt sich von seinem Laternenpfahl ab. »Gut. Lauf du deinem ätzenden Freund hinterher und du, Vic, geh und hab Sex mit irgend so einem armen Mädchen, das nicht weiß, *que tu es un salaud. Ça va! Je peux prendre soin de moi-même!*«

Dann stürmt er davon. Sein stürmischer Abgang ist so gut, dass Jean-Luc eigentlich nur noch einen wehenden Umhang bräuchte, den er beim Davonstürmen hinter sich herwedeln könnte. Dennoch habe ich ein leicht schlechtes Gewissen. Eigentlich sogar ein ziemlich schlechtes Gewissen.

»Wir können ihn doch nicht einfach so alleine lassen, Vic!«

Vic steigt schon die Stufen hinauf. »Du hast doch gehört; er kommt klar. Er ist schon groß und kann auf sich selber aufpassen. Komm jetzt. Wir jagen jetzt mal böse Jungs.«

Zuerst lasse ich mir von Vic noch Jean-Lucs Handynummer geben, aber ich habe nicht mal mehr genügend Saft, um Jean-Luc eine Nachricht zu schicken.

»Ehrlich, der kommt schon klar«, versichert mir Vic, während wir durch die Tür gehen. »Ich schick ihm deine Nummer, dann kann er dich wissen lassen, dass er noch am Leben ist, sobald er sich wieder berappelt hat. Wenn ich jedes Mal Geld bekäme, wenn wir zusammen Party machen und er früher nach Hause geht …«

»Also theoretisch haben wir ja nicht zusammen Party gemacht …«

»... oder wenn er beleidigt wegrennt, dann wäre ich ein reicher Mann.« Vic legt mir den Arm um die Schulter und drückt mir einen Kuss auf die Stirn und ich spüre ein zartes Flattern im Bauch, als sich Vics *Magerkeit* ein paar wonnevolle Sekunden lang an mich schmiegt. »Keine Angst, Sun. Ich bin ja bei dir.«

Ich bin froh über Vics Arm um mich, denn das Haus ist nur schwach beleuchtet und Jean-Luc hatte schon recht: Wir wissen nicht wirklich, auf was wir uns hier einlassen. Während wir uns zwischen den anderen Partygästen hindurchdrängeln, dienen uns nur die edlen Spotlights, die auf Knöchelhöhe in die Wand eingelassen sind, und der perlweiße Glanz makelloser Zähne als Lichtquelle. Die Leute sind alle perfekt frisiert. Und zwar die Jungs und die Mädels. Blond und leicht gewellt und sonnengebleicht vom tagelangen Chillen am Strand oder auf den Decks irgendwelcher Privatjachten.

Mir ist das schon früher mal aufgefallen, dass diese reichen Schnösel alle gleich aussehen. Rank und schlank und glatt poliert. Und sie klingen auch alle gleich. Laut und selbstbewusst. Die Leute hier tragen größtenteils vintage T-Shirts im used look von Bands, von denen sie noch nie gehört haben, weil sie vielleicht reich, aber deswegen noch lange nicht cool sind.

So sorgt der Lauf der Welt für ausgleichende Gerechtigkeit, glaube ich.

Es erinnert mich an die Geschichte, als Mark ein T-Shirt von Trojan Records anhatte, als wir zufällig meinen Onkel Dee in Notting Hill getroffen haben. Dee hat Mark auf der Stelle über Lee Perry, The Cimarons und das Ska-Revival ausgefragt, bis Mark schließlich zugeben musste, dass er keine Ahnung hatte, wer oder was Trojan Records überhaupt war.

Später meinte Onkel Dee dann, dieser Mark würde

nichts taugen und ich sollte ihn so schnell wie möglich loswerden.

Besser spät als nie, oder?

ZEHN MINUTEN SPÄTER

Vic und ich vergessen ganz, dass wir eigentlich nach Mark suchen wollten. Wir gehen durchs Haus und bewundern und bestaunen alles, was es da zu sehen gibt. Schon der Eingangsbereich wirkt wie eine trendige Kunstgalerie. Ein riesiges, hässliches Gemälde nimmt den Großteil einer Wand ein. Ich könnte nicht einmal sagen, was es darstellen soll, ich erkenne nur verschmierte schwarze Linien auf einem schmuddelig grauen Untergrund. Der Fußboden ist aus Marmor und von oben herab schwingt sich eine gewaltige Steintreppe, vor deren Geländer die Leute geduldig Schlange stehen, um hinunterrutschen zu können.

Dann ist da noch eine hochmoderne Küche, die wie das Innere eines Raumschiffs wirkt, auch wenn gerade jede verfügbare Fläche mit Flaschen oder mit Jugendlichen belegt ist. Selbst auf dem Esstisch, der die Größe eines olympischen Schwimmbeckens hat, wälzt sich wild knutschend ein Pärchen herum.

»Wem gehört das hier?«, frage ich und Vic schüttelt nur den Kopf.

»Derjenige muss reich sein. Reicher als Gott.«

Nach oben gehen wir nicht, weil es uns irgendwie ungehörig erscheint, durch die Schlafzimmer zu laufen, auch wenn wir ohnehin schon als ungeladene Gäste auf dieser Party sind. Außerdem bietet das unterste Stockwerk bereits genügend Unterhaltung.

Unser Keller zu Hause ist ein scheußliches, muffiges Loch voller Spinnweben am Fuße einer klapprigen Treppe, wo wir und Max aus der oberen Wohnung unsere Fahrräder und andere sperrige Sachen lagern. In diesem Haus hier gibt es drei Untergeschosse, in denen sich ein Fitnessraum, ein Kino, ein Nightclub mit beleuchteter Tanzfläche und ein Weinkeller befinden.

Vic fallen buchstäblich die Augen aus dem Kopf. Nicht wegen des Hauses und seiner Pracht, sondern weil es hier nur so wimmelt von langbeinigen, gebräunten Mädchen mit zerzausten Haaren, die sie bei jeder sich bietenden Gelegenheit zurückwerfen. Zweimal kriege ich einen Mundvoll Haare ins Gesicht, aber Mark hier zu finden scheint weiterhin unmöglich. Das Haus ist so groß und hier sind so viele Jungen, die ihm ähnlich sehen, und als wir die Treppe aus dem Untergeschoss nach oben kommen, begegnen wir wieder einem ganzen Trupp von ihnen. Sie haben alle blonde Haare und reden so laut, als hätten sie alle Ohrhörer drin, und einer trägt ein rosa Polohemd mit hochgeschlagenem Kragen, und als jemand »Giles?« ruft, drehen sich gleich zwei von ihnen um … – Moment mal!

Jetzt fällt es mir wieder ein. Es war schon vor Stunden in der Lock Tavern, als ich die Wahrheit über Marks Freunde aus Chelsea erfahren habe. Laute Stimmen. Rosa Polohemd. Hochgeschlagener Kragen. Zweimal Giles.

»Gib mir Deckung«, zische ich Vic zu, als wären wir beide Bullen bei einer Observierung. Getreu dem Motto des heutigen Abends verschwende ich keinen einzigen Gedanken an mögliche Konsequenzen, sondern marschiere mit Vic auf den Fersen zu ihnen hinüber.

»Mach keinen Blödsinn«, sagt er. »Das sind ziemlich viele und ich bin zu schön, um zu sterben.«

Ich beachte ihn nicht. »Wo ist er?«, frage ich und zupfe an einem rosa Polohemd. »Wo ist Mark?«

»Wer will das wissen?«, fragt einer der Gilese und plötzlich stehen alle um mich herum. Nicht unbedingt aggro, jedenfalls nicht wirklich, aber freundlich wirken sie auch nicht gerade.

Seine Freundin, will ich antworten, doch wer kann schon ahnen, was Mark ihnen erzählt hat? »Ich bin eine Freundin. Aus Crouch End«, improvisiere ich hastig. »Wir sind zusammen in der Schule.«

»Ach so. Dann kennst du auch diese Sunny?«, fragt rosa Polohemd. »Was für eine intrigante kleine Ratte. Sich so einen Shit über Mark auszudenken und Tab damit zum Heulen zu bringen. Flick scheint sie ja ganz nett zu finden, aber ehrlich gesagt steht Flick sowieso mehr auf Pferde als auf Menschen, was weiß sie also schon von ...«

»Es reicht!« Ich hebe die Hand, um ihn zum Schweigen zu bringen, und es muss wohl meine mordrünstige Miene sein, die ihn tatsächlich die Klappe halten lässt. »Bist du noch ganz dicht?«

Es fehlt nicht viel und ich ... fast hätte ich diese Typen voll zur Sau gemacht. Doch dann kommt mir im Bruchteil einer Sekunde die Erleuchtung, dass Mark ja noch gar nicht wissen kann, dass ich inzwischen weiß, was für ein mieser, mieser Schwindler er ist. Er weiß auch nichts von meiner Verwandlung vom Angsthasen zur Powerfrau, und wenn seine schnöseligen Freunde jetzt Verdacht schöpfen, dann sind all meine Rachepläne umsonst und das entscheidende Moment der Überraschung dahin.

»Das hört sich aber gar nicht nach Sunny an. Die ist nämlich cool. Supercool sogar«, sage ich voller Begeisterung. »Bei uns im Norden von London gibt es sogar eine Redensart: WWST. Was würde Sunny tun? Und natürlich ist sie mit Mark zusammen, ich weiß also überhaupt nicht, was das mit dieser Tabitha eigentlich soll.«

Einer der Jungen schiebt sich ein kleines Stück nach vorn. Ich hätte zuvor gesagt, dass ich von den Anwesenden die Dunkelhäutigste bin, doch seine Haut ist so tiefbraun, dass er tatsächlich noch dunkler zu sein scheint als ich. »Tab und Mark sind zusammen. Also, sie *waren* zusammen.« Er runzelt die Stirn. »Es ist so kompliziert. Sie haben sich nämlich gerade getrennt. Ich bin nicht sicher, wer sich von wem getrennt hat, aber Tab hat ihm ihren Drink ins Gesicht gekippt. Warst du nicht vorhin auch schon in der Lock Tavern? Wie kommt es, dass du jetzt hier bist?«

Er klingt nicht unbedingt aggro, aber äußerst verblüfft, dass jemand aus dem Londoner Norden in seiner Hood feiern geht. »Ja, ich war vorhin in der Lock Tavern – deswegen hab ich euch auch wiedererkannt –, und ich bin hier, weil ich nämlich die Cousine von Poodle bin«, sage ich ins Blaue hinein. Ich meine, hier *muss* einfach irgendjemand mit einem lächerlichen Namen wie Poodle rumlaufen, und scheinbar habe ich recht, denn die beiden Gilese nicken. »Aber Poodle ist schon weg und jetzt muss ich irgendwie zurück nach Hause und hatte gehofft, Mark könnte mir vielleicht Geld für ein Taxi leihen.«

Sie schütteln die Köpfe. Da geht nix. »Mark ist nicht bei uns«, sagt Giles Nr. 1. »Er war bei uns, aber dann musste er zu dem Club zurück, in dem wir vorhin waren, weil er sein Handy da vergessen hat.«

Ich bin erleichtert, weil es Marks Handy-Schweigen erklärt, aber dann kriege ich ein schlechtes Gewissen, weil Marks Freunde anbieten, mir das Geld zu geben oder mir einen Wagen auf Firmenkosten zu bestellen (»echt jetzt, das ist okay, mein Dad kontrolliert diese Rechnung nie«), und eigentlich sind sie total süß. Gar nicht solche Arschlöcher, wie Mark behauptet hat, und selbst wenn sie reich sind, sind sie deswegen noch lange keine schlechten Menschen, und als ich betone, ich könnte auch bei Poodle übernachten, weil meine imaginäre Cousine gar nicht weit weg wohnt, bieten sie sogar an, mich dorthin zu begleiten.

»Oh, nein, das geht schon«, sage ich.

»Wir wollten jetzt ohnehin los«, sagt Giles Nr. 2. »Aber bevor die Schule wieder losgeht, sollten wir uns unbedingt alle mal treffen, ja? Dieser George meinte ja, er wollte uns alle hängen sehen, wenn erst einmal die Revolution kommt. Echt hart witzig, der Typ.«

Ich pruste amüsiert. Wir umarmen uns. Wer hätte das gedacht? Dann gehen sie und ich drehe mich nach Vic um, der versprochen hatte, mir Deckung zu geben. Aber er ist nicht da. Einfach spurlos verschwunden.

Ich kann ihn nirgends finden. Ich gehe sogar nach oben, wo ich notgedrungen Türen öffnen muss, die ich weiß Gott lieber ungeöffnet gelassen hätte, weil sich nicht alles, was dort zu sehen ist, für meine jungen Augen eignet.

Als ich wieder die Treppe nach unten komme, entdecke ich Vic, der ungeduldig mit der Fußspitze tippend in der Nähe der Haustür steht. Ein Mädchen schmiegt sich eng an ihn.

»Sunny!«, ruft er, sobald er mich bemerkt. »Endlich! Wird langsam Zeit, nach Hause zu gehen, was meinst du?«

»Aber was ist mit …«

Er hört mir nicht einmal mehr zu, denn das Mädchen, deren Gesicht ich nicht wirklich sehen kann, weil es zum größten Teil von ihren langen braunen Haaren verdeckt ist, flüstert Vic etwas ins Ohr.

»Was war das, *chérie?*«, schnurrt er. Sie flüstert noch einmal. »Oh, du bist aber ein sehr unartiges Mädchen.«

Dann dreht er sich wieder zu mir und sagt ganz kurz angebunden und sachlich: »Du schaffst das. Bald wird es hell.« Er greift mit der Hand in die Jackentasche. »Hier hast du zwanzig Pfund für den Heimweg.«

Ich stolpere die Treppe hinunter. »Ich dachte, du wolltest mir Rückendeckung geben.«

»Oh, aber du brauchst doch gar keine Rückendeckung«, sagt Vic und versucht dabei, mir den Zwanziger in die

Hand zu drücken. »Du bist eine Powerfrau. Eine Kämpferin.«

Jetzt kriege ich schon meine eigenen Worte zurückserviert, wie nervig!

»Ich muss jetzt diese junge Dame hier nach Hause begleiten, denn die ist keine Kämpferin.« Er schaut sie an und wackelt vielsagend mit den Augenbrauen, und so, wie sie sich immer noch an Vic klammert, hat man wirklich den Eindruck, sie könnte nicht ohne Hilfe gehen. »Aber es hat Spaß gemacht, Sunny. War echt geil. Das sollten wir irgendwann wiederholen.«

Wieder hält er mir den Zwanziger hin und ich nehme ihn, weil es nicht nur ein dummer Spruch war, dass ich Geld brauche, um nach Hause zu kommen.

»Okay, das war's dann also«, sage ich. »Ich fasse es nicht, dass du mich im Stich lässt.«

Vic tätschelt mich unterm Kinn, während seine Eroberung ihren langen Haarvorhang beiseiteschiebt, um mich mit einem bitterbösen Blick zu bedenken. Wenigstens habe *ich* keinen Spliss. »Alles wird gut«, sagt er noch einmal und dann ist er weg.

Und alles war gut, aber jetzt nicht mehr. Mein Handy ist tot. Ich habe mich mit Emmeline gestritten und mit Jean-Luc und sie mit meiner besessenen, engstirnigen Suche nach Mark vergrätzt, der sich sowieso schon wieder in Luft aufgelöst hat, Flick ist *missing in action* und jetzt hat Vic mich auch noch verlassen.

Ich bin ganz alleine am anderen Ende von London, wobei ich noch nicht einmal meinen genauen Aufenthaltsort kenne, und ich bin müde und die Beine tun mir weh und auf einmal bricht alles über mir zusammen, bis ich mich nur noch in Embryonalstellung auf dem Fußboden zusammenrollen will. Ich setze mich auf die Treppe, weil ich jetzt nicht mehr krass drauf und erbarmungslos bin, sondern das eine Mädchen, das bei Partys immer auf der Treppe sitzt und heult. Ich heule zwar noch nicht wirklich, aber es fühlt sich so an, als wären die Tränen nicht allzu weit entfernt. Und dann höre ich plötzlich eine Stimme sagen: »Sunny?«

Als ich aufblicke, steht ein blondes Mädchen vor mir. Hübsch. Mit einem engen weißen Trägertop und schwarzen Hotpants. Sie kaut auf ihrer Unterlippe herum, während ich sie rasch von Kopf bis Fuß mustere. Ich kenne sie von irgendwoher, aber ich kann es gerade nicht einordnen, wo dieses Irgendwoher ist.

»Ich fasse es nicht, dass *du* das bist. Hier.« Ihre Stimme hat so einen piekfeinen Singsang und sie spricht die Worte so klar aus, dass es fast wie eine fremde Sprache klingt. Dann erstarrt ihre Miene, als hätte jemand Wachs über ihr Gesicht gegossen. »Du hast mich Schlampe genannt!«

»Sorry. Wer bist du?«

»Ich sage dir, wer ich nicht bin. Ich bin keine Schlampe«, sagt sie wütend und langsam fange ich an zu kapieren. »Ich habe nur meinen Freund geküsst und wusste schlicht nicht, dass er auch dein Freund ist.«

ZWEI SEKUNDEN SPÄTER

Ich fahre vor Schreck zusammen und schaue dann noch einmal genau hin, nur um ganz sicher zu sein. Auf diese langen Beine in diesen superknappen Hotpants, aber erst als ich im Geiste noch eine Hand darüberblende, die sich unter das Bündchen schiebt, wird mir klar, wer sie ist. Mich überkommt das Verlangen, mir nachdenklich übers Kinn zu streichen und wie der Bösewicht aus einem James-Bond-Film zu sagen: »Endlich begegnen wir uns wieder«, aber ich kann mich gerade noch zurückhalten. Stattdessen versuche ich es mit einem zaghaften »Tabitha?«.

»Wer sollte ich sonst sein?« Sie stützt die Hände in die Hüften. »Und nur zu deiner Information: Ich trage diese knappen Hotpants nur deswegen, weil meine Beine das einzig Gute an mir sind. Wenn ich die betone, fällt der Rest nicht mehr auf.«

»Willst du mich verarschen? Du bist schön. Habt ihr zu Hause keine Spiegel?« Ich sehe mich in der Eingangshalle um. Langsam wird es hell und bestimmt kann Tabitha in den vielen glänzenden Oberflächen ihr Spiegelbild sehen. Auf den Fotos ist es mir gar nicht aufgefallen, weil ich einzig und allein auf Marks Hand auf ihrem Hintern geachtet habe und auf den Kuss und seine andere Hand, die sich in ihrem superglänzenden, langen Blondhaar verfängt, aber Tabitha ist schön. Große Augen, süßes Näschen, ein kleiner Schmollmund – ich wette, sie muss nicht ein Selfie nach dem anderen machen und dabei das Gesicht hierhin und dahin drehen, bis schließlich ein Bild einigermaßen annehmbar wird, dass man es posten kann. Ich wette, jedes Selfie ist perfekt.

»Bin ich wirklich nicht. Zwei von meinen Schulfreundinnen sind Models und Mummy war früher Bond-Girl. Ich weiß, was gutes Aussehen ist, und ganz sicher nicht das hier.« Dabei deutet Tabitha auf ihr ästhetisch unglaublich ansprechendes Gesicht. »Erst als Mark angefangen hat, sich für mich zu interessieren, dachte ich, dass ich vielleicht wenigstens ein bisschen gut aussehe. Denn *er* sieht gut aus.«

Sie klingt wehmütig. So als würde sie ihn trotz allem noch lieben. Und das kann ich sogar irgendwie nachvollziehen.

Ich klopfe neben mir auf die Treppe und Tabitha setzt sich. »Mark ist eines Tages bei uns in der Schule aufgetaucht und war sofort beliebt und alle mochten ihn, und als ich gemerkt habe, dass er sich für mich interessiert, kam ich mir auch beliebt und cool vor«, erkläre ich Tabitha, obwohl ich das noch nicht einmal Emmeline erzählt habe. »Irgendwie läuft das bei mir immer so: Ich häng mich an Leute dran, die cool sind, und hoffe, dass es ein bisschen auf mich abfärbt.«

»Aber du bist doch cool!« Tabitha wedelt mit der Hand, was offenbar meine angebliche Coolness unterstreichen soll. »Seit gestern Abend habe ich so einen Hass auf dich entwickelt. Weil ich dachte, du wolltest mir Mark wegnehmen, und weil du mich als Schlampe bezeichnet hast, aber auch weil ich mich mit Flick getroffen habe, nachdem ich mit Mark Schluss gemacht hatte, und die war die ganze Zeit so: »Oh, Sunny ist sooo cool«, und dann hat sie mir dieses Video von dir gezeigt, wie du in einem Supermarkt Charleston tanzt. Ich meine, das ist ja wohl obercool. Und dann bist du auch noch halb schwarz oder so und das macht dich ganz automatisch cooler als die meisten anderen Leute.«

»So was kannst du nicht sagen. Das ist ziemlich rassistisch«, fahre ich sie an.

Sie hält protestierend die Hände in die Höhe. »Aber das war doch als Kompliment gemeint! Wieso ist das rassistisch?«

»Man darf keine solchen Verallgemeinerungen aufgrund der Nationalität oder der Hautfarbe von Menschen machen. Das ist, als würde ich sagen, dass alle Weißen nicht tanzen können. Und bestimmt sind nicht alle Schwarzen cool. Meine Großmutter ist es zum Beispiel definitiv nicht.«

Wir haben beide die Krallen ausgefahren. »Tut mir leid«, bemerkt Tabitha pikiert. »Ich finde eben, dass du cool bist, und Mark ist auch cool, deswegen ist es naheliegend, dass er auf dich steht, auch wegen seiner ganzen DJ-Geschichten und so.«

Ich schnaube so heftig, dass mir ein kleines Stück Rotz

aus der Nase fliegt, aber ich glaube nicht, dass Tabitha es bemerkt. »Ich sag dir, was es mit Marks sogenannter DJ-Nummer auf sich hat. Er lädt irgendwelche DJ-Playlists aus dem Internet runter, und wenn er dann angeblich auflegt, hängt er schlicht und einfach sein iPad an die Verstärkeranlage und doppelklickt. Er hat nicht mal ein eigenes Deck. Von wegen DJ!«

»Du empfindest also nichts mehr für ihn?«, fragt Tabitha.

Ich checke kurz mein Herz. Es ist immer noch da. Es schlägt ziemlich schnell, immerhin musste es heute Nacht einen Schock nach dem anderen verkraften, aber es schmerzt nicht mehr so in meiner Brust wie zuvor. »Ich empfinde schon noch etwas für Mark, aber das ist eher Mordlust als sonst irgendwas.« In meinem Inneren ist nicht einmal mehr ein Hauch von Liebe für Mark geblieben. Vielleicht war es sowieso nie Liebe, wenn es sich so schnell in Luft auflöst. Aber wie könnte ich es auch als Liebe bezeichnen, wenn der Junge, dem diese Liebe galt, mich nur belogen hat, bei jedem Kuss, jedem Kompliment und jedes Mal, wenn er meine Hand genommen hat?

Ich schaue Tabitha an. »Und was ist mit dir?«

»Nichts mehr. Wir haben uns heftig gestritten, als Flick mir die Nachricht mit seinen beiden Facebook-Accounts geschickt hat. Er wollte alles abstreiten.« Sie errötet und zupft an ihren Fingernägeln herum. »Und als er dann gemerkt hat, dass ich drauf und dran war, mit ihm Schluss zu machen, hat er ganz schnell mit *mir* Schluss gemacht.« Sie schnieft, als stünde sie kurz davor, in Tränen auszubrechen, und ich kenne das Gefühl nur allzu gut. »Das kam alles sehr überraschend. Ich dachte, das mit Mark und mir wäre was Festes, ja? Und jetzt ist es auf einmal aus und vorbei, und zwar endgültig, selbst wenn er mich anflehen würde, ihm zu verzeihen. Man kann nicht mit einem Typen zusammen sein, der einen so behandelt, wie er uns beide behandelt hat. Mummy ist jetzt zum vierten Mal verheiratet. Ich will echt nicht so werden wie Mummy.«

Ich will Tabitha gerade mein Mitgefühl aussprechen und vielleicht noch ein bisschen mir ihr gemeinsam über Mark ablästern, als aus dem Nichts plötzlich eine körperlose Stimme ertönt: »Alle raus! Die Bullen kommen!«

Wir bekommen beide einen Riesenschreck. Ich drücke die Hände auf mein Herz, das nun mit gefährlicher Schnelligkeit schlägt. »Was zum Teufel ist hier los?«

»Oh mein Gott!«, keucht Tabitha, ebenfalls mit einer Hand auf dem Herzen. »Die haben hier scheinbar eine Haussprechanlage mit versteckten Lautsprechern installiert«, sagt sie in etwas weniger schrillem Tonfall. »So was haben wir zu Hause auch, aber es ist nicht so furchtbar laut.«

»Die Polizei ist gleich hier, das ist furchtbar genug«, sage ich, während ich die Ellbogen anlege und versuche, mich so klein wie möglich zu machen, um nicht von den Horden von Leuten umgemäht zu werden, die plötzlich die Treppe hinuntergestürzt kommen. Weitere Massen kommen aus allen Richtungen, drängeln zur Haustür und schubsen sich gegenseitig aus dem Weg. Es herrscht allgemeine Panik und überall ist Geschrei und Gekreische und ehrlich gesagt ist es das Spannendste, was seit meiner Ankunft auf dieser Party passiert ist.

Ich stehe auf und will mich ebenfalls in den Stau einreihen, der sich vor der Haustür gebildet hat – es wäre äußerst ungünstig, wenn die Polizei hier auftaucht und mich als einzige Vertreterin der ethnischen Minderheiten hier vorfinden würde –, doch Tabitha nimmt meine Hand.

»Hier entlang«, sagt sie und zieht mich durch eine kleine Seitentür und einen schmalen Gang entlang. »Dienstbotenräume.« Wir kommen an eine weitere Tür, die in eine zweite, kleinere, heruntergekommene Küche führt, und von da aus hinten auf einen kleinen Hof hinaus. Dort entriegelt Tabitha ein Tor, das sich zu einem Garagenhof neben dem Haus hin öffnet. Wir sind außer Gefahr.

»Cooler Move, Tabitha«, sage ich und sie grinst.

»Meine beste Freundin aus der Grundschule hat hier früher gewohnt. Keine Ahnung, wem das Haus jetzt gehört oder wessen Party das eigentlich war, aber *ich* wohne nur ein paar Straßen weiter. Du kannst bei mir pennen.«

»Oh, das geht nicht.« Das fände ich nun doch befremdlich. Zwar war die ganze vergangene Nacht schon mehr als befremdlich, aber bei der anderen Freundin meines eigenen Freundes (auch wenn sie theoretisch seine Ex-Freundin ist, aber eben erst seit ein paar Stunden) zu pennen, ist dann doch befremdlich hoch zwei.

»Aber du musst einfach. Ich meine, du bist meilenweit von zu Hause weg«, sagt sie, als wir losgehen. »Wie ist es überhaupt so da oben im Norden?«

Sie sagt das, als wäre der Londoner Norden so eine Art dystopisches Ödland. Ich erzähle ihr von Crouch End. Von unserer Straße und der verborgenen Wiese an ihrem Ende und den Kuchen vom Bäcker Dunns und dass der Typ, der den Doctor Who spielt, früher in Archies Straße gewohnt hat, aber Tabitha schluckt nur und sagt: »Ihr wohnt also in einer Wohnung, nicht in einem Haus?«

»Ich glaube, man könnte es wohl als Maisonette bezeichnen«, sage ich und sie schluckt wieder. »Du weißt, dass Mark auch in einer Wohnung wohnt, wenn er sich bei uns im Norden in den Slums rumtreibt?«

Tabitha seufzt. »Und was machen wir jetzt mit ihm? Wir sollten etwas tun, oder?«

»Ich werde ihn fertigmachen«, sage ich und bin erleichtert, dass die Sunny von vorhin sich nicht vom Acker gemacht hat. »Bist du dabei?«

»Die Sache ist die, dass ich in Konfrontationen nicht gut

bin«, sagt Tabitha. »Ich hasse solche Szenen und wenn Leute sauer auf mich sind, deswegen bin ich moralisch dabei, wäre aber rein praktisch keine große Hilfe, wenn es darum geht, Mark fertigzumachen.«

»Oh.« Das war okay. In meinen weiterhin diffusen Plänen, Mark fertigzumachen, war ohnehin keine Unterstützung eingeplant, aber es hätte ganz nett sein können. »Tja, also dann …«

»Aber ich habe Mittel und Wege, die dir dabei helfen könnten, Mark fertigzumachen.« Tabitha kramt in ihrer Tasche herum und zieht ein Handy hervor. »Sein Handy.« Sie hält es in die Höhe, sodass ich das FC-Chelsea-Logo auf der Plastikhülle erkennen kann.

Will sie mich verarschen? War das Ganze am Ende doch nur ein ausgefeilter Doppeltrick? Ich bleibe stehen. Die Hände in die Hüften gestützt, die Stirn gerunzelt – Jean-Luc könnte mich wegen Verletzung des Copyrights verklagen, was mich nur noch wütender macht, wenn ich darüber nachdenke, in was für eine wilde Jagd ich ihn hineingezogen habe, und wofür? Kein Wunder, dass er abgehauen ist. »Für wie blöd hältst du mich eigentlich?«

Tabitha macht ein Gesicht, als wäre ihr übel. Es stimmt offenbar, dass sie Konfrontationen nicht gewachsen ist. »I-ich halte dich nicht für blöd.«

»Das ist nicht Marks Handy. Marks Handy hat eine Arsenal-Hülle«, presse ich zwischen zusammengebissenen Zähnen hervor.

»Aber Mark ist doch kein Arsenal-Fan. Er ist für Chelsea.«

Oh. Oh! In Terrys Augen wäre *das* der größte Betrug von allen, Chelsea-Fan zu sein. Tabitha und ich sind da allerdings anderer Meinung. Wir schauen beide zunächst auf das Handy und dann uns gegenseitig an.

»Er hat zwei Handys!«, sagen wir.

Ich hatte mich schon gefragt, wie ausgerechnet Mark

monatelang das Kunststück mit zwei Freundinnen und sogar zwei verschiedenen Facebook-Seiten samt unterschiedlicher Passwörter gemanagt hat, und jetzt ist klar, wie. Er hatte zwei Handys.

Es ergibt alles auf irgendwie miese, abgeschmackte Weise Sinn. »Was für ein Arsch. Was für ein feiger, gemeiner Arsch.«

Tabitha schnieft. »Da schlägt er offenbar ganz nach seinem Vater.«

»Wieso das? Ich weiß, dass seine Eltern geschieden sind, aber was ist mit seinem Dad?«

Tabitha wirkt, als würde sie gleich platzen vor lauter geheimen Dingen, die sie über Mark weiß. »Es war ein Riesenskandal«, berichtet sie atemlos. »Er war Chef der Asset-Management-Abteilung bei einer großen amerikanischen Bank… und in irgendwelche Insidergeschäfte verwickelt. Aber nicht Insider genug, weil er nämlich letzten Endes ein paar sehr schlechte Investitionen getätigt hat. Sehr schlecht. Ihm wurde gekündigt. Mein Stiefvater meinte, er wäre nur mit viel Glück dem Gefängnis entronnen, und sie mussten ihr Haus verkaufen und Mark konnte nicht länger in Harrow bleiben …«

»Zu mir hat er gesagt, dass sein Vater nach der Scheidung nicht mehr bereit war, die Schulgebühren zu zahlen. Es klang eher so, als hätte er da sowieso nicht so gut hingepasst, weil er so ein Rebell ist.«

»Wohl kaum! Er war Kapitän der Rugby-Mannschaft.«

»Mark spielt doch gar nicht Rugby. Er spielt Fußball.«

Wieder sehen wir uns an und schütteln dann die Köpfe. »Was für ein Lügner. Obwohl es mir schon ein bisschen leidtut, dass sie ihr ganzes Geld verloren haben. Kein Wunder, dass seine Mum so verbittert und gemein ist.«

»Oh nein«, wirft Tab ein. »Sie war schon lange bevor sie ihr Geld verloren haben, verbittert und gemein.«

Wir gehen weiter. »Aber wie kommst du überhaupt an sein Handy?«

Tabitha lächelt stolz. »Ich habe es ihm aus der Potasche seiner Jeans geklaut. Er hat gar nichts gemerkt.« Sie zappelt mit den Fingern. »Ich bin die beste Ladendiebin der St Mary's School.«

»Also, ich habe keine Lust, wegen Mittäterschaft oder Hehlerei oder …«

»Sunny! Wenn du wirklich auf diesem Rachefeldzug bist, um Mark fertigzumachen, dann brauchst du dieses Handy.« Tabitha drückt mir das Telefon in die Hand, sodass mir keine andere Wahl bleibt, als es zu nehmen. »Vertrau mir.«

Unschlüssig halte ich es in den Händen. Die Versuchung ist groß, aber … »Ich kenne ja noch nicht mal sein Passwort.«

»Ich schon. Es ist eins, zwei, drei, vier.« Tabitha verdreht die Augen. »Schon alleine dafür hat er es verdient, dass man sein Handy hackt, und da sind Sachen drauf, die wir nutzen können, um ihm eins auszuwischen.«

Es wäre gelogen zu sagen, dass mich das nicht reizen würde. »Ach ja? Was sind das für Sachen?«

Wir setzen uns auf eine niedrige Mauer, die als Einfassung für den manikürten Rasen eines eleganten Wohnhauses dient, und Tab entsperrt das Handy, öffnet die Fotos und …

»Oha! Warum hat er so viele Fotos von seinem Schwanz gemacht?«

Tabitha kichert und scrollt weiter. »Nein, warte. Da gibt es noch eins, wo er ihm seine Sonnenbrille aufgesetzt hat. Hier ist es.«

»Igitt!«

»Wir könnten es an alle in seinem Adressbuch verschicken«, schlägt Tabitha vor. »Einschließlich seiner beiden

Großmütter und an seinen alten Klassenlehrer und sein früheres Kindermädchen.«

Ich reibe mir vor Vergnügen die Hände. »Ja, genau. Das machen wir ... oder vielleicht doch nicht. Das ist nicht fair seinen Großmüttern gegenüber – ich meine, es gibt einfach Bilder, die man nie wieder loswird. Abgesehen davon ist er minderjährig.«

»Na und?«

Ich schaudere bei dem Gedanken. »Man könnte uns drankriegen, weil wir Kinderpornos verbreiten.« Schlimmer noch: »Und dann wären wir als Sexualverbrecher vorbestraft und hätten damit keine Chance mehr, an den Universitäten unserer Wahl angenommen zu werden.«

»Da hast du recht«, gibt Tabitha mit einem leisen Seufzen zu. »Irgendwelche anderen Ideen?«

»Zuerst müssen wir ihn überhaupt mal finden. Schließlich hat er mich ja auch von seinem Arsenal-Handy nicht angerufen, oder?«

Als wir gerade von dem Mäuerchen aufstehen, klingelt wie auf ein Stichwort Tabithas Handy und mein Herz setzt einen halben Schlag aus.

»Mummy? Warum schreist du so? Oh Gott! Ich bin doch zu Hause. Also, ich bin auf dem Weg nach Hause. Ich bin buchstäblich quasi fünf Sekunden von zu Hause entfernt.« Also doch nicht Mark. Wenn meine Mum nicht in Frankreich wäre, würde sie auch schon am Telefon hängen und wissen wollen, warum ich nach fünf Uhr morgens noch immer nicht im Bett bin. Sie hätte vermutlich schon dafür gesorgt, dass die Polizei und Interpol ein paar Hubschrauber und Drohnen bereitstellen, um mich aufzuspüren.

Tabitha geht beim Reden weiter und verdreht übertrieben die Augen, während eine Stimme aus dem Hörer sie anquakt. »Mein Gott, so spät ist es nun auch wieder nicht.

Ja, schon, aber man könnte es auch so sehen, dass es eigentlich ziemlich früh ist.«

Es wird schon bald hell. Der Himmel hat eine schöne zartblaue Färbung. Vögel zwitschern in den Bäumen. Obwohl ein leichter Wind geht, ist es schon ein wenig drückend, so als würde es ein weiterer heißer Tag werden.

Es gibt keinerlei Anzeichen von Leben auf diesen Straßen mit ihren großen Häusern, die allesamt in fantastischen Farben erstrahlen: ein Dottergelb; ein Meergrün, bei dem ich an das 30er-Jahre-Strandbad denken muss, in das wir letztes Jahr im Frankreichurlaub jeden Tag gegangen sind; ein gedämpftes Lila; ein Telekom-Magenta und ein mattes Taubenblau, das mich an die Wedgwood-Porzellan-Sammlung meiner Großmutter erinnert.

»Mein Gott, Mummy! Ich stehe doch quasi schon vor der Haustür!«

Ich weiß nicht einmal, wo wir sind, und kann auch kein Google Maps laden und frage mich, was die Leute eigentlich gemacht haben, bevor es Google Maps gab – bestimmt haben sie sich die ganze Zeit verlaufen. Dann biegen wir um eine Ecke und noch eine und plötzlich weiß ich, wo ich bin.

Wir sind gar nicht in Chelsea, sondern in Notting Hill, was bedeutet, dass ich zwar immer noch meilenweit von Crouch End entfernt bin, aber irgendwie gar nicht so weit von zu Hause.

GRANDMA PAULINES ANANASPUNSCH

1 Liter Vollmilch
1 Dose (400 ml) Kokosmilch
1 Liter Ananassaft
1 Prise Ingwer
1 Prise Zimt

Zutaten in einer großen Schüssel vermischen und mit jeder Menge Liebe servieren.

5.30 UHR

Von NOTTING HILL nach LADBROKE GROVE

Der Ort, den wir heute als Notting Hill kennen, wurde im Jahre 1536 zum ersten Mal offiziell erwähnt als Knottynghull, was möglicherweise den Bezug zu einem Sachsenkönig namens Cnotta darstellt.

Im 19. Jahrhundert war das Gebiet inoffiziell als »Potteries und Piggeries« bekannt wegen der vielen Töpfereien und Schweineställe dort. Aus dem vor Ort vorhandenen schweren Ton wurden Ziegelsteine und Fliesen geformt und viele Schweinezüchter waren aus der Gegend des Marble Arch hierhergezogen.

Die Familie Ladbroke, deren Name im nahe gelegenen Ladbroke Grove verewigt ist, baute jede Menge schicker Häuser in Notting Hill, aber die wirklich reichen Leute wollten nicht so weit weg vom Stadtzentrum wohnen. Die Armen.

Bald machten sich geschäftstüchtige Vermieter breit, die mehrere Familien in ein Haus quetschten. Und in den 50er-Jahren ließen sich hier viele Einwanderer von den West Indies nieder, was zu Spannungen und Rassenunruhen führte.

Die schlechten Wohnverhältnisse verbesserten sich, nachdem 1963 der Notting Hill Housing Trust ins Leben gerufen und der erste Notting Hill Carnival veranstaltet wurde, der die Kultur der neuen Bewohner des Viertels feierte. Heutzutage leben hier Bonzen und Arme, Rastalockenträger und Aktentaschenträger glücklich und zufrieden (meistens) Seite an Seite.

Tabitha und ich liegen uns zum Abschied in den Armen und verabreden, dass wir was zusammen machen und uns alles erzählen wollen, sobald diese Mark-Geschichte ausgestanden ist, dann geht sie ihren Weg und ich meinen.

Ich bin auf der Ledbury Road, und wenn ich hier weitergehe, dann ein paarmal rechts abbiege, dann links und weiter geradeaus, lande ich irgendwann beim Wohnblock meiner Großeltern. Maximal fünfzehn Minuten zu Fuß. Mehr als fünfzehn Minuten braucht man nicht, um vom Multimillionärsviertel Notting Hill zu einer Sozialwohnungssiedlung in Ladbroke Grove zu kommen.

Im Laufe der vielen Jahre bin ich diesen Weg viele Male mit meiner Mum gegangen. Wir verbringen immer eine Ewigkeit in den ganzen Trödelläden, damit sie über die überhöhten Preise dort herziehen kann. Und früher haben wir dann immer bei meiner Urgroßmutter vorbeigeschaut, der die Wohnung damals noch gehörte, auf eine Tasse Tee und ein Stück von ihrem Everyday-Fruitcake, und jedes Mal bemerkte sie, wir hätten vorher anrufen sollen, sie würde nämlich gerade *Deal or No Deal* schauen.

Mittlerweile ist es die Wohnung meiner Großeltern und die werden vielleicht Augen machen, wenn ich plötzlich auf der Türschwelle stehe. Wie alle alten Leute mit Ausnahme von Terrys Mum, die an den meisten Tagen bis elf im Bett rumgammelt, stehen die beiden echt früh auf. Grandpa hat Frühschicht in der Park-Royal-Busgarage und Grandma arbeitet bei einem Pflegedienst und beginnt um sechs mit ihrer Runde. Außer natürlich am Sonntag, wenn keiner von beiden arbeitet, weil es der Tag der Ruhe ist. »Wenn Gott wollte, dass wir an einem Sonntag arbeiten, hätte er den Sabbat nie geschaffen«, sagt Grandma gerne, was die beiden aber nicht daran hindert, mit dem ersten Morgenlicht aufzustehen, obwohl man sich fragt, warum Gott das Ausschlafen erfunden hat, wenn er gewollt hätte, dass wir an einem Sonntag früh aufstehen.

Die Nacht war so lang, da kann man kaum glauben, dass jetzt wirklich Morgen sein soll. Es kommt schon mal vor, dass ich um 5.30 Uhr wach bin, aber quasi aus der anderen Perspektive; wenn Mum mal wieder einen ihrer Anfälle hat und uns alle zu den Parliament Hill Fields schleift, um den Sonnenaufgang zu sehen. 5.30 Uhr hat einen komplett anderen Vibe, wenn man nicht geschlafen hat: ein schäbiger, schmuddeliger, sch… Vibe, der sich einstellt, wenn man seit vierundzwanzig Stunden dieselbe Unterhose trägt.

Weil jetzt schon ganz offiziell Morgen ist, versuche ich mir einzureden, dass die Menschen, die ich von Zeit zu Zeit vor mir oder auf der anderen Straßenseite sehe, allesamt pflichtbewusste Frühaufsteher und keine zwielichtigen Nachtschwärmer sind. Außerdem rede ich mir ein, dass ich es wirklich nicht mehr sehr weit habe, aber jeder weitere Schritt raubt mir alle verbleibende Energie und dauert mindestens eine Minute und tut außerdem weh.

Ich sollte mich lieber nicht allzu sehr darauf fixieren, wie viele Schritte es noch sind (ungefähr siebenhundertfünfzig, meiner Schätzung nach). Stattdessen denke ich darüber nach, was ich zu Grandma sagen werde. Etwas in der Art wie: »Also, ich konnte irgendwie nicht schlafen und da dachte ich, ich könnte euch überraschen. Überraschung!« Und dann muss ich sagen: »Und wegen der Kirche, ich bin nicht richtig angezogen und außerdem hege ich ernsthafte Zweifel an der Institutionalisierung von Religion.«

Letzten Endes wird keiner auf meinen Protest achten. Grandma wird mir ein Bad einlassen und Grandpa wird mir Toaststreifen mit Ei machen und dann werden sie darauf bestehen, dass ich mit ihnen in die Kirche gehe. Es gibt eine vage Chance, dass sie nach einem Blick auf mich – ich sehe inzwischen bestimmt ganz schön fertig aus – beschließen, mich direkt ins Bett zu stecken, oder ich könnte auch nach Hause in mein eigenes Bett, aber das würde mindestens eine Stunde dauern. ALLERMINDESTENS.

Ich bleibe stehen, um über dieses Dilemma nachzugrübeln, und da kommt der Erste vorbei. Blinzelnd halte ich inne. Habe ich vielleicht Halluzinationen? Dann rollt der Zweite langsam vorbei und noch einer und ich merke, dass es eine ganze Prozession von Fahrzeugen ist. Lastwagengespanne, die aussehen wie Paradiesvögel und exotische Blumen. Offene Doppeldeckerbusse, die mit Lametta und Glitzer geschmückt sind. Wenn ich sehr gut hinhorche, kann ich fast die Steel Drums hören und die schönen Frauen sehen, wie sie mit ihren Kostümen wie Schmetterlinge zum Beat der Musik tanzen.

Wie konnte ich das vergessen? An diesem Wochenende ist doch Carnival! Am Montag ist Feiertag und dann versammeln wir uns alle bei Grandma und Grandpa, weil ihre Wohnung an der Strecke des Notting Hill Carnival liegt. Alle meine Onkel und Tanten und Cousins und Cousinen und Stieftanten und Stiefonkel und Stiefcousins und Stiefcousinen, all die vielen Freunde meiner Großeltern und die alten Damen, die Grandma pflegt, und alle Arbeitskollegen von Grandpa, die keinen Dienst haben, quetschen sich in ihre Wohnung, um den Umzug der geschmückten Wagen zu sehen und Grandmas legendären Ananaspunsch zu trinken und ihr jamaikanisches Jerk Fried Chicken zu essen.

Aber das ist erst morgen und heute früh muss Notting Hill erst noch den Kater der gestrigen Party auskurieren. Die Straße liegt verlassen da, weil sie noch immer für den Verkehr gesperrt ist. Die meisten Geschäfte haben ihre Schaufenster mit Brettern verrammelt. Den Gehweg säumen vollgestopfte Müllsäcke und warten auf die Müllabfuhr, die bestimmt hinter der Prozession von Wagen festhängt, die zum Startpunkt der Carnivalsroute zurückkehren.

Und es kommen immer noch mehr. Ein Lkw voller Girlanden in Gelb, Rot und Grün. Ein aufgemotzter Eiswagen. Ein Laster, der aussieht wie ein tropischer Regenwald mit Steel Drums auf beiden Seiten.

Diese Wagen haben etwas Jenseitiges an sich. Ich starre sie ungläubig und wie benebelt an, weil es sich wirklich so anfühlt, als hätte das Universum diesen Traum, diese Erscheinung nur für mich erschaffen, obwohl ich immer noch nicht ausschließen würde, dass ich halluziniere.

Ich muss lächeln, aber aus unerfindlichen Gründen ist mir zugleich nach Weinen zumute, und dann sehe ich einen Mann auf einem silbernen Wagen, der wie wild winkt und dessen Glatze im frühen Morgenlicht glänzt. »Sun-ra! Sunny! Bist du das?«

Er beugt sich vor, um sicherzugehen, dass wirklich ich es bin, und streckt mir dann die Hand hin. Ich stolpere auf ihn zu, dabei muss ich laufen, um mit dem Wagen Schritt halten zu können, aber sobald ich auf seiner Höhe bin, recke ich die Arme in die Höhe und mein Onkel Dee und ein weiterer Mann ziehen mich hinauf.

»Sunny! Warum zum Teufel hängst du um fünf Uhr früh an irgendwelchen Straßenecken herum? Warst du etwa die ganze Nacht unterwegs? Dumme Frage, natürlich hast du durchgemacht, so wie du aussiehst!«

»Übel«, sagt der Typ, der geholfen hat, mich hochzuziehen. Als hätte ich eine Bestätigung nötig. Wirklich nicht.

Mir wird selbst bei den sanften, langsamen Bewegungen des Wagens schwindelig und Dee packt mich am Arm, um mich zu stabilisieren. Jetzt wirkt er gar nicht mehr so begeistert, mich zu sehen. Er sieht sogar eher aus wie mein Dad, wenn er einen Zeugen der Gegenseite befragt. Ich will nicht, dass Dee mich so ansieht, wo doch dieses zufällige Zusammentreffen mit ihm das Beste ist, was mir seit Stunden passiert ist.

»Kannst du mich bitte mal in den Arm nehmen?« Meine Stimme ist ganz zitterig und ich fürchte immer noch, dass ich gleich anfange zu heulen, doch dann bin ich in Dees Armen und werde gegen sein weißes T-Shirt gedrückt und er riecht nach Weichspüler und Kakaobutter und es ist fast so gut, wie nach Hause zu kommen, ohne MINDESTENS EINE STUNDE Fahrzeit.

Die Umarmung dauert nicht annähernd lange genug, bevor Dee wieder loslässt, aber nur um mir die Hände auf die Schultern zu legen und mein Gesicht zu mustern. Mein Gesicht, über das zu unterschiedlichen Zeiten im Verlauf dieser Nacht Schweiß, Make-up, Tränen und Bier geflossen sind und das nun allein von der Anstrengung, zu blinzeln oder ein- und auszuatmen, schmerzt.

»Was ist los?«

»Ach nichts. Ich konnte nicht schlafen und dachte, ich könnte Grandma überraschen«, nuschele ich.

»Ja klar. Willst du noch ein bisschen Zeit, um dir was Besseres auszudenken, denn das hier stinkt zehn Meter gegen den Wind? Du warst die ganze Nacht unterwegs, oder? Etwa mit diesem Idioten, der nicht mal weiß, wer Trojan Records sind? Und dann lässt er dich einfach so alleine durch die Straßen laufen?«

»Er hat mich schon lange vorher verlassen«, sage ich und

schniefe, aber es ist komisch. Ich habe nicht mal mehr die Kraft zu weinen. Das hat es auch noch nie gegeben.

»Was hat er getan?«, will Dee wissen. Wenn er so drauf ist, kann er einem direkt Angst machen. Er ist Sozialarbeiter und arbeitet mit jugendlichen Straftätern. Wenn er die mit demselben Blick ansieht wie mich jetzt, dann wette ich, dass sie sich überhaupt nicht mehr trauen würden, erneut straffällig zu werden. »Hat er dir was getan? Dann bring ich ihn um.«

Dees ruhige Stimme ist schlimmer, als wenn mich jemand anschreien würde.

»Oh nein, nicht so was. Nein! Aber er hat mich innen drin wirklich sehr, sehr verletzt. Mein Herz und so. Aber inzwischen bin ich nur noch wütend. Und jetzt gerade viel zu kaputt, um überhaupt wütend zu sein.«

Ich bin auch zu kaputt, um weiter ins Detail zu gehen, und so berichte ich Dee nur das Wichtigste und lasse unbedeutende Kleinigkeiten wie unerlaubten Alkoholkonsum oder geklaute Fahrräder weg, ebenso wie alles andere, was gegen mich verwendet werden könnte. »Und als ich dann gemerkt habe, wo ich eigentlich bin, dachte ich, ich könnte einfach zu Grandma gehen.«

»Du kannst nicht zu ihr, Sunny«, ruft Dee aus. »Sie zieht dir die Wahrheit aus der Nase und schleppt dich dann zur Buße in die Kirche, und du weißt genau, dass sie dich verpfeifen und alles deiner Mum erzählen wird.« Er grinst. »Um wie viel Uhr müsstest du eigentlich zu Hause sein?«

Selbst für einen empörten Blick bin ich zu müde, stattdessen bringe ich mit Müh und Not einen Schmollmund zustande. »In den Ferien ist das ganz flexibel und sowieso hat sie *nicht* gesagt, dass ich nicht die ganze Nacht unterwegs sein darf. Sie war viel besorgter wegen Gretchen Weiners Analdrüsen und dass ich eine Party veranstalten und die Einladung auf Facebook posten könnte und dann zweitausend Leute kommen und unsere Wohnung zerlegen. Also ist es global betrachtet eigentlich gar nicht *so* schlimm, die ganze Nacht unterwegs zu sein.«

»Aber gut ist es auch nicht.«

Ich seufze. »Als wärst du in meinem Alter nie die ganze Nacht unterwegs gewesen. Oder Schlimmeres.«

Er senkt den Kopf. »Das stimmt allerdings.«

Mein Dad war vielleicht ein Musterschüler, aber bei Dee klang es immer so, als wäre er als Jugendlicher sehr viel lockerer drauf gewesen. Vielleicht sogar etwas zu locker.

Meine Lieblingsgeschichte über Dee, die er mir auch nur erzählt hat, weil er letztes Weihnachten zu viel Cola-Rum getrunken hatte, ist die, dass er irgendwann in den späten 80ern in die Unruhen wegen der Poll Tax hineingeraten ist. Ich bin mir nicht sicher, was diese Poll Tax überhaupt war oder inwiefern sich diese Unruhen von anderen Unruhen unterschieden, aber damals hat Dee bei Tower Records am Piccadilly Circus gearbeitet. In der Mittagspause ist er rausgegangen, um sich ein Sandwich zu holen, hat gesehen, dass da Unruhestifter zugange waren, und beschlossen, ein bisschen mitzumachen, und ist dann wieder zur Arbeit gegangen, wo man ihn auf der Stelle gefeuert hat, weil jemand beobachtet hatte, wie er einen Ziegelstein durch ein Schaufenster von Tower Records geworfen hatte.

Meine Urgroßmutter hat dann den Pfarrer geholt und sie haben alle zusammen auf dem Wohnzimmerteppich gekniet, um für Dees Seele zu beten.

Ich schätze mal, dass die Gebete etwas geholfen haben, denn mittlerweile ist er ein ordentlicher, rechtschaffener Bürger, aber trotzdem kein Spießer. So wie jetzt, wenn er den Kopf schief legt, die Sache überdenkt und schließlich sagt: »Also, es ist nicht meine Aufgabe, deiner Mutter irgendetwas zu erzählen, und du bist in deinem Zustand nicht in der Lage, mit deiner Gran fertigzuwerden, deswegen kommst du wohl am besten mit zu uns nach Hause.«

FÜNFZEHN MINUTEN SPÄTER

Dee und seine Frau Yolly wohnen mit Vivvy, Dees Stieftochter, und meinen Cousinen Elle und Perry in derselben Wohnsiedlung wie Grandma.

Dee schließt die Wohnungstür auf und ich trete in den Eingangsflur, der hier wirklich nur ein Flur und kein Foyer oder Vestibül und auch keine Kunstgalerie ist. Die Luft ist heiß und stickig. Dee sagt, der Carnival wäre noch in vollem Gange gewesen, als die anderen ins Bett gegangen sind, und da war es zu laut, um mit offenen Fenstern zu schlafen. Er öffnet sie jetzt. Ich will nur noch schlafen und außerdem würde ich echt gerne duschen, aber das Allerwichtigste ist, mein Handy aufzuladen.

»Ich geh jetzt schlafen. Die ganze Nacht wach zu bleiben war viel einfacher, als ich noch in deinem Alter war.« Dee schüttelt den Kopf und schnalzt mit der Zunge, weil ich auf seinem Sofa sitze und mein Kopf immer wieder rückwärts in die Kissen sinkt und es ziemlich schwer ist, in der Senkrechten zu bleiben. »Du, du bist ja ein Leichtgewicht.«

»Komisch, ich fühle mich nämlich eher wie ein Bleigewicht.« Das Sofa verschluckt mich. Ich rappele mich wieder hoch und stütze mich auf die Ellbogen. »Kann ich bei euch duschen?«

Dee sagt, das geht, wenn ich leise bin und Yolly nicht aufwecke, denn sonst bringt sie mich um und Dee kann nichts dagegen tun. Danach kann ich im Kinderzimmer pennen.

Mir die verdreckten Klamotten vom Leib zu zerren und

zwei Minuten lang unter einer lauwarmen Dusche zu stehen, ist so gut wie zehn Stunden Schlaf. Ich ziehe den Bademantel an, der an der Rückseite der Badezimmertür hängt, und tappe leise ins Kinderzimmer.

Hinter den Vorhängen strahlt bereits die Sonne ins Zimmer und der abgestandene Geruch von White-Musk-Parfüm von Body-Shop mit Basisnoten von Haarspray und Play-Doh löst einen leichten Würgereiz bei mir aus. Vivvys Zimmerhälfte ist ein Schrein für Jourdan Dunn, während Elles Hälfte eher einem Schrottplatz für rosa Plastikspielzeug gleicht. Dass Vivvy sich ein Zimmer mit der dreijährigen Elle teilen muss, ist eine ständige Quelle für Ärger.

Ich wäge die Möglichkeiten ab und beschließe, dass Elle die bessere Wahl ist. Dieses Kind schläft wie ein Stein. Einmal waren sie alle in Spanien in Urlaub und in dem Hotel ging der Feueralarm los, aber keiner konnte Elle aufwecken. Wieder zurück in England, hat Yolly sie zum Hörtest geschleift. Elle hört wunderbar, aber sie schläft einfach viel, viel, viel zu gern. Sie liegt in ein Laken mit rosa Blumenmuster gewickelt da und ballt immer wieder eine Faust, während sich ihre dicken kleinen Backen bei jedem Ausatmen aufblähen, weil sie der totale Mundatmer ist. Sie rührt sich nicht, als ich sie ein Stück beiseiteschiebe und ins Bett steige.

Das wird gut. Das wird ein Monster-Schlaf. Vielleicht schlafe ich gleich so lang, dass ich erst am Montagmorgen aufwache, wenn es ohnehin Zeit ist, zu Grandma zu gehen.

Oh ja, komm, süßer Schlaf, und zeig mir, was du kannst.

Ich lege meinen Kopf auf Elles Kissen, hole ein paarmal tief Luft, schließe die Augen und meine Arme und Beine werden ganz schwer. Oh ja, genau so hatte ich mir das vorgestellt …

Irgendwo im Zimmer ist eine wütend summende Biene. Es hört sich an, als wäre sie direkt neben mir, dabei sollte ich eigentlich so müde sein, dass nicht einmal eine wütende Biene mich am Schlafen hindern kann, aber es ist direkt hier. In meinem Ohr. So, als würde sie mich gleich stechen. Ich bin noch nie von einer Biene oder Wespe gestochen worden und mit Pech habe ich eine tödliche Allergie gegen Stiche. So wie Macaulay Culkin in *My Girl*.

»HÖR AUF!« Ich öffne ein Auge und drehe mich zur Seite. Vivvy sitzt aufrecht im Bett. »STELL DAS AUS!«

»Was soll ich ausstellen?«, grunze ich.

»Dein Handy. Aber sag vorher noch demjenigen, der dir da dauernd Nachrichten schickt, er soll damit AUFHÖREN!«

»WAS?«

Vivvy legt sich wieder hin, sodass sie wütend mit ihren Armen und Beinen wedeln kann. Sie ist noch schlimmer als Yolly, wenn man sie zu früh aufweckt. Im Augenblick kriegt sie gerade Krampfanfälle vor Wut und ihr ganzer Körper zuckt.

»Ich steh gleich auf und *zertrete* dein Handy«, zischt sie. »Ich schwör.«

»Mein Handy ist unten und lädt.«

»Was. Ist. Das. Dann. Für. Ein. Lärm?«

»Äh, eine wütende Biene?«

»Fuck, mir reicht's!« Vivvy schleudert ihre Decke zurück und verheddert sich mit den Beinen darin, was ihre Wut nur um ungefähr elf Milliarden Punkte steigen lässt. Dann schafft sie es schließlich aus dem Bett und stapft die sieben Schritte, die sie bis zu mir hinüber braucht. Ich weiche zurück. Vivvy ist so sauer, dass sie zu allem fähig wäre.

»Dein Handy. In deiner Tasche. Da unten.« Es ist, als hätte die Wut in ihrem Hirn den Teil besetzt, der für die Bildung ganzer Sätze zuständig ist.

Ich schaue auf meine Tasche, die ich neben dem Bett fallen gelassen habe. »Mein Handy ist nicht da drin«, beharre ich, greife aber dennoch nach der Tasche, in der es in genau diesem Augenblick wieder brummt. »Wie seltsam.«

»Oh Gott, ich hasse dich!« Vivvy reißt mir die Tasche aus den schlaffen Händen, greift hinein, kramt ein bisschen darin herum und zieht schließlich ein Handy hervor.

Ich will gerade sagen, dass das nicht mein Handy ist, doch dann fällt mir ein, wem es gehört. Es ist Marks Handy. »Oh, *dieses* Handy«, sage ich zaghaft und Vivvy gibt ein kehliges Knurren von sich, das mich noch weiter zurückweichen lässt, bis ich Elle fast aus dem Bett schubse.

Wundersamerweise schläft Elle noch immer tief und fest. Ich glaube, Yolly sollte noch einmal ihr Gehör testen lassen.

»Das Handy gehört meinem Freund«, erkläre ich Vivvy, die da in ihrem zerknitterten Unterhemd mit Cupcake-Muster und Schlaf-Shorts dasteht, die Haare zu kleinen Zöpfchen gedreht. »Ex-Freund.«

Sie starrt mich an, als wüsste sie nicht, wer ich bin. Auf einmal ist es, als hätte der Dämon, von dem sie eben noch besessen war, beschlossen, sich ein neues Opfer zu suchen, und sie lächelt mich verschlafen an. »Oh, hallo, Sunny. Deine Haare sind ja mega.« Sie deutet auf das Handy. »Ist das der Freund, der nicht mal weiß, was Trojan Records sind? Dee meinte, er wäre ein Idiot.«

»Danke dafür«, sage ich. Der Schlaf ist wie weggeblasen. Ich kapiere nicht, wie ich beinahe vierundzwanzig Stunden aufbleiben und dabei immer noch im Vollbesitz meiner Fähigkeiten sein kann. Oder mindestens dreiundachtzig

Prozent. Alles, woran ich jetzt denken kann, ist Marks Handy und was ich damit tun soll. Wie auf ein Stichwort, brummt es schon wieder.

Babe. Sei doch nicht so. Lass uns diesen Shit klären. Mark x

Diese Nachricht hat er an sein eigenes Handy geschickt. Welches Babe ist also gemeint? Weiß er, dass Tab sein Handy geklaut hat? Oder denkt er, dass es ein anderes Mädchen war, mit dem er ebenfalls zusammen war und von dem weder Tabitha noch ich etwas wussten? Oder vielleicht hat er eine Art Persönlichkeitsstörung (ganz genau!), die ihn veranlasst, halbherzige Entschuldigungen an sich selbst zu schreiben.

»Sorry für den Ausraster. Hab ich geflucht? Falls ja, sag Mum nichts davon, okay?« Vivvy geht zurück in ihr Bett. »Echt, Sunny, deine Frisur ist ja megagroß. Und stell bitte das Gebrumm von diesem Handy ab, okay?«

Dann ist sie weg. Sobald ihr Kopf das Kissen berührt, ist sie schon eingeschlafen. In diesem Augenblick hasse ich sie ein bisschen, weil sie so einfach einschlafen kann, aber natürlich nicht so, wie ich Mark hasse. Und Tabitha hatte wirklich recht, dass es bei Weitem nicht an das heranreicht, was er uns angetan hat, wenn wir sein Passwort eingeben, um freien Zugriff auf sein Handy zu haben.

Zuerst lese ich die Nachrichten, die in den vergangenen fünf Minuten eingegangen sind.

Yo, Tab, du Klepto! Hast du mein Handy?

Tab! Ich weiß, du bist sauer auf mich, aber deswegen darfst du mir noch lange nicht das Handy klauen.

Wir haben beide Sachen gesagt. Aber diese Sunny ist balla-balla. Glaub kein Wort, was sie Flick erzählt hat. Flick muss sich überall einmischen. Das haben wir ja schon besprochen. Lass sie nicht zwischen uns kommen.

Ich liebe dich noch immer. Und du mich auch. Das weiß ich. Antworte mal!

Sorry, Baby, aber ich brauche mein Handy ASAP.

Diese Gelegenheit kann ich mir nicht entgehen lassen.

Mark hat mich die ganze Nacht mies behandelt. Falsch, Sunny! Total falsch. Er hat mich monatelang mies behandelt und ich weiß, dass ich lange brauchen werde, über diese Verletzungen hinwegzukommen. Das wird eine Weile dauern. Aber jetzt ist etwas anderes angesagt. Jetzt werde ich es ihm heimzahlen.

Meine Daumen fliegen über die Tastatur.

Bin noch sauer. KA ob dus verdienst, dein Handy zurückzukriegen.

Er antwortet umgehend.

Baby! Nach allem, was wir durchgemacht haben. Ich will keinen Streit. Wo bist du? Ich brauche mein Handy!!

Und was ist mit deinen 2 Facebook-Seiten? Nur ein Lügner braucht 2.

No biggie. Eine FB-Seite für meine Leute und die andere für die Asis aus Nordlondon. Hab Sunny nur als Beziehungsstatus, damit sie mich in Ruhe lässt. Ich schwör.

Du hattest nie was mit ihr?

Never! Steh mehr auf Vanille als auf Schoko.

Ich hole tief Luft. So was passiert, wenn man Fragen stellt, deren Antworten man eigentlich lieber nicht hören möchte. Mein Herz trommelt Warnsignale, um mir zu sagen, dass es noch immer empfindlich und wund ist und nicht noch weiteren Schmerz vertragen kann.

Wo bist du?

Putney. Aber ich brauch mein Handy, Baby. Kannst du vllt ein Taxi nehmen?

Was hat Mark in Putney zu suchen? Mein Gott, wenn er einfach mal an einem Ort bleiben könnte, wäre diese ganze Nacht schon um elf beendet gewesen. Ich wäre nach Camden gefahren, hätte Tab kennengelernt, mit ihm Schluss gemacht, und dann ab nach Hause. Es wäre nicht so eine tolle Story dabei herausgekommen, aber ich würde mittlerweile seit sechs Stunden schlafen und hätte nicht dieses Gefühl, als hätte jemand meine Innereien entfernt und sie durch eine Ladung stinkiger alter Socken ersetzt.

Ich komm nicht nach Putney. Als ob! Netter Versuch.

Muss den Zug nach Godalming nehmen. Großes Familienfest. Bitte, Baby! Sonst muss ich den ganzen Weg in die Stadt zurückfahren!

Elle seufzt, zappelt ein bisschen und dreht sich um. Vivvy hat sich die Decke über den Kopf gezogen, sodass nur noch ein vereinzeltes Zöpfchen herausschaut. Wie eine puschelige Raupe, die sich auf ihrem Kissen ausruht.

Ich seufze ebenfalls. Inzwischen ist mir klar, dass wir immer nur das getan haben, was Mark wollte, und ich habe mitgemacht.

Tja und jetzt ist eben das letzte Mal und Mark kriegt nicht immer, was er will.

Royal Festival Hall. Letztes Angebot.

Soll er doch mal seinen Arsch bewegen. Aus Putney kommt man easy nach Waterloo. Für einen außenstehenden Beobachter mag es nicht so bedeutend erscheinen, aber für mich ist es ein großer Schritt, Mark dazu zu zwingen, nachzugeben und zurück in die Stadt zu fahren. Ein echter Wendepunkt.

OK. Vor RFH in 1 h. Bis dann. M xxx

Ich nehme meine Tasche und schleiche auf Zehenspitzen aus dem Zimmer. Nach einem Blick auf den geliehenen Bademantel schleiche ich wieder hinein.

Dann stehe ich vor Vivvys Bett und habe so viel Schiss wie wohl noch nie in meinem Leben. So muss es sich anfühlen, ein Seeungeheuer zu wecken.

Zaghaft stupse ich ein Stück von ihr an. Ich glaube, es ist die Schulter. »Vivvy? Tut mir echt leid, sei mir nicht böse, aber kannst du mir was zum Anziehen leihen?«

Sie rührt sich nicht. Ich gebe ihr noch einen Stups. »Vivvy! Wach auf! Immer mit der Ruhe, lass dir Zeit, aber innerhalb der nächsten zehn Sekunden wäre gut.«

»Oh Gott! Was ist eigentlich mit dir los?« Sie schleudert das Laken beiseite. »Wo ist dein Problem? Warum zerstörst du mein Leben?«

Es dauert fünf kostbare Minuten, in denen Vivvy kocht und wütet und droht, mich umzubringen, bevor sie sich beruhigt und anfängt, in ihren Schubladen herumzukramen.

Vivvy trägt immer das gleiche Outfit: Leggings und einen Kapuzenpulli in Übergröße. Yolly meint, sie würde sich für ihren Körper schämen, dessen Weiblichkeit gerade erblüht. Ehrlich gesagt, wäre es mir auch peinlich, wenn ich breite Hüften und einen Busen kriege und meine Mum von erblühender Weiblichkeit spricht.

Vivvy macht ein Riesending daraus, dass sie mir ihre gammeligste Leggings gibt – mit Löchern und ausgebeulten Knien (»Nein, ist schon gut, die musst du mir nicht zurückgeben. Ich schenke sie dir.«) – und einen dunkelblauen Oma-Schlüpfer aus einem ungeöffneten Dreierpack, das sie zum Geburtstag von ihrer Großmutter bekommen hat. Aber sie weigert sich strikt, mir einen von ihren Kapuzenpullis zu leihen.

»Die haben alle ideellen Wert«, sagt Vivvy und klammert sich dabei an ein himmelblaues Hoodie von Superdry, als würde ich es ihr gleich entreißen und auf und davon rennen. »Echt jetzt, Sunny, wenn ich dir einen gebe, dann wäre das, als würde ich dir eins von meinen Kindern überlassen.«

»Aber es ist doch nur geliehen. Und ich passe gut drauf auf. Ich geb's dir morgen frisch gewaschen zurück. Also wäre es mehr so, als würdest du mir eins von deinen Kindern anvertrauen, damit ich drauf aufpasse.«

»Nein. Ich kann das nicht. Das hat nichts mit dir zu tun, aber du bist jung und verantwortungslos.« Sie sieht mich an, wie ich in ihren gammeligen Leggings und meinem BH dastehe, der auch schon bessere Zeiten gesehen hat. Viel, viel bessere Zeiten. »Du könntest dir etwas von Elle borgen. Die hat bestimmt nichts dagegen.«

Wir schauen beide zu dem Bett, in dem Elle weiterschläft. Yolly sollte sie am besten auch gleich auf Narkolepsie untersuchen lassen, wenn sie mit ihr zum Hörtest geht.

»Sie ist *drei*! Ich passe doch nicht in ihre Klamotten!«

»Schon, aber für eine Dreijährige ist sie ziemlich fett.« Immerhin macht Vivvy dabei ein leicht beschämtes Gesicht. »Mum meint, das wäre nur eine moppelige Phase. Wir dürfen in Elles Gegenwart keine Bemerkungen machen, damit sie keine Essstörung kriegt. Mum redet so viel Mist.«

Ich werfe Vivvy einen fragenden Seitenblick zu, den sie direkt erwidert. »Meine Mum redet auch eine ganz Menge Mist. Diese Sex-Gespräche sind oberpeinlich. Ich glaube, sie versucht, mich abzuschrecken, damit ich es gar nicht erst versuche.«

»Sei bloß still mit diesem Sex-Zeug.« Vivvy schaudert. »Eklig. Aber schau, es muss irgendwas von Elle geben, das du tragen kannst. Eins von ihren Kleidern könnte doch als T-Shirt durchgehen, oder?«

Elles kleiner Kleiderschrank ist pink. Ebenso wie der gesamte Inhalt. Ich verwerfe alles, was glitzert oder applizierte Blumen drauf hat. Und die Sachen mit Disneyfiguren drauf. Was bleibt, ist ein weites Sommerkleid aus Baumwolle; es ist weiß mit großen kirschroten Punkten und es reicht mir bis zum Nabel, kneift an den Armlöchern und macht mir einen Monobusen.

»Sieht doch gar nicht *soo* übel aus«, meint Vivvy trotz ihrer schreckgeweiteten Augen. »Das könntest du gut noch ein bisschen aufstylen.«

»Himmel noch mal! Sei doch nicht so geizig und leih mir ein Hoodie!«

»Kann ich nicht. Ich will ja. Aber ich kann einfach nicht«, teilt Vivvy mir betrübt mit. »Ehrlich, du siehst ganz okay aus. Und du hast ja sowieso nichts Besonderes vor, sondern triffst dich nur mit diesem Mark, um mit ihm Schluss zu machen. Warum musst du dazu heiß aussehen?«

Muss ich nicht, aber ich will auch nicht aussehen, als käme ich direkt von den Teletubbies. Selbst die neue, verbesserte Version von Sunny, die in Mini-Märkten Charleston tanzt und rachedurstige Möchtegern-Gangster überlistet, wäre nicht in der Lage, eine selbstbewusste »Das bin ich und das hier ist mein Arsch, den du jetzt nur noch von hinten und aus der Ferne sehen wirst«-Rede in einem Sommerkleidchen für Dreijährige abzuziehen. Und um hier eines klarzustellen, ich will nicht nur, dass Mark vor Scham und Reue vergeht, sondern dass er außerdem diesen Augenblick, in dem ich davonmarschiere, in den kommenden Jahren immer und immer wieder vor seinem inneren Auge abspult und dabei denkt: »Sunny war nicht nur ein toller Mensch und viel zu gut für mich, sondern außerdem voll cool.«

Abgesehen davon, wäre ich gerne in der Lage, meine Arme zu bewegen. »Ich schwöre dir, Viv, wenn du mir keinen Pulli leihst, wecke ich deine Mum und sag ihr, dass du das F-Wort gesagt hast, denn das hast du.«

Vivvy stöhnt und rauft sich die Haare. »Warum würdest du das tun? Warum bist du so gemein? Du bist sonst nie gemein.«

»Ich bin auch nicht gemein«, sage ich bestimmt. »Ich setze nur meine Interessen durch und das werde ich von nun an noch öfter tun, gewöhn dich also am besten daran.«

»Für mich wirkt das mehr wie eine Drohung«, knurrt Vivvy, geht aber mit vor Unentschlossenheit durchfurchter Miene zu ihrer Kommode zurück. »Jemanden zu bedrohen ist aber viel schlimmer als das F-Wort.«

»Wir könnten rübergehen und deine Mum fragen, ob es schlimmer ist, als sich zu weigern, mir einen Pulli zu leihen, von denen du – wie viele? – *Hunderte* da drin hast!«

»Nicht Hunderte.« Vivvy wühlt in der untersten Schublade herum, wo sie vermutlich die weniger angesagten Hoodies aufbewahrt, und zieht schließlich einen khakifarbenen Pulli hervor. »Von mir aus kannst du dir den ausleihen.«

Ich weiß, dass Vivvy ihre Hoodies gerne übergroß hat, aber dieser Pulli könnte auch als Zelt dienen, falls die Royal Marines mal Bedarf haben sollten.

»Meine Tante hat den gekauft, als sie in Amerika war. Sie hat vergessen, dass die Sachen dort größer ausfallen. Aber ich will ihn trotzdem zurück!«

»Klar. Wie du willst. Danke.« Ich zerre mir Elles Kleid über den Kopf, das unterwegs einen Großteil der Haut unter meinen Armen mitnimmt, bevor ich in Vivvys Pulli schlüpfe. Ich sehe darin aus, als würde ich Drillinge erwarten.

»Der Stoff ist ziemlich dünn, dann schwitzt du wenigstens nicht«, bemerkt Vivvy hilfreich. »Und dieses Kaki ist als Farbe eigentlich gar nicht so kleidsam, oder? Meinst du, dass Soldaten deswegen so was tragen müssen? Damit sie sich aufs Kämpfen konzentrieren und nicht auf ihr Aussehen?«

»Keine Ahnung. Vielleicht eher, weil man den Dreck nicht so darauf sieht.«

Die Zeit schreitet fort wie in Khaki gekleidete Soldaten bei einer Parade. Es kostet mich noch zwei weitere Bettelminuten, um Vivvy ein paar Sportsocken zu entlocken, damit ich meine Sneaker anziehen und endlich loskann.

Als ich die Treppe hinunterschleiche, herrscht im Haus noch immer Ruhe, aber ganz still ist es nicht. Ich höre das Klicken der Heizung. Das Brummen des Kühlschranks. All die heimeligen und vertrauten Geräusche, die Häuser so von sich geben. Unser Haus knarrt, wenn die Sonne aufgeht, und die Heizung im Flur klappert immer, wenn man zu schnell die Treppe hinunterrennt. Aber ich will jetzt nicht an unser Haus denken, weil mir dann wieder einfällt, dass es momentan eher wie eine Müllhalde aussieht. Eine Müllhalde, die Fleischfresser hinterlassen haben. Oh Gott …

Aber jetzt muss ich an Essen denken. Deswegen gehe ich in die Küche, nehme mir einen Apfel und eine Packung Saft aus dem Kühlschrank und schreibe auf die Tafel: »Musste los, aber wir sehen uns morgen. Alles Liebe, Küsse, Umarmung, Sunny ♥xx.«

Ich bin schon fast zur Tür hinaus, als mir mein Handy einfällt. Der Akku ist jetzt bei 77 %, was gut ist, und ich habe drei Nachrichten von Mark, was schlecht ist. Ich kann sie nicht einmal ansehen. Schon allein der Gedanke! Wie Marks Daumen über das Display huschen und er sich Worte überlegt, die nur ein Ziel haben: mir wehzutun.

Ich stopfe das Handy zurück in die Tasche und trete aus der Haustür in den strahlend hellen Morgen hinaus.

TO-DO-LISTE

Mark abservieren.

Mark auf eine so vernichtende, coole Art abservieren, dass er für den Rest seines Lebens jeden Tag mindestens fünf Minuten daran denken muss.

Emmeline schreiben und mich bei ihr entschuldigen, dass ich mich wie ein Vollpfosten benommen habe.

Jean-Luc schreiben und mich bei ihm entschuldigen, dass ich mich wie ein Vollpfosten benommen habe.

Nach Hause fahren.

Nicht ins Bett gehen.

Gretchen Weiner füttern.

Schuppen streichen.

Alle Flaschen einsammeln, die mal alkoholische Getränke enthalten haben, und in die Recycling-Tonne werfen.

Max aus der oberen Wohnung fragen, ob ich Mum sagen kann, dass das seine Flaschen im Altglas sind, falls sie Verdacht schöpft, denn sie wird DEFINITIV Verdacht schöpfen.

Dito für die leeren Fleisch-Verpackungen im Restmüll.

Alle dreckigen Teller und Gläser einsammeln und Geschirrspüler laufen lassen.

Geschirrspüler ausräumen.

Falls Emmeline nicht auf meine Nachricht antwortet, einen Kuchen für sie backen. Auf Backwaren reagiert sie immer positiv.

(Falls es zum Kuchenbacken kommt, sollte das stattfinden, bevor ich den Geschirrspüler anstelle.)

Falls Jean-Luc nicht auf meine Nachricht reagiert, mittels Google Translate eine Übersetzung anfertigen und das Ganze noch einmal auf Französisch abschicken. *En français* sozusagen.

Immer noch nicht ins Bett gehen.

Mich nicht einmal kurz aufs Sofa oder irgendeine andere horizontale Oberfläche legen.

Duftkerze in Küche brennen lassen, um den Gestank von gebratenem Fleisch zu vertreiben.

Nicht vergessen, die Duftkerze wieder auszupusten.

Das Parfüm, das ich mir ausgeliehen habe, ohne zu fragen, auf Mums Frisiertisch zurückstellen.

Ebenso ihr schwarzes Spitzenkleid.

Noch einmal durchfegen.

Mum schreiben und fragen, wann genau sie zurückkommen.

Wecker eine halbe Stunde vor der erwarteten Ankunftszeit stellen.

Schlafen gehen.

6.25 UHR

SOUTH BANK

Das Nordufer der Themse, die North Bank, war immer schon die Sonnenseite, weswegen auch die St Paul's Cathedral auf dieser Seite des Flusses errichtet wurde. Dagegen war das Südufer, die South Bank, schon immer ein dunklerer Ort.

Im Mittelalter waren die schattigen Gestade der South Bank der perfekte Ort für jene Art von Unterhaltung, bei der die feinen Leute die Nase rümpften, während bei den Armen Bärenkämpfe, Prostitution und Schauspiel sehr beliebt waren. Aber schon im 18. Jahrhundert ließen sich auch die noblen Herrschaften nicht ungern dazu herab, sich in den berühmten Vauxhall Pleasure Gardens zu vergnügen, wo so manche junge Maid ihr Leben zerstörte, weil sie sich mit einem auftoupierten Wüstling und ohne Anstandsdame über einen der baumbestandenen Pfade in die Büsche geschlichen hatte.

Im Jahr 1951 fand nach umfangreichen Maßnahmen zur Räumung von Slums und zum Wohnungsbau auf der South Bank das Festival of Britain statt (genau hundert Jahre nach der ersten Weltausstellung, für die der Crystal Palace erbaut wurde). Die Royal Festival Hall war das Zentrum der neuen Ausstellung und später kamen noch die Queen Elizabeth

Hall, die Hayward Gallery und das National Theatre hinzu.

Heute ist die South Bank nicht mehr die arme Verwandte der North Bank. Denn die soll sich nur nicht zu viel einbilden: Sie kann zwar mit einem Obelisken, der sogenannten Nadel der Kleopatra, aufwarten, verfügt aber dafür weder über zwei Kinos noch über das London Eye und einen Skatepark.

Mit der Frage, wie man am besten von Ladbroke Grove nach Waterloo kommt, ist mein Hirn allerdings überfordert. Ich starre auf den U-Bahn-Plan vor der Ladbroke Grove Station, doch der ist nur eine verworrene Ansammlung von knallbunten Linien, die sich auf eine seltsame Art und Weise umeinanderwinden und keinerlei Sinn ergeben.

Nach einer Weile beschließe ich, mit der U-Bahn zur Baker Street zu fahren und dort in die Bakerloo Line umzusteigen (die wir wegen ihrer kackbraunen Farbe immer Baker*poo* Line nennen, und selbst an diesem Morgen bringt mich das Wort »Bakerpoo« zum Lachen. Aber ich lache still in mich hinein. Nicht hörbar. Höchstens ein ganz kleines bisschen).

Während die U-Bahn durch die Tunnel rattert, erhasche ich immer wieder einen Blick auf mein verschwommenes Spiegelbild im Fenster gegenüber. Tief liegende Augen und hängende Mundwinkel.

Mir gegenüber sitzen ein Mann in der Uniform der Londoner Verkehrsbetriebe und ein graugesichtiges Mädchen in einem Subway-T-Shirt. Sie sieht noch erschöpfter aus, als ich mich fühle. Menschen, die zur Arbeit fahren. Normalerweise ist sonntags vor zehn Uhr nicht einmal daran zu denken, dass ich das Bett verlasse – wenn Mum nicht da ist, um mich zu wecken, stehe ich manchmal erst auf, wenn Terry bereits die Yorkshire Puddings fürs Mittagessen aus dem Ofen geholt hat.

Ich bin inzwischen jenseits von müde. Das Wort müde hat seine Bedeutung verloren. Es ist nur ein Wort, das nicht annähernd beschreibt, wie verklebt meine Augen sind, wie verspannt mein Kiefer ist. Und obwohl ich gerade geduscht habe, fühle ich mich noch immer so, als würde sich in allen Winkeln und Falten die Schmiere sammeln. Dann muss ich an Emmeline denken. Sie bezeichnet den übel riechenden grauen Schlonz, der sich zwischen den Zehen ansammelt, wenn man nach dem Cross-Country-Training die Sportschuhe nicht auszieht, sondern sie den ganzen Tag zusammen mit den gleichen verschwitzten Socken weiterträgt, als Zehenmarmelade. Einmal haben wir einen Film gesehen, in dem ein Mann die Füße einer Frau geküsst hat und dabei richtig zur Sache ging. Danach haben wir lange darüber diskutiert, was schlimmer wäre: Blow-Jobs oder Toe-Jobs? Wir haben das letztlich nie entschieden.

Und das kommt bei diesem neuen Müdigkeitslevel der zweiten Generation noch erschwerend hinzu: Ich kann meine Gedanken nicht festhalten. Sobald ein neuer auftaucht, entschlüpft er mir, so ähnlich wie wenn man Penne-Nudeln isst. Meine Großmutter sagt, dass die einzig anständige Art, sie zu essen, die ist, dass man jede Nudel mit einem Zinken der Gabel auffädelt, anstatt sie aufzuspießen. Das ist gar nicht so leicht, vor allem, wenn man zu großzügig mit dem Pesto war.

Ich muss meine Gedanken am Herumwandern hindern. Ich brauche etwas, um mich abzulenken – und dann fallen mir die Nachrichten von Mark wieder ein. Die sollte ich lesen, bevor ich ihn sehe. Damit ich genau weiß, auf was ich mich einlasse. Den trotz all meiner markigen Kampfansagen fühlt sich mein Inneres ziemlich ausgehöhlt an, wenn ich mir eine Begegnung mit Mark vorstelle.

Schätze, du schläfst schon, Baby. Wollte nur sagen – ich liebe dich. Alles gut zwischen uns, oder?

Dann, zehn Minuten später, eine weitere Nachricht.

Hey, Sunny, muss heute zu meiner Grandma. Sollen wir morgen was zusammen machen? Dann kann ich's wiedergutmachen … ist doch alles gut jetzt, oder nicht?

Und schließlich.

Babe! Alles gut? xxx

Das muss man sich mal geben! Nicht zu fassen, der Typ. Tut so, als hätten wir uns mal eben ein bisschen gestritten. Denkt, er käme einfach so damit durch, auch wenn er zeitgleich Tabitha geschrieben hat. Er verarscht uns alle beide, weil er immer noch glaubt, er könnte uns weiter an der Nase herumführen. Dass wir ihm auf den Leim gehen, weil er so ein toller Kerl ist.

Vollkommen blind vor Wut merke ich erst, dass wir schon in Waterloo sind, als sich die Türen schließen. Ich muss bis Lambeth North drinbleiben und dann eine Station zurückfahren.

Dann nehme ich in Waterloo auch noch den falschen Ausgang, obwohl es ohnehin schon einem Wunder gleichkommt, dass ich überhaupt noch in der Lage bin, einen Fuß vor den anderen zu setzen. Treppab wird es richtig kompliziert. Ich erstarre immer wieder zwischendrin, weil mein Hirn vergessen hat, wie es die Anweisungen zum Treppehinuntersteigen verarbeiten und an die Beine weitergeben soll. Erschöpfung und Wut sind keine gute Kombi.

Die eine Stunde, nach der ich Mark treffen wollte, ist längst verstrichen. Oder vielmehr war es ja »Tabitha«, die

Mark treffen wollte. Aber als ich die Treppe neben der Royal Festival Hall hinaufstolpere und um die Ecke biege, sitzt er da auf einer Bank.

Er posiert dort einfach so. Im Profil. Mit Sonnenbrille. Fährt sich mit der Hand durch das üppig wippende Blondhaar.

Ich habe ihn gestern Mittag zuletzt gesehen, als er nach Hause gefahren ist, um zu duschen, nachdem wir den Gartenschuppen gestrichen hatten. Aber gestern Mittag ist so lange her – das war ein anderes Leben. Gestern Mittag war ich noch verliebt.

Die Sunny von gestern Mittag – mit der müsste mal jemand ein ernstes Wort reden. Und die Sunny von heute Morgen durchfährt es plötzlich, als sie Mark erblickt. Aber es durchfährt sie nicht auf diese herzrasende, hautkribbelnde, nervenendenkitzelnde Weise. Es fühlt sich eher so an, als hätte ich einen anaphylaktischen Schock von einer Nussallergie und jemand würde mir mit einem EpiPen eine Spritze geben.

Adrenalin überschwemmt meinen Körper. Es geht um Kampf oder Flucht – die natürliche Reaktion des Körpers auf akuten Stress. Die Sunny von gestern Mittag wäre vielleicht geflohen, doch die Sonntagmorgen-Sunny hat es auf einen Kampf abgesehen.

Jetzt fällt es mir leicht, meine Füße dazu zu bringen, zu Mark hinüberzumarschieren, und als er aufblickt und eine wirklich gute Darstellung des Edvard-Munch-Bildes *Der Schrei* abliefert, weiß ich genau, was ich zu sagen habe.

»Ich weiß, dass du eher auf Vanille stehst, aber *schade*. Du kriegst Schoko, was übrigens eine ziemlich rassistische Beschreibung deiner farbigen Freundin ist. Korrigiere: deiner farbigen Ex-Freundin.« Ich setze mich mit Schwung auf die Bank, wobei ich ihn mit den Ellbogen zur Seite dränge und ihn zwinge, zurückzuweichen und weniger

Platz einzunehmen. »Schöne Grüße von Tab übrigens, und sie sagt, dass immer noch Schluss ist. Und nur für den Fall, dass du die zarte Anspielung eben nicht kapiert haben solltest: Ich bin ebenfalls hier, um mit dir Schluss zu machen. Es ist aus.«

Mark macht erst einen Satz nach vorn und dann wieder zurück. Er ist gebräunt und hat normalerweise eine gesunde Gesichtsfarbe, so als wäre er soeben über eine Wiese gerannt oder wäre beim Surfen gewesen oder bei irgendeiner anderen Aktivität, der ein Kerl aus einer Abercrombie-&-Fitch-Werbung nachgehen würde, aber jetzt ist er blass. Nicht einmal blass, sondern grau. Es steht ihm nicht. »Hör mal, Sunny …«

»Ich weiß! Ich habe diese drei Nachrichten bekommen, die du mir geschickt hast. Ich kann dir genau sagen, wie besonders ich mich dabei gefühlt habe, vor allem nachdem du gerade Tab geschrieben hattest, dass du wieder mit *ihr* zusammenkommen willst. Fass mich nicht an!«

Mark berührt meinen Arm. So als hätte er immer noch die Erlaubnis, mich zu berühren. Aber die hat er nicht. Nicht mehr. Und plötzlich bin ich froh, dass ich nicht geschlafen habe und meine Haut sich anfühlt, als hätte ich sie falsch herum angezogen, weil mir auf einmal alles egal ist: dass ich so blöde Klamotten anhabe oder dass ich anfangen könnte zu heulen oder was Mark von mir denken könnte.

Es ist ein tolles Gefühl, wenn es einem egal ist, was die Leute von einem denken. Ich wünschte, ich hätte das schon vor Jahren kapiert.

Das bedeutet nämlich, dass ich Mark, der den Mund inzwischen wieder zugeklappt hat, mich aber misstrauisch mustert, ansehen und ihm ins Gesicht sagen kann, was ich wirklich tief im Herzen hinter all den Ventrikeln und Adern in seinem pulsierenden Epizentrum empfinde. »Ich weiß, dass es auch keine Lösung ist, aber am liebsten würde ich dir eine scheuern«, sage ich aggressiv.

Ich habe noch nie etwas auf derart aggressive Weise gesagt. Es ist zwar nicht so ein tolles Gefühl wie dieses »mir doch egal«, aber die Hauptsache ist, dass ich es fühle.

»Sunny.« Mark flüstert meinen Namen. Seine Hände umklammern die Kante der Sitzfläche, als wollte er sich jeden Augenblick abstoßen und weit, weit davonlaufen. »Sei doch nicht so. Das bist gar nicht du.«

»Du weißt nichts über mich. Du hast überhaupt nur etwa sechzig Prozent von mir kennengelernt. Ich habe mich immer nur von meiner besten Seite gezeigt, weil ich Angst hatte, dir nicht mehr zu gefallen, wenn ich nicht vollkommen perfekt war. Aber ich gefalle dir ja sowieso nicht! Die Mühe hätte ich mir also sparen können.«

»Das stimmt doch nicht. Natürlich hast du mir gefallen. Ich habe dich geliebt. Liebe dich immer noch. Ach, was soll's?« Mark seufzt schwer. »Kann ich einfach nur mein Handy zurückhaben?«

»Du meinst, dein *anderes* Handy?«, und dann sage ich nichts mehr, weil ich so wütend bin, dass ich nicht einmal mehr sprechen kann.

Mark verzieht das Gesicht zu einer schmerzlichen Grimasse und schweigt. Dann: »Es tut mir leid, Sunny.«

»Es tut dir leid, dass wir dich ertappt haben. Es tut dir nicht leid, dass du mich betrogen hast. Mich angelogen. Monatelang. Tut dir das wenigstens ein kleines bisschen leid?«

»Also, ich versuche ja gerade, mich zu entschuldigen, oder?«

»Dann gib dir mehr Mühe. Viel mehr Mühe.«

»Dir kann man wohl gar nichts mehr recht machen, oder?« Mit einem kleinen Stöhnen verschränkt Mark die Arme, als wäre er derjenige, dem hier Unrecht geschieht.

Als wäre ich im Unrecht. Als würde ich ihm mit meinen ungeheuer unverhältnismäßigen Unterstellungen unglaublich auf die Nerven gehen. Und jetzt kommt der Augenblick, in dem ich normalerweise einknicke und mich für meine Verfehlungen entschuldige. Dass ich mich über Marks Zuspätkommen beklagt habe. Dass ich sauer war, weil er mir im Voraus das Ende des Films verraten hat. Oder weil er fand, dass meine Füße in meinen neuen Turnschuhen riesig aussehen. Oder weil wir unterwegs waren und seine Blicke nur anderen Mädchen galten. Bei so vielen verschiedenen Gelegenheiten habe ich zugelassen, dass er mich schlechtmacht, und immer war ich diejenige, die sich dafür entschuldigt hat.

Aber jetzt nicht mehr.

»Nein, ich glaube, man kann mir nichts recht machen, wenn man ein verlogener, betrügerischer, scheinheiliger, bösartiger, betrügerischer, falsch …«

»Betrügerisch hast du zweimal gesagt, und ich finde nicht, dass ich bösartig bin. Nicht per se.« Mark zieht die Augenbrauen zusammen und schiebt die Unterlippe vor. Nicht auf übertriebene Art, sondern auf eine ganz subtile Weise, die Ausdruck seiner großen Empfindsamkeit sein soll. Diesem Blick konnte ich sonst nie widerstehen, aber jetzt hat sich etwas verändert. Und ich glaube nicht, dass es etwas mit dem Schlafmangel zu tun hat.

Es ist mehr. Es ist, als hätten sich meine Zellen und Moleküle und all diese wissenschaftlichen Kleinteile, die keiner sehen kann, während meiner Reise durch die Nacht neu zusammengesetzt. Ich sehe noch immer gleich aus und rede gleich, aber irgendwie fühle ich mich ganz anders und Marks vorwurfsvoller Blick hat keinerlei Wirkung mehr auf mich.

»Tab hat gesagt …« Ich muss schlucken, als mir wieder einfällt, was genau Tabitha mir erzählt hat. »Du hast eigentlich nur Lügen erzählt, sogar für welchen Fußballverein du bist. Erspar mir also diese ›Ich bin eigentlich einer von den Guten‹-Scheiße. Bist du nämlich nicht.«

»Tut mir leid«, murmelt er, und obwohl es ganz leise und ein bisschen vorwurfsvoll klingt, habe ich diesmal sogar das Gefühl, dass er es ernst meint. »Das war doch nur dummes Gelaber, weißt du, und überhaupt, keiner versteht, wie schwer das für mich ist.« Er entspannt sich jetzt etwas, während er es mir erklärt. Löst die Arme und dreht seinen Körper zu mir. Mark scheint die schlaflose Nacht viel besser verkraftet zu haben als ich, obwohl ich den Geruch von abgestandenem Alkohol riechen kann, den seine Haut verströmt und den die sanfte Brise vom Fluss zu mir hinüberträgt.

»Okay. Wie schwer ist es denn für dich?« Ich ziehe die Beine auf die Bank, damit ich mein Kinn auf den Knien abstützen kann.

»Also, die Sache ist die, dass ich irgendwie in zwei verschiedenen Welten lebe. Meine Welt in Chelsea und meine Welt in Nordlondon und ich habe … das hab ich noch nie jemandem erzählt …« Mark legt seine Hand auf meine, so als hätte er auf einmal wieder die Erlaubnis, mich anzufassen, obwohl ich mich nicht erinnern kann, sie ihm gegeben zu haben. »Ich habe das Gefühl, dass ich irgendwie in keine dieser Welten passe … ich weiß, dass es falsch war, was ich getan habe, aber du und Tab, ihr wart für mich wie Eintrittskarten in eure jeweilige Welt, und wenn ich mit euch zusammen war, hatte ich das Gefühl dazuzugehören. Es hört sich verrückt an, aber …«

»Das ist doch der totale Bullshit. Du und nicht dazugehören? Heul doch!« Das sagt meine Mum immer, wenn ich mich über irgendetwas beklage. Der Spruch ist extrem nervig, außer wenn ich ihn jetzt raushaue, dann ist er zutiefst befriedigend. »Du willst mir, einem farbigen Mädchen, erzählen, du würdest nirgendwo dazugehören? Einen Scheiß weißt du, wie es ist, wenn man nicht dazugehört. Du bist weiß, hetero und siehst gut aus. Du wirst immer dazugehören, Mark, ganz gleich, ob sich deine Eltern haben scheiden lassen oder dein Dad sein ganzes Geld verzockt hat. Also … dazu kann ich nur sagen: *Check your privilege*, Mann!«

Wenn man zu jemandem gesagt hat, er soll sich über seine Privilegien klar werden, gibt es eigentlich kein Zurück mehr. Schon gar nicht, wenn derjenige weiß, hetero und gut aussehend ist. Das war's. Schluss, aus, vorbei.

Mark sagt erst einmal gar nichts. Ich glaube, er ist noch dabei, den Privilegienchecker hochzufahren.

Ich öffne meine Tasche und halte sein Zweithandy in die Höhe. Gierig streckt er die Hände danach aus. »Gib her!«

»Nicht so schnell.« Ich halte es gerade außerhalb seiner Reichweite. »Ich bin noch nicht fertig.«

Mark verzieht das Gesicht – kein schöner Anblick. »Was gibt es denn noch zu sagen?«

»Jede Menge. Du solltest mal darüber nachdenken, wie du andere Menschen behandelst. Wie du über sie redest, wenn sie nicht da sind. Ich hab zum Beispiel gestern Abend deine Freunde aus Chelsea kennengelernt, Giles 1 und Giles 2 und die anderen, und es waren überhaupt keine Arschlöcher. Sie waren total in Ordnung und …«

»Du hast was?« Jetzt sieht es fast so aus, als würde Mark gleich anfangen zu weinen.

»Oh, keine Sorge. Sie wussten gar nicht, dass ich die berüchtigte Sunny war, die ›Stalkerin‹.« Ich mache Anführungszeichen in die Luft und Marks Gesicht ist jetzt rot. Sehr, sehr rot. Röter als Briefkästen und Beefeater-Uniformen und die Central Line zusammen.

»Also, was das angeht, ich hab nur gesagt, dass …«

»Hör auf zu lügen! Hör. Einfach. Auf.« Ich bin es leid, mit Mark zu reden. Zu versuchen, zu ihm durchzudringen. Ihm seinen Irrweg vor Augen zu führen. Und ich bin es sogar leid, ihn zu vernichten. Er ist die Mühe nicht wert. »Du weißt, dass ich dich in der Schule komplett fertigmachen könnte, oder? Wenn ich allen erzähle, was du getan hast, wird dein letztes Jahr die Hölle auf Erden.«

»Du bist ja voll psycho«, ätzt Mark, aber er ätzt nicht so sehr, weil ich nämlich plötzlich gefährlich bin.

Ich war noch nie in meinem Leben gefährlich. Es fühlt sich an wie ein Orden. Mark muss erkennen, dass ich unberechenbar bin, eine unbekannte Größe, dass ich ihn in die Ecke gedrängt habe. Ich bin kein Duckmäuser mehr.

»Whatever«, sage ich so langsam, dass Mark genau registriert, wie ich hinter meiner Sonnenbrille die Augen verdrehe. »Ich lasse dir das alles nicht einfach so durchgehen, nur weil dein Dad seinen Job verloren hat und deine Eltern sich haben scheiden lassen und deine Welt auf den Kopf gestellt wurde. Du hast dir nämlich ganz gezielt zwei Mädchen mit geringem Selbstbewusstsein rausgesucht und hast ihnen was vorgespielt, ohne auch nur im Geringsten an ihre Gefühle zu denken. Mein Gott, fast hätte ich sogar mit dir geschlafen! Du weißt genau, was für eine wichtige Entscheidung das für mich war und wie viel Vertrauen ich dazu brauchte. Und dabei hast du die ganze Zeit nur Bullshit geredet!«

»Nicht alles. Ich hatte … ich habe dich wirklich gern, Sunny«, sagt Mark und legt den Kopf schief. »Ich weiß, dass ich mich heute Abend wie ein Arsch aufgeführt habe, aber ich hatte zu viel getrunken und …«

»Du hast dich seit Monaten aufgeführt wie ein Arsch, ich habe es nur nicht gemerkt.« Es hat keinen Sinn, alles aufzulisten, was Mark getan hat. Er hat sich vermutlich noch weit öfter danebenbenommen, als ich mir bislang überhaupt klargemacht habe. »Aber ich werde dich nicht vor allen bloßstellen, weil ich nämlich im Gegensatz zu dir kein Arsch bin. Aber für Emmeline kann ich nicht garantieren. Sie ist weniger bemüht, immer das brave Mädchen zu spielen.«

Mark legt den Kopf in die Hände und wirft mir den altbekannten, flehenden Seitenblick zu, als hätte er kein einziges Wort gehört, das ich gesagt habe. »Hey, Sunny, kannst *du* nicht mit ihr reden?«

»Das könnte ich, aber ich werde es nicht tun. Ach ja, und hier hast du dein Handy. Du hast Glück, dass ich es nicht in den Fluss schmeiße.«

Mark steht auf. So lange Zeit war er immer ganz weit oben in meinen Gedanken, aber jetzt will ich einfach nur, dass er geht, dass es endlich vorbei ist. Ich reiche ihm das Handy, sorgfältig darauf bedacht, dass wir uns bei dem Austausch nicht berühren. Er interessiert sich mehr dafür, es auf mögliche Kratzer oder ätzende Flüssigkeiten hin zu untersuchen, bevor er es in seine Hemdtasche steckt. Er schüttelt den Kopf. Macht ein trauriges Gesicht. »Ich habe den Eindruck, als würde ich dich überhaupt nicht mehr kennen, Sunny«, sagt er. »Komm schon, wir können das doch hinter uns lassen.«

»Oh mein Gott, soll das ein Witz sein?« Soll es nicht. Seine Miene ist todernst. »Ich will es nicht hinter mir lassen. Ich will so was nie wieder erleben.«

»Ich bin kein schlechter Mensch, Sunny. Okay, zugegeben, ich hab mich mies verhalten, aber ich liebe dich wirklich.«

Ich schaue Mark ins Gesicht. Schaue ihn mir ganz genau an. Seine Haare, seine tiefblauen Augen, seinen Mund, der einmal genau für meine Küsse geschaffen schien; all die Teile, die sich zu dem Jungen zusammenfügten, den ich geliebt habe. In London gibt es Tausende, Zehntausende,

Hunderttausende von Jungen und jetzt ist Mark nur noch einer von ihnen. Er ist gar nicht so toll. Ich habe ihm nur das Gefühl gegeben.

»Weißt du was? Ich habe etwas viel Besseres verdient als dich.« Ich mache eine wedelnde Handbewegung. »Komm schon, Alter, zisch ab.«

Damit hat Mark nicht gerechnet. Er zischt nicht ab, sondern steht nur da und klappt den Mund auf und zu und sieht vollkommen bekloppt aus. Dann schüttelt er den Kopf und marschiert langsam davon. Ich bleibe sitzen und sehe ihm hinterher. Seine letzten Worte sind ziemlich sicher ein genuscheltes »Blöde Bitch!«, aber auch das kratzt mich nicht mehr.

Bitch ist nur ein Wort, das Jungen verwenden, wenn sie nicht mehr die Macht haben, einen zu verletzen.

Wenn das hier ein Film wäre, käme jetzt ein Panoramaschwenk über die Themse, auf deren Wasser bereits die Sonne glitzert, mit der majestätischen Skyline von London im Hintergrund. Über eine gedämpfte Hintergrundmelodie hinweg würde ich sagen: »Aber ich bin keine Bitch. Ich bin eine starke, unabhängige Frau.« Dann würde die Kamera für einen längeren Abschnitt auf meinem Gesicht verweilen, während ich über die emotionale Entwicklung nachsinne, die ich durchlaufen habe.

Aber das gilt nur für Richard-Curtis-Filme. Es ist ja gut und schön, eine starke und unabhängige Frau zu sein, aber es hört sich eher an wie der Werbespruch für ein Deo. Ich bin lieber Sunny, die auch mal die harte Tour fahren kann, wenn es sein muss.

Jetzt verschränke ich die Finger, lasse die Knöchel knacken und warte darauf, dass sich ein Gefühl von Schuld oder Reue in mir breitmacht.

Aber da kommt nichts. Ich fühle mich gut. Bestens sogar. Ich habe mich gewehrt. Ich habe über das Böse gesiegt. Ich fühle mich gut. Ich war das *angry black girl* und, tada!, es war nicht das Ende der Welt.

Doch dann muss ich an die endlos lange To-do-Liste auf meinem Handy denken und daran, dass es wirklich das Ende meiner Welt wäre, wenn ich die nicht abarbeite, bevor Mum und Terry zurück sind, und auf einmal fühle ich mich gar nicht mehr gut.

Anstatt hier in Schadenfreude zu versinken, sollte ich lieber den Arsch hochkriegen und vorankommen, aber ich bleibe einfach sitzen, habe alles Adrenalin verschossen und würde mich am liebsten in Vivvys übergroßen khakifarbenen Kapuzenpulli einkuscheln und schlafen.

Es ist ganz still. Jemand führt einen winzigen, wuscheligen Hund spazieren. Ein Mann und eine Frau in neongrünem Lycra-Partnerlook joggen vorbei – es gibt wirklich nichts Selbstgefälligeres als Sonntagmorgenjogger. Ein Boot tuckert vorüber, auf dessen Bug oder Heck oder was immer ein Mann in einer Sicherheitsweste steht und mir zuwinkt. Den Arm zu heben und zurückzuwinken, erfordert übermenschliche Kräfte.

Und wo ich nun schon mal meine übermenschlichen Kräfte aktiviert habe, schreibe ich gleich noch Emmeline eine Nachricht. Auch wenn es noch vor sieben an einem Sonntagmorgen ist und das quasi gegen jedes ungeschriebene Gesetz unserer Freundschaft ist.

Sorry, dass ich so mies drauf war. Hoffe, du bist gut heimgekommen. Ich hasse es, mit dir zu streiten. Hab Mark getroffen und ihm einen Arschtritt verpasst. Noch in der Stadt, aber jz zurück nach Crouchy zum Aufräumen. Melde mich später. Sunny xxxxxxxxxxxxx

Als ich das Handy gerade wieder wegstecken will, fängt es an zu klingeln.

Eine unbekannte, aber doch irgendwie vertraute Nummer leuchtet auf dem Display. Zwar habe ich nach den Ereignissen der letzten Nacht ein gewisses Misstrauen gegenüber unbekannten Nummern, aber ich gehe dennoch dran.

Ich meine, es klingelt. Ich muss einfach.

»Hallo?«

»Sunny? *Mon Dieu! C'est la catastrophe!*«

Das kann nur Jean-Luc sein, der mir eine Flut französischer Wörter ins Ohr schüttet. Er klingt müde und gehetzt, so als wäre er mit den Nerven vollkommen am Ende.

»Was ist los? Sprich Englisch! Versuch bitte, es mir auf Englisch zu erklären.«

»Ich hab den falschen Bus genommen und bin eingeschlafen. Bin an einem schrecklichen Ort gelandet. Surbiton. Dann in einen anderen Bus gestiegen. *Et maintenant* bin ich schon wieder in einem anderen. *C'est un cauchemar!*«

Ich habe zwar keine Ahnung, was ein *cauchemar* ist, aber es hört sich albtraumhaft an. »Wo bist du jetzt?«

Er hickst leise, fast so, als müsste er ein Schluchzen unterdrücken. »Ich weiß es nicht.«

Denk nach, Sunny, denk nach. Bring dein zähflüssiges Hirn auf Trab. »Ist da in dem Bus keine elektronische Anzeige, die dir sagt, welche die nächste Haltestelle ist?«

»Hmmm. Ich schau mal.«

Wie konnte Jean-Luc das übersehen? Es müsste doch direkt vor seiner Nase sein.

»Hast du deine Sonnenbrille auf?«

»Muss sein, Sunny. Das Licht ist so grell. Meine Augen …« Seine Stimme erstirbt.

Im Hintergrund höre ich eine Ansage. »Nächste Haltestelle: Waterloo Station.«

»STEIG AUS! STEIG AN DER NÄCHSTEN HALTESTELLE AUS!«

»Schrei doch nicht so, ich bitte dich.«

»Steig bei Waterloo Station aus. Ich bin gleich um die Ecke. Ich sitze gerade vor der Royal Festival Hall.«

»*Quoi? Qu'est-ce que tu dis?* Mein Akku ist …«

»Steig aus, Jean-Luc. Und dann folgst du den Wegweisern Richtung Royal Festival Hall und South Bank. Ich warte hier auf dich.«

Die Verbindung bricht ab. Rauschen. Dann Stille.

Man kann unmöglich sagen, wie viel Jean-Luc noch gehört hat und wie viel er verstanden hat, wenn er doch den Großteil von seinem Englisch vergessen hat.

Ich überlege, wo ich nach ihm suchen soll, aber um Waterloo herum gibt es unzählige Bushaltestellen und dann gehe ich bestimmt zur falschen. Oder Jean-Luc ist auf der oberen Ebene vor der Royal Festival Hall, während ich auf der unteren bin. Er könnte auch ganz verkehrt in Richtung Westminster gehen. Oder …

Das Beste ist, einfach hierzubleiben, aber es fühlt sich doch sehr danach an, als würde ich untätig mitansehen, wie ein verzweifelter Franzose in London umherläuft und sich dabei immer weiter verirrt.

Ich versuche, Jean-Luc anzurufen, falls er doch noch ein Viertelprozent Akku übrig hat, doch es kommt nur die Ansage, der Teilnehmer sei nicht erreichbar.

Dann schaue ich nach, welche Bushaltestellen es um Waterloo herum gibt und wo ein Bus aus Surbiton vielleicht halten könnte – ich bin direkt ein bisschen beeindruckt, dass ich so klar denken kann, obwohl ich drei Anläufe brauche, um Surbiton zu buchstabieren.

Inzwischen sind zehn Minuten vergangen und noch immer keine Spur von Jean-Luc, während ich auf meiner Bank sitze und von links nach rechts und hinter mich schaue.

Ich stehe auf. Immer noch ist an keinem meiner direkten

Horizonte ein hochfrisierter Junge im schmalen Anzug zu entdecken. Langsam setze ich einen unsicheren Fuß vor den anderen, bis ich am oberen Ende der Treppe stehe, die zu der Fußgängerzone neben der RFH hinabführt. Dort befinden sich unzählige Restaurants, Coffeeshops und Sushibars, von denen jetzt keine geöffnet hat, sodass Jean-Luc auch nicht hineingegangen sein kann, um einen Espresso in der größten verfügbaren Tasse zu bestellen.

Meine Schultern sacken hinunter. Auch meine Beine schaffen es nur noch mit Müh und Not, mich aufrecht zu halten. Ich überlege, ob ich mich auf die Stufen setzen soll. Dann überlege ich, ob ich zu der Bank zurückgehen soll. Dann überlege ich, ob ich jemals nach Hause zurückkehren kann, und dann sehe ich eine winzige Gestalt auf mich zukommen.

Es ist, als wäre ein Streichholzmännchen aus einem Lowry-Gemälde zum Leben erwacht. Mal abgesehen von der Frisur und der Sonnenbrille und dass er einen Besen in der Hand hält. Einen grauen Besen mit blauen Borsten.

Auf wackeligen Beinen stolpere ich die Stufen hinunter und auch er beschleunigt seine Schritte, bis wir schließlich aufeinander zurennen, als wären wir tatsächlich Teil eines kitschigen Liebesfilms.

»Sunny!«

»Jean-Luc!«

Wir liegen uns in den Armen und ich glaube, dass mich noch nie jemand so fest gedrückt hat. Der Besen gräbt sich zwischen meine Schulterblätter und selbst das ist mir egal.

»Gott sei Dank habe ich dich gefunden!«, ruft Jean-Luc voller Inbrunst. »Ich hatte solche Qualen, dass man dich vergewaltigt und ermordet hätte, und *la belle Hélène, elle va tomber folle de douleur!*«

»Es tut mir so leid, dass ich dich so habe weggehen lassen. Das hätte ich nicht tun sollen. Ich weiß, ich war heute Nacht echt nervig, aber normalerweise bin ich gar nicht so. Und du hast meinen Besen! Ich hatte noch nicht mal gemerkt, dass ich ihn verloren habe.«

»Den hast du mir vor dem Ritz in die Hand gedrückt«, erklärt Jean-Luc und wir halten uns noch immer fest umschlungen und merken beide im selben Bruchteil einer Sekunde, dass wir dastehen, als würde ich Jean-Luc wie einen Kriegsrückkehrer willkommen heißen.

Wir lassen die Arme sinken und treten beide einen Schritt zurück, doch dann lächelt Jean-Luc mich an; ein schiefes, müdes Lächeln und schon ist das peinliche Gefühl verflogen. Er sieht mitgenommen aus. Zerknittert und schlapp, mit bleicher Miene, und er verströmte einen leicht sauren und muffigen Geruch, als ich mein Gesicht an seinem Hals vergraben hatte.

»Sollen wir nach Hause gehen?«, frage ich.

Jean-Luc nickt. »Oh Gott, ja!«

»Wo wohnst du überhaupt?«

»Highgate.« Er sieht sich hilflos um, als erwarte er, dass sich aus dem Nichts heraus plötzlich irgendeine Form von Beförderungsmittel materialisiert. »Und wie komme ich nach Highgate?«

»Das ist einfach. Direkt mit der Northern Line, falls die heute fährt.« Highgate ist fast in der Nähe von Crouch End. Ich muss nur den Shepherd's Hill ganz hinunter, dann ein Stück die Park Road entlang und dann hinter der Broadway Parade quer durch. Etwa zwanzig Minuten zu Fuß. Der Gedanke treibt mir die Tränen in die Augen. Aber ich habe Jean-Luc in seiner Stunde der Not im Stich gelassen, und ihn jetzt bis vor seine Haustür zu begleiten, ist das Mindeste, was ich tun kann. Zumal er selbst einen Großteil seiner geistigen Fähigkeiten eingebüßt zu haben scheint. »Komm, lass uns gehen.«

Waterloo ist näher, aber ich bin so durcheinander, dass wir in die andere Richtung gehen. Wir stolpern die Stufen zur Hungerford Bridge hinauf, um den Fluss zu überqueren und zur U-Bahn-Station Embankment zu gelangen.

Auf der anderen Seite des Fußgängerweges sind die Gleise. Jean-Luc sagt etwas zu mir, als gerade ein Zug vorüberfährt.

»Was hast du gesagt?«

»Ich sagte, dass Highgate nicht mein Zuhause ist«, teilt Jean-Luc mir düster mit.

»Nicht? Aber du hast doch gesagt …«

»Paris ist mein Zuhause.« Er zieht die Schultern hoch. »Als ich vorhin in Waterloo ankam, dachte ich kurz, ich könnte nach St Pancras laufen und den Eurostar nehmen und nach Hause fahren, aber pffft! Das ist auch keine Lösung.«

»Wenn das nicht die Lösung ist, was ist dann das Problem?«

»Ich war nicht glücklich in Paris. Mein Stiefvater. *Ce n'est pas un homme gentil.* Du hast doch auch einen Stiefvater, *non?*«

»Ja, Terry, aber ich betrachte ihn nicht als meinen Stiefvater. Ich hab ja schon einen Dad. Er ist ganz einfach Terry.« Es ist schwer, in Worte zu fassen, was Terry für mich ist. Seit meinem vierten Lebensjahr ist er mit meiner Mutter und damit auch mit mir zusammen. Ein großer, freundlicher, vollbärtiger Fixpunkt in meinem Leben.

»Aber hast du ihn gern?«, fragt Jean-Luc nach.

»Ich *liebe* ihn.« Oh Gott, wenn ich an Terry denke, wird mir ganz weinerlich zumute, obwohl er bestimmt nicht mehr so freundlich sein wird, wenn ich nicht bald nach Hause komme, um die letzten Überreste meiner Verfehlungen zu beseitigen. Schon gar nicht, wenn er sieht, was ich mit seinem geliebten Gartenschuppen angestellt habe.

»Meinen Dad habe ich auch lieb, aber der ist nicht so viel da. Und selbst wenn er da ist, ist er trotzdem irgendwie abwesend. Siehst du deinen richtigen Vater oft?«

»Nein. Er lebt jetzt in Perpignan.« Ich weiß nicht, wo das ist, aber ich schätze, es liegt nicht in der Nähe von Paris. Und nicht in der Nähe von Highgate.

»Okay, du warst also in Paris nicht glücklich, aber in London bist du schon glücklich, oder?« Es ist ziemlich schwer, Jean-Lucs Miene zu deuten, denn er hat inzwischen wieder seine Sonnenbrille aufgesetzt. Außerdem macht mich der Schlafmangel offenbar begriffsstutzig, denn er schüttelt den Kopf. Was keinen Sinn ergibt, weil, wie könnte man hier unglücklich sein, in …

»London! Pah! Ich hasse London!«

Ich bleibe stehen und packe Jean-Luc am Arm, damit auch er stehen bleibt. »Wie kannst du nur so etwas sagen?«, keuche ich. »Nimm das zurück!«

»*C'est rien!* Das ist nicht persönlich gemeint«, sagt er, als wäre es keine große Sache, dann versucht er, sich aus meinem Griff zu lösen.

Ich packe noch fester zu. »Wie kannst du das hier hassen?«, sage ich und mache eine weit ausholende Geste mit der Hand, die nicht seinen Ärmel in einer Art Polizeigriff umklammert hält.

Wir stehen mitten auf der Brücke. Der Himmel war nie blauer. Und auch die Themse war noch nie so blau, was einiges heißen will, weil sie normalerweise eher die Farbe von dreckigem Spülwasser hat. Inzwischen tuckern noch mehr Boote herum und in der Ferne ist die Waterloo Bridge zu sehen, über die rote Busse und schwarze Taxis brettern. Links von uns liegt St Paul's, majestätisch und seit Jahrhunderten unverändert, und dahinter die Glastürme der Londoner City.

London hat sein Sonntagskleid angezogen. Das reinste

Postkartenidyll. Die schönste aller schönen Städte. »Mein Gott, du musst Steine im Kopf haben, wenn du nicht sehen kannst, wie schön London ist«, sage ich zu Jean-Luc und dann lasse ich ihn los und gehe weiter.

Ich bin nicht sauer. Nicht wirklich. Eher enttäuscht. Ich mag Jean-Luc. Im Vergleich zu gewissen anderen mir bekannten Jungen ist er echt anständig. Ein wahrer Prinz unter den Männern. Den anderen um Kopflängen (samt hochgestyltem Haar) voraus. Außerdem hatte er unfreiwillig die Fürsorge für meinen Besen übernommen und auf ihn aufgepasst, auch als er sich selbst vollkommen verirrt hatte.

Und nach alldem, was wir letzte Nacht gemeinsam durchgemacht haben, könnte ich mir nicht vorstellen, dass wir uns vor seiner Haustür einfach verabschieden und uns danach nie wiedersehen.

Wir sind mehr als das. Etwas Besseres als das. Nicht Freunde, so wie ich mit Martha oder Archie oder Alex befreundet bin. Und auch nicht beste Freunde, weil niemand jemals Emmelines Platz einnehmen könnte. Jean-Luc und mich verbindet eine andere Form der Freundschaft, und ich habe noch nicht ganz herausgefunden, welche Form das sein könnte, aber das bedeutet noch lange nicht, dass er London, *mein* London, derart dissen darf, ohne dass mir das etwas ausmacht.

»Du bist sauer«, sagt er, als er mich einholt, weil ich inzwischen in olympischer Geschwindigkeit gehe. »Du darfst nicht sauer auf mich sein.«

»Und du darfst nicht sagen, dass du London hasst. London ist toll.«

»Whatever.« Er zieht an meinem Pulli. »Bist du in die Army eingetreten, seit wir uns zuletzt gesehen haben?«

»Lenk nicht vom Thema ab.«

»Ich muss vom Thema ablenken. Ich hab kein Guthaben

mehr auf meiner Oyster Card. *Alors!* Ich habe überhaupt kein Geld mehr. Kannst du mir was leihen?«

Wir sind inzwischen bei der U-Bahn-Station Embankment angekommen. Ich habe noch immer den Zwanziger, den Vic mir geliehen hat, und buche jeweils zehn Pfund auf unsere Oyster Cards. Während wir durch die Sperre gehen, versucht Jean-Luc weiter, mich davon zu überzeugen, wie scheiße London ist, »weil es so dreckig ist. Die Leute spucken auf die Straße wie die Wilden …«. Da ruft Emmeline an.

»Sollen wir uns die lange Rede sparen, weil es für einen Sonntagmorgen echt noch verdammt früh ist, und uns stattdessen einfach darauf einigen, dass wir uns beide wie Idioten benommen haben und dass es uns beiden leidtut und wir immer noch beste Freundinnen sind, ja?«, sagt sie, noch bevor ich überhaupt Hallo sagen kann.

»Mehr als einverstanden. Sorry, falls ich dich mit meiner Nachricht aufgeweckt habe.«

»Ich musste sowieso aufs Klo«, schnieft Emmeline. »Bist du schon wieder zu Hause?«

»Schön wär's! Ich bin an der U-Bahn Embankment.«

Obwohl ich telefoniere, hat Jean-Luc sich inzwischen richtig warmgeredet und lässt sich jetzt darüber aus, wie »verwirrend London ist. Diese ganzen verschiedenen Zonen. Ich kapier diese Zonen einfach nicht. Genau wie den U-Bahn-Plan. Die Circle Line – die fährt ja noch nicht mal im Kreis«.

So langsam geht er mir echt auf den Keks.

»Aber du bist jetzt auf dem Weg nach Hause? Weil ich nämlich rüberkommen und dir beim Aufräumen helfen wollte. Schließlich bist du meine beste Freundin und ich hab dich so lieb, dass ich bereit bin, mit drei Stunden Schlaf auszukommen«, sagt Emmeline. »Was glaubst du, wann du zu Hause bist?«

»*Mais oui,* Sunny, du magst London, weil du hier lebst, aber warum nennen sie das Ding Circle Line? *Pourquoi? C'est ridicule!*«

Wenn Jean-Luc und mich in Zukunft eine wie auch immer geartete andere Form von Freundschaft verbinden soll, dann werden wir noch ein paar Dinge klären müssen.

»Kleine Planänderung«, erkläre ich Emmeline. »Ich fahre nicht direkt nach Hause. Ich muss noch einen Umweg machen.«

»Aber hast du überhaupt geschlafen, Sunny?«

»Kein bisschen. Ich fühle mich auch beschissen, aber ich muss Jean-Luc noch eben meinen absoluten Lieblingsplatz auf der ganzen Welt zeigen, weil er so ein Nervbolzen ist und sonst nie mehr die Klappe hält.«

Jean-Luc hebt seine Sonnenbrille ein Stück, um mir einen gar nicht so sonnigen Blick zuzuwerfen. *»Moi?«*

»Oui. Vous.«

»Non, tu.« Jetzt macht er ein noch enttäuschteres Gesicht. »Wir sind doch Freunde. Freunde sagen *tu,* nicht *vous*.«

»Jesus! Nehmt euch doch gleich ein Zimmer«, sagt Emmeline. »Was geht da ab mit euch beiden? Und was war mit Mark? Und übrigens, Sunny, als wir gestern Abend euer Haus verlassen haben, sah es aus, als wäre dort eine Müllbombe explodiert. Ich glaube, du solltest wirklich direkt nach Hause fahren. Also, auf der Stelle, damit du wenigstens noch eine gewissen Chance hast, alles in Ordnung zu bringen, bevor deine Mum …«

Beim Gedanken daran, all diese verkrusteten Teller einzusammeln und, uah, den Schuppen zu streichen, kann ich mir überhaupt nicht vorstellen, jemals wieder nach Hause zu gehen. »Das bringt sowieso nichts mehr«, sage ich ermattet zu Emmeline. »Es ist die reinste Müllhalde.

Ich krieg das eh nicht mehr hin, selbst wenn ich jetzt sofort nach Hause fahre. Mum und Terry werden einfach ihre schlimmste Drohung wahr machen müssen. Für immer Hausarrest oder so.«

»Aber dann darfst du morgen vielleicht nicht mit zum Notting Hill Carnival und wir gehen doch am Bank Holiday Monday immer zusammen zum Carnival.«

»Vielleicht setzen sie die Vollstreckung des Urteils noch bis übermorgen aus«, sage ich ohne allzu viel Überzeugung. »Hör mal, ich melde mich später noch mal und geb dir Bescheid, wie es mit dem Hausarrest aussieht, und beschreibe dir Marks Miene, als ich ihm gesagt habe, er soll mal seine Privilegien checken.«

»Das hast du getan?« Emmeline lacht kehlig und gurgelnd wie ein Badewannenabfluss. »Ich muss schon sagen, diese runderneuerte Sunny gefällt mir.«

»Allerdings! Mir auch. Bis später, okay?«

»Auf jedsten.«

Ich beende den Anruf. Jean-Luc sieht mich erwartungsvoll an. »Wir sind Freunde? *Tu*, nicht *vous*, ja? Und wir fahren jetzt nach Hause?«

»Ja, ja und beinahe.«

»Was meinst du mit ›beinahe‹?« Er folgt mir durch die Absperrung. »Wir fahren nicht nach Hause?«

»Schon, aber zuerst müssen wir noch einen kleinen Umweg machen.«

Wir gehen nach links, erst die Treppe, dann die Rolltreppe hinunter, noch eine Treppe und auf den Bahnsteig der Northern Line in Richtung Norden. Der Zug nach Edgeware kommt zuerst, aber das spielt keine Rolle – wir brauchen nicht den, der nach High Barnet abzweigt, wenn wir ohnehin nicht nach Highgate fahren.

»Ich muss jetzt aber nach Hause«, quengelt Jean-Luc. Es ist fast schon ein Wimmern. »Vic kann manchmal die ganze Nacht wegbleiben, aber ich nie. *Ma tante Elise* wird sich schon solche Sorgen machen.«

Jetzt hat er meine volle Aufmerksamkeit. »Du wohnst bei deiner Tante?«

»*Oui. Et mon oncle.*«

»Vic wohnt bei seinen Eltern? Und das bei seinem ganzen Ladykiller-Gehabe?«

Die Anzeigetafel warnt uns streng: ZURÜCKTRETEN, ZUG FÄHRT EIN und schon wird der Tunnel in ein geisterhaftes Licht getaucht. Dann rattert der Zug auf uns zu und die Mäuse auf den Gleisen huschen rasch in die Sicherheit ihrer kleinen Verstecke.

Jean-Luc grinst, als hätte er auf einmal vergessen, wie müde er eigentlich ist. »Natürlich, Vic wohnt bei seiner *Maman* und seinem *Papa*«, erklärt er mir, während die Türen aufgehen und wir in den Waggon steigen. »Warum sollte er sonst bei seinen jungen Ladys übernachten müssen?«

Wir setzen uns, die Plätze rechts und links von uns sind leer. »Er kann sie nicht mit nach Hause bringen, weil Tante Elise das nicht so gut fände?«

Er lacht nicht, sondern kichert vor sich hin, und ich muss ebenfalls kichern. »Tante Elise ist, äh, sehr liberal, aber die jungen Ladys fänden vielleicht Vics schmales Einzelbett nicht so toll und auch nicht den Bettbezug mit den Rennautos. *Non?*«

»Très non!«

Er kichert wieder. »Versuch lieber nicht, Französisch zu sprechen, Sunny. Hatten wir das nicht schon mal diskutiert?«

Das haben wir, aber da wir gerade über Vic gesprochen hatten … »Ist Vic also der Grund dafür, dass du London hasst? Also, ich finde ihn ja echt toll, aber vorhin hat er mich schon enttäuscht. Er hatte versprochen, mir Rückendeckung zu geben, und ist dann einfach verschwunden, um irgendein Mädchen anzubaggern. Und mich hat er im Stich gelassen. Macht er das mit dir auch so? Wenn er sich nicht gerade über dich lustig macht oder vorgibt, du zu sein, wenn er mal wieder irgendwelche Mädchen anmacht?«

Jean-Luc lehnt sich zurück. »Ich liebe Vic. Er ist mein Cousin. *Mon frère, mon meilleur ami, mon camarade.*« Er schüttelt den Kopf. »An Vic liegt es nicht. Es ist nur … in London regnet es die ganze Zeit.«

»Es hat den ganzen Sommer lang kaum geregnet. Netter Versuch«, sage ich.

MEIN AKTUELLER ZUSTAND

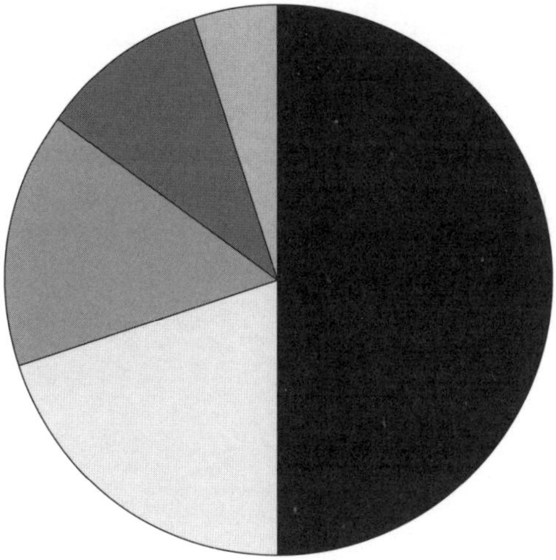

50 % Bin ich so müde, dass mir alles wehtut und jede plötzliche Bewegung einen Brechreiz verursacht.

20 % Sammele ich ausreichend Kräfte, um Jean-Luc zu schlagen, wenn er weiterhin London so schlechtmacht.

15 % Bin ich mehr als zufrieden mit mir, dass ich mich von meinem nichtsnutzigen, betrügerischen Freund befreit habe.

10 % Bin ich zutiefst gerührt beim Anblick von London, meinem London von der Hungerford Bridge aus.

5 % Bin ich es leid, diesen bescheuerten Besen mit mir herumzuschleppen.

8.00 UHR

ALEXANDRA PALACE, MUSWELL HILL

Alexandra Palace oder Ally Pally, wie die Einheimischen liebevoll sagen, wurde am 24. Mai 1873 eröffnet und ist nach Prinzession Alexandra von Dänemark benannt, die damals gerade den Kronprinzen Edward geheiratet hatte. Als »The People's Palace« sollte das Gelände als Erholungs- und Freizeitpark dienen.

Hurra! Aber anstelle von Hurra gab es eine Katastrophe! Nur sechzehn Tage später wurde das Gebäude durch ein Feuer zerstört. Doch die Leute damals jammerten nicht lange herum. Oh nein. Sie fingen gleich mit dem Wiederaufbau an und am 1. Mai 1875 wurde Ally Pally erneut eröffnet.

Auf dem weitläufigen Gelände fanden sich ein japanisches Dorf, eine Rennbahn (am Fuße des Muswell Hill steht bis heute das Pub »The Victoria Stakes«, das nach einem Wetteinsatz benannt wurde), außerdem gibt es immer noch einen Cricket-Platz, einen See zum Bootfahren und einen Pitch-and-Put-Golfplatz.

Berühmtheit erlangte Ally Pally als der Ort, von dem aus die erste richtige Fernsehsendung der Welt ausgestrahlt wurde, nach einem von John Logie Baird erfundenen System. Während des Zweiten Weltkriegs wurde der Fernsehsender dann als Störsender für die Navigationssysteme der deutschen Bomber eingesetzt.

1980 wurde Ally Pally wieder von einem Feuer getroffen und das Gebäude blieb während der umfangreichen Reparaturen geschlossen. 1991 wurde es wiedereröffnet. Lang möge es über Nordlondon herrschen.

Jean-Luc ist so damit beschäftigt, sich über seine Nicht-Liebe zu London auszulassen, dass ich an der Euston Station ganz einfach seine Hand nehmen, ihn von seinem Sitz zerren und mit ihm in die Victoria Line umsteigen kann.

Wir halten uns noch an den Händen, während wir durch den langen Tunnel bei Finsbury Park gehen und beim Auftauchen in die Sonne blinzeln.

»Du hast den Umweg genommen«, sagt Jean-Luc vorwurfsvoll, lässt dabei aber meine Hand noch immer nicht los, obwohl es ein äußerst schwitziges, klebriges Händchenhalten ist. »Das ist noch etwas, was ich an London nicht ausstehen kann, heimliche Umwege.«

»Es war nicht heimlich. Ich habe dich rechtzeitig vorgewarnt.«

Ich könnte Jean-Lucs Hand jetzt loslassen, schließlich will ich nicht, dass er sich irgendwelche falschen Vorstellungen macht, aber dann besteht eine hohe Wahrscheinlichkeit, dass er abhaut, anstatt mit mir zur Haltestelle des W3-Busses zu gehen. Und ohne dass Jean-Luc mich festhält und mich in den Bus hievt, besteht eine noch viel größere Wahrscheinlichkeit, dass ich auf der Stelle umfalle.

»Wo bringst du mich hin, Sunny?«, fragt Jean-Luc, als wir auf den Sitzen Platz nehmen, die eigentlich für Senioren oder Leute mit Kindern reserviert sind. Aber von denen fährt so früh am Sonntagmorgen ohnehin keiner mit dem Bus.

»Zu meinem liebsten Ort in London.« Ich überlege. »Nein, eigentlich zu meinem liebsten Ort auf der ganzen Welt. Und wenn du London immer noch hasst, nachdem ich dir das gezeigt habe, dann bist du ein hoffnungsloser Fall.«

Unsere Fahrt dauert nicht lange. Es geht quer durch Crouch End, und ich muss wirklich total bescheuert sein, denn der Bus hält sogar am Ende unserer Straße und es wäre so einfach, aufzustehen, die paar letzten Schritte zu stolpern, die Haustür zu öffnen und dann im Eingang zusammenzubrechen, ohne mich überhaupt um die letzten paar Zentimeter bis zu unserer Tür zu kümmern, sodass Max von oben über mich hinwegsteigen muss, wenn er mit Keith, seinem Terrier, Gassi gehen will.

Aber ich rühre mich nicht von der Stelle. Ich starre auf Jean-Lucs Finger, die mit meinen verschränkt sind. Dann zucken seine Finger, als hätte es einen Stromstoß zwischen uns gegeben, und als ich zu ihm hinüberschaue, starrt er ebenfalls auf unsere Hände hinab.

Es ist viel, viel, *viel* zu früh, um mit einem Jungen Händchen zu halten. Mit Mark habe ich zuallererst Händchen gehalten, noch bevor wir uns überhaupt das erste Mal geküsst hatten, und man sieht ja, wohin das geführt hat.

Rasch ziehe ich mein Hand aus Jean-Lucs zurück, was allerdings in ein klebriges Gefummel ausartet. Er kratzt sich am Kopf, murmelt etwas auf Französisch und ich schaue aus dem Fenster und praktiziere ruhiges und tiefes Durchatmen, bis wir scharf nach links abbiegen und der Bus langsam den Hügel hinauffährt.

»Nächste Haltestelle«, krächze ich und drücke die Glocke.

Wir steigen an der Haltestelle direkt vor dem Palast aus und überqueren die Straße.

»Was ist das hier?«, fragt Jean-Luc. Er wirft einen Blick zurück auf den prächtigen Palast, in dessen Glaskuppeln auf dem Dach sich die Sonne spiegelt. »Das sieht ja aus wie eine Kathedrale.«

»Das ist Alexandra Palace. Ally Pally. Aber es ist kein Palast. Da finden Konzerte und Ausstellungen und so was statt. Ein paarmal im Jahr gibt es hier einen gigantischen Antikmarkt und, ach, alles Mögliche, aber vergiss mal den Palast.«

»*C'est difficile.* Der ist so groß.«

Ein andermal, falls es ein andermal gibt, werde ich Jean-Luc die Treppe hinauf und seitlich am Palast vorbei in die überdachten Gänge führen, wo ich schon so oft Schutz vor dem Regen gesucht habe. Dann zeige ich ihm die Gedenktafel für die deutschen Zivilisten, die hier während des Ersten Weltkrieges in einem Internierungslager gestorben sind. Und die Büros der BBC, die zu dem Sendemast hinaufführen. Dann gehen wir an der Eisbahn vorbei und um den See herum, füttern vielleicht die Enten und sehen den Jungs im Skatepark zu. Schaukeln eine Runde. Aber nicht heute.

Stattdessen führe ich ihn den Weg entlang, der sich im Bogen um den Palast herumschlängelt. Lächelnd grüßen wir eine Frau, die einen Hund mit einem Tennisball zwischen den Zähnen spazieren führt, doch sie weicht uns mit einem misstrauischen Blick aus. Mittlerweile sehen wir beide vermutlich aus wie Überlebende irgendeiner dystopischen Katastrophe.

Dann verläuft der Weg ebener und erreicht eine Kreuzung, aber ich gehe weiter geradeaus, den leise protestierenden Jean-Luc an meiner Seite. Der Weg wird jetzt breiter und ist auf der einen Seite von Blumenbeeten und Bänken gesäumt, während sich auf der anderen die sanft abfallende Rasenfläche des South Lawn befindet.

Als wir die Bank in der Mitte erreicht haben und sich der Engel oben auf dem Dach von Ally Pally direkt hinter uns befindet, setze ich mich hin und ziehe Jean-Luc neben mich. »Sieh dir das an«, sage ich, »diesen Blick, und sag mir dann, dass du London noch immer hasst.«

An einem klaren, sonnigen Tag wie heute kann man ganz London vor sich sehen wie auf einer festlichen Tafel ausgebreitet. Terry meint sogar, man könne den Fernsehmast auf dem Crystal Palace Tower erkennen. Mein Gott, kaum vorstellbar, dass ich vor gerade mal zwölf Stunden im Chrystal Palace Park auf der ganz anderen Seite der Stadt war. Der Blick von dort war ein anderer, eine ganz neue Sichtweise auf die Stadt, die schon seit jeher mein Zuhause ist.

Den Chrystal Palace Tower kann ich zwar nicht erkennen, dafür aber den von Canary Wharf, auf dem ganz oben ein winziges Licht in Sekundenintervallen blinkt. Und auch von hier sehe ich The Gherkin. Und ganz rechts außen den Post Office Tower, Euston Tower, Centre Point und in der Mitte das Olympiastadion, das während der Olympiade jeden Abend hell erleuchtet war. Und überall dazwischen verteilt sind Kirchtürme und Hochhäuser mit Wohnungen, alte Gebäude, neue Gebäude. London. Mein London.

»Der Blick ist unglaublich«, gibt Jean-Luc ziemlich widerstrebend zu. »Aber … es ist der Blick auf eine Stadt, in der ich … in der ich nicht zu Hause bin. Es bedeutet mir nicht so viel wie dir. Das hier ist dein liebster Ort, *oui?*«

»Mein allerallerliebster Ort«, sage ich, aber das hat eigentlich gar nicht so viel mit dem Blick zu tun, obwohl mich der immer wieder mit Stolz erfüllt und mir das Gefühl gibt, hierherzugehören.

Jean-Luc hat mir erklärt, warum er London hasst, und jetzt erkläre ich ihm, warum ich London liebe. Aber nicht einmal London. Ich enge es ein auf diesen Park, diesen Weg, diese Bank.

Ich erzähle ihm vom Feuerwerk und dass Terry uns immer schon Stunden zuvor hier hinaufjagt, damit wir uns an unserer Lieblingsstelle ausbreiten können, nämlich genau da, wo wir jetzt sitzen und wo wir hinter uns Ally Pally mitsamt dem Engel und der farbigen Glasrosette im Fenster sehen können, die größer ist als alles, was man in einem echten Palast finden könnte. Hinterher gehen wir zu Fuß nach Crouch End zurück und alle kommen mit zu uns nach Hause, um Würstchen zu essen und Glühwein zu trinken.

Ich erzähle ihm, dass wir uns manchmal Keith, den Terrier von Max von oben, ausleihen, damit er vor uns über die Wiese rasen und die Krähen jagen kann. Dann steht er unter irgendeinem Baum, auf den sie sich gesetzt haben, und bellt sie an, als könnte er damit eine todessehnsüchtige Krähe dazu bewegen, nach unten zu segeln und auszuprobieren, ob Keith sie fangen kann.

Auf diesem Weg habe ich Fahrradfahren gelernt. Meine Mum hat gefilmt und mein Dad oder Terry haben mich hinten am Sattel festgehalten und ich habe geschrien: »Nicht loslassen! Nicht loslassen!« Sobald sie dann doch losgelassen haben, bin ich umgefallen. Dann zeige ich Jean-Luc die Narbe unter meinem Kinn, wo ich auf den Teer gestürzt bin.

Ich erzähle ihm von den Antikmärkten mit meiner Mutter und von der Tattoo-Show mit Emmeline. Und wie wir hier mit Alex und Martha zugeschaut haben, wie Archie immer und immer wieder von seinem Skateboard gefallen ist. Oder samstagmorgens extrafrüh aufgestanden sind, um Dan beim Park Run zuzuschauen. So viele Picknicks, so viele Fußballspiele – aber am Ende sitze ich immer auf dieser Bank. Sie ist der perfekte Ort, wo ich mit den Menschen sitzen kann, die ich liebe, in der Stadt, die ich liebe. Der Ort, der immer mein Zuhause sein wird.

Jean-Luc hört sich das alles an und seufzt. »Vielleicht mag ich London einfach deswegen nicht, weil ich hier nicht zu Hause bin, ich gehöre hier nicht dazu.«

»Du bist ein Idiot«, sage ich freundlich und hoffe sehr, dass mir, auch wenn ich wieder ausgeschlafen bin, diese Sunny nicht verloren geht, die keine Angst mehr hat, vor nichts und niemandem und schon gar nicht vor dem, was andere von ihr denken oder nicht denken könnten. »Sei doch nicht so hart mit dir selbst und sei auch nicht so hart mit London. Wir haben uns doch bestens amüsiert heute Nacht, oder?«

»Nun ja, ich werde mich immer gerne daran erinnern, wie wir von einer Bande jugendlicher Schläger verfolgt wurden, nachdem wir ihre Fahrräder geklaut hatten«, sagt Jean-Luc mit monotoner Stimme, doch dann zucken seine Mundwinkel nach oben. »Das war genial.«

»Wir haben so viele tolle Leute kennengelernt – Shirelle und die anderen in dem Hähnchengrill und ich hatte eine Freifahrt in einer Rikscha …«

»… und wärst dabei fast umgekommen«, erinnert Jean-Luc mich. »Obwohl es echt gut war, wie Audrey auf Vic losgegangen ist.«

»Ja, sie hat's ihm so richtig gegeben. Und dann waren wir mit den Duckie-Leuten zusammen und ich hab in einem Laden Charleston getanzt. Selbst Jeane war gar nicht so übel. Und mal abgesehen von der Sache mit Mark war es die beste Nacht meines Lebens. Wobei man sagen muss, dass ich ohne die Sache mit Mark all diese Abenteuer überhaupt nicht erlebt und weder Vic noch dich kennengelernt hätte.«

»Aber wir waren doch bei dem Picknick. Früher oder später hätten wir schon miteinander geredet«, sagt Jean-Luc, aber ich schüttele den Kopf.

»Ich hätte euch nicht angesprochen«, gestehe ich, woraufhin er schon wieder eine verletzte und beleidigte Miene aufsetzt. »Ihr wart viel zu cool und zu abgehoben, als dass ich euch angesprochen hätte. Du weißt schon, mit euren Frisuren und den Sonnenbrillen und diesem FuckYeah!TheGodards Tumblr.«

»Ich hasse diese Tumblr-Geschichte. Und es hört sich an, als würdest du dieses eine Mädchen beschreiben, das da mit dieser Frisur und mit Sonnenbrille bei dem Picknick aufgetaucht ist. Die viel zu cool wirkte, als dass sie sich mit jemandem wie mir abgeben würde.«

»Aber ich hab geheult! Ich hatte Liebeskummer«, erkläre ich und erröte leicht, weil ich nicht glauben kann, dass irgendjemand, und schon gar nicht Jean-Luc, mich bei diesem Picknick gesehen haben könnte, total verschwitzt und mit diesen dummen hochrutschenden Shorts, und dabei auch noch gedacht hat, ich sähe cool aus.

Und dann nimmt Jean-Luc meine Hand, aber er hält sie nicht nur, sondern hebt sie an seine Lippen und drückt mir einen Kuss auf die Fingerknöchel.

»Ich weiß, dass es zu früh ist, nach dieser Enttäuschung, aber heute Nacht ist etwas geschehen. Als ich Todesangst hatte und als ich mitten in Piccadilly nach einer Toilette gesucht habe, da habe ich für eine Weile ganz vergessen, dass ich eigentlich unglücklich bin.«

Es ist eindeutig zu früh. Nicht nur, weil ich nicht zu den Mädchen gehören will, die sich nur als vollwertiges Mitglied der Gesellschaft empfinden, wenn sie einen Freund haben. Außerdem will ich nicht, dass ein Junge sich zwischen mich und dieses neue Ich schiebt, das ich ab nun sein will. Nicht einmal Jean-Luc. Obwohl das nicht heißt … »Wir sollten erst mal mehr Zeit miteinander verbringen«, sage ich, bevor mich der Mut verlässt. »Als Freunde.«

»Aber Vic sagt immer, da gibt es so eine Sache – er nennt es die Freundschaftszone. Und das ist nicht gut. Er sagt, dass man da nie mehr rauskommt, wenn man erst einmal mit einem Mädchen in der Freundschaftszone ist.« Er legt seinen Kopf auf meine Schulter. Ich glaube, das hat weniger mit seiner romantischen Ader zu tun, sondern mehr mit seiner Müdigkeit und dass ihm alles von Kopf bis Fuß so wehtut und er sich, genau wie ich, wie eine aufgewärmte Leiche fühlt. »Bist du jetzt dabei, mich in diese Freundschaftszone abzuschieben?«

Wie soll man dabei cool bleiben? »Nein. Weil wir nämlich auch Freunde sein können, die Händchen halten. So als hätten wir uns Freundschaft geschworen. Und überhaupt finde ich eigentlich nicht, dass du dir Beziehungsratschläge von jemandem holen solltest, der in einem Jugendbett mit Rennwagen-Bettwäsche schläft.«

Jean-Luc rutscht zur Seite, damit er mich angrinsen kann, und ich höre auf zu reden und lehne mich stattdessen schwer gegen ihn. Er ist viel zu knochig und riecht wirklich nicht mehr allzu gut, aber es könnte sein, dass ich mich nie mehr von der Stelle bewege und für immer und immer und immer auf dieser Bank hier sitzen bleibe.

»Ich hab euch doch gesagt, dass sie hier ist! Hey, Sunny! Was immer du tust, schlaf jetzt nicht ein! Nicht die Augen zumachen!« Das ist Emmeline, die irgendwo weit, weit entfernt herumbrüllt. Träume ich etwa?

Es gelingt mir, den Kopf zu heben, und tatsächlich läuft Emmeline die Treppe hinter uns hinab, gefolgt von einem bunt gemischten Trupp von Leuten, die Mülltüten und Eimer und mehrere riesige Styroporbecher voll Kaffee mit sich herumschleppen, von denen Charlie zwei an mich und Jean-Luc weiterreicht. »Oje, ihr beide seht ja schrecklich aus. Seht zu, dass ihr das hier intus kriegt.«

Dankbar nehme ich einen Schluck. Es ist genau, wie ich es mag: drei Shots Kaffee, viel Milch, kein Schaum. »Was macht ihr denn hier?«

Außer Emmeline und Charlie sind da noch Archie, Alex und ausgerechnet noch George und Martha, die sich neben mich setzt und meine Hand nimmt. »Wie geht es dir, Sunny? Alles okay mit dir, Süße? Du musst dich nicht zusammenreißen. Ich wette, du fühlst dich furchtbar, wegen der ganzen Mark-Geschichte. Aber egal. Ich hab dir Schinkensandwichs gemacht.«

Ich fühle mich nicht furchtbar. Also schon, von wegen kein Schlaf und so, aber nicht wegen Mark. Und überhaupt muntern mich der wunderbare Duft, der mir in die Nase steigt, und der Anblick von gebratenem Schinken, der zwischen zwei Vollkorntoast-Scheiben steckt und mit reichlich Ketchup versehen ist, ungeheuer auf. »Mir geht es gut. Alles bestens«, sage ich. »Danke für das Frühstück.«

Ich reiche eines der Sandwichs an Jean-Luc weiter, der es misstrauisch mustert, und obwohl es sich nicht um ein fluffiges Croissant oder einen Croque Monsieur oder um Rührei mit Räucherlachs oder was auch immer handelt, was Franzosen so zum Frühstück essen, beschließt er, es zu probieren, und nimmt einen großen, genussvollen Biss. »Danke«, nuschelt er mit vollem Mund. »Vielen Dank.«

George hockt sich vor unserer Bank auf den Boden. »Wusstest du schon, dass du viral gegangen bist, Sunny? Du bist sogar auf der Reddit-Homepage. Da ist ein dreiminütiges Video von dir, in dem du so einen abgefahrenen Ginger-Rogers-Shit ablieferst. Hast du heute Nacht irgendwie Drogen genommen oder so?«

Emmeline zwinkert mir zu und sagt zu Jean-Luc: »Hallo noch mal. Du bist der Nettere von euch zweien, oder?«

»Jean-Luc. Und Vic ist eigentlich gar nicht so übel, wenn … er … äh …« Er lässt den Kopf nach hinten sinken. *»Je suis trop fatigué pour parler anglais.«*

Ich stelle Jean-Luc den anderen vor. Und mache dann noch einen Versuch. »Es ist schön, euch alle zu sehen, also, mit Kaffee und Schinkensandwichs und so, aber was macht ihr hier? Es ist Sonntagmorgen und acht Uhr!«

»Em meinte, du würdest Hausarrest kriegen, bis du dreißig bist, wenn du es nicht schaffst, eure Wohnung in Ordnung zu bringen, bevor Helen und Terry zurück sind«, sagt Archie. Er macht ein Gesicht, als hätte er es noch nicht ganz verwunden, zu einer derart unchristlichen Zeit an einem Sonntagmorgen aufgestanden zu sein. »Angeblich soll ich für einen Großteil des Chaos verantwortlich sein, obwohl ich dir ja immerhin schon einen neuen Besen gekauft habe!«

»Alter! Du und Mark, ihr habt den Schuppen in Brand gesteckt«, erinnert Alex ihn. »Und Sunny war schon die ganze Nacht lang mit dem Mist von Mark beschäftigt. Da ist es das Mindeste, was wir tun können, ja?« Und gleich darauf macht sie alles kaputt, indem sie mit Daumen und Zeigefinger einen Kreis formt und mit dem Zeigefinger der anderen Hand hindurchsticht. »Du hast aber nicht, oder? Ich meine, heute Nacht? Du hast nicht mit Mark …?«

Alle schauen mich an, mit Ausnahme von Emmeline, die genau weiß, dass ich weiterhin unberührt von Marks Penis bin, und mit Ausnahme von Jean-Luc, der ebenfalls wissen muss, dass ich nicht in der Stimmung war, es mit einem Jungen zu tun, der mich so unfassbar hintergangen hatte. Dennoch werde ich rot. Und verdrehe die Augen. Und mir bleibt der Mund offen stehen, weil ich nicht fassen kann, wie Alex mir vor versammelter Mannschaft so eine Frage stellen kann.

»Oh mein Gott, nein! Nein, nein und nochmals nein.«

»Sunny ist sowieso viel zu gut für solche Typen wie Mark«, sagt Jean-Luc und wendet sich zu mir. »Gehen wir? Ich hab bald kein Gefühl mehr in meinen Fingern.« Er wedelt mir mit den Fingern vor dem Gesicht herum, obwohl sie wunderbar zu funktionieren scheinen, was ich von meinen Beinen nicht behaupten kann.

»Du kannst bei mir pennen, wenn du magst. Leg dich einfach aufs Sofa, während wir aufräumen.« Ich nehme noch einen Schluck Kaffee, auch wenn selbst der mich nicht wirklich aufbauen kann. »Ich kann's echt nicht glauben, dass ihr alle herkommen seid. Das Ausschlafen am Sonntag zu opfern ist das Netteste, was jemals jemand für mich getan hat.«

»Und außerdem werden wir für dich putzen. Dann lasst uns mal loslegen«, sagt Emmeline und steht auf und gibt mir ihre Hand und ich versuche, sie zu ergreifen, schaffe es aber gerade mal, schwach mit dem Arm zu wedeln.

»Gleich, okay?«

George grinst. »Warst du die ganze Nacht wach, Sunny? Nicht mal ein kleines Disco-Nickerchen?«

Ich nicke.

»Sie ist die ganze Nacht wach geblieben und hatte alles unter Kontrolle«, sagt Emmeline stolz. »Sie hatte das Durchmachen total im Griff.«

»Respekt«, sagt George, was etwas heißen will, weil George nämlich vor niemandem Respekt hat, schon gar nicht vor mir. »Obwohl ich immer noch der Meinung bin, dass du das politische Bewusstsein einer Fruchtfliege hast.«

»Whatever. Du musst ein bisschen mehr über den Dingen stehen, George«, sage ich und wieder drehen sich alle zu mir um. »Wie bitte? Was?«

»Das klingt ja gar nicht nach dir, Sunny.« Martha tätschelt meinen Arm. »Das muss die Erschöpfung sein. Die macht dich so aggro.«

»*Non*, sie ist nicht aggro«, sagt Jean-Luc. Er ist inzwischen so in sich zusammengesunken, dass er sich fast in der Horizontalen befindet. »Sie ist großartig und lässt sich nichts gefallen.«

Noch immer starren mich alle ungläubig an, denn die Sunny, die sie kennen, lässt sich immer alles gefallen.

»Bist du zu großartig, um jetzt mit uns in den Bus nach Hause zu steigen und dort aufzuräumen?«, fragt Emmeline.

Die Bushaltestelle liegt direkt hinter uns. Ich muss nur ein paar Stufen nach oben stolpern und auf einen Bus warten, der mich wenige Schritte von zu Hause absetzt. Ich könnte in zehn Minuten dort sein.

Ich stehe auf. Aber es gelingt mir nicht. Meine Beine versagen den Dienst. Ich versuche es noch einmal. Vielleicht brauche ich mehr Kaffee. »Können wir noch einen Augenblick warten? Meine Beine scheinen irgendwie nicht funktionieren zu wollen.«

»Fünf Minuten – mehr kriegst du nicht«, sagt Emmeline streng. »Wir wollen nicht gleichzeitig mit deiner Mum bei dir zu Hause aufschlagen.«

»Oh, aber der Blick von hier ist echt toll«, meldet sich Charlie zu Wort. »Ich hab das alles noch nie vom Norden aus gesehen, nur vom Süden aus. Seht mal! Da ist der Gherkin. Was ist das da links für ein großes gelbes Hochhaus?«

»Das sind nur Wohnungen«, sagt George und dann schauen wir alle auf unsere Stadt und ich sitze zwischen Jean-Luc, der so cool aussieht und so unglücklich ist, und Emmeline, die so tough ist, aber einem Mädchen nicht sagen kann, wie gern sie sie hat.

Alle verstecken sich. Alle setzen eine Maske auf. Alle kennen diese Augenblicke, in denen sie sich einsam oder ängstlich fühlen oder einfach nicht so gut drauf sind.

Dann denke ich an all die anderen Menschen, die im

Laufe der Jahre an dieser Stelle gesessen haben. Frauen in komischen, altmodischen Kleidern – in Krinolinen und Miedern und Schößchen und Humpelröcken. Männer in Anzügen und Fedoras.

So viele Menschen, so viele wunderbare, längst vergangene Leben. Nur der Blick bleibt; Gebäude werden von Bomben zerstört, verlassen oder abgerissen, doch dann schießen an ihrer Stelle neue Gebäude in die Höhe, jedes noch schöner und noch fantastischer als das vorhergehende. London ist in ständigem Wandel, aber es wird immer ein Ort bleiben, an dem man Abenteuer erleben, neue Freunde kennenlernen, seine Geschichte und sein Leben verändern kann.

Kann eine einzige Nacht ein Leben verändern? Ich glaube, ja. Zumindest kann sie die Richtung ändern, in die dein Leben verläuft. Ich brauche mehr Zeit, um das herauszufinden. Um mich daran zu gewöhnen, dass ich mein Leben so lebe, als wäre jeder Tag ein Samstagabend.

Aber manche Dinge werden immer gleich bleiben.

London, ich liebe dich.

Zwölf Stunden

Zwei Godards

Zweihundertsiebenundfünzig gesendete Textnachrichten

Dreiundzwanzig Anrufe

Vier Tassen Kaffee

Drei Flaschen Wasser

Zwei Flaschen Bier

Ein Riesenbecher 7UP

Eine Packung Saft

Acht Hot Wings mit extrascharfer Soße

Eine Portion Pommes

Zwei Törtchen

Drei Mini-Quiches

Ein Apfel

Ein Schinkensandwich

Zwei Klamottenwechsel

Ein Taxi, eine Rikscha, ein geklautes Fahrrad, zwei Nahverkehrszüge, fünf U-Bahn-Fahrten. Drei Nachtbusse, ein Tagbus. Eine erschöpfte Oyster Card.

Vier Drag Queens

Acht Duckie-Songs

Ein getanzter Charleston

Ein Herz gebrochen. Ein Herz geheilt.

DANKSAGUNG

Ich danke Karolina Sutton, Becky Ritchie, Lucy Morris und allen bei Curtis Brown. Naomi Colthurst, Jenny Jacoby und dem tollen Team bei Hot Key Books. Außerdem möchte ich mich bei Roni Weir und Natasha Farrant für ihre unschätzbare Lektoratshilfe bedanken.